insel taschenbuch 4671

Catherine Miller

Miss Olivia und ihr ziemlich umwerfender Wintercocktail

Olivia Turner hat zwei große Leidenschaften: ihre Strandhütte an der schönsten Küste Englands und einen guten Drink. In ihrer »Ginhütte« könnte die höchst agile 84-Jährige eigentlich jeden Abend in Ruhe ihren Gin Tonic genießen – und den weltbesten Wintercocktail kreieren. Wenn … ja, wenn nicht wieder einmal alles ganz anders käme: Eine neue Bar versucht, mit fiesen Mitteln die »Ginhütte« in den Ruin zu treiben, und ein Unbekannter dringt heimlich in Olivias Strandhütte ein. Doch nicht mit Olivia! Mit ihrem Segway nimmt die tatkräftige Lady die Verfolgung auf und flitzt durch die Westbrook Bay, um den Strolchen auf die Schliche zu kommen …

Ein mitreißender und amüsanter Roman über eine Best Agerin, die sich nicht unterkriegen lässt und ihre Träume lebt …

Catherine Miller gab ihren Beruf als Physiotherapeutin aus gesundheitlichen Gründen auf und widmet sich seitdem ganz dem Schreiben. Sie ist Mutter von Zwillingen und lebt in England.

Im insel taschenbuch ist ebenfalls erschienen: *Miss Olivia und der Geschmack von Gin* (it 4649).

CATHERINE MILLER

Miss *Olivia* und ihr ziemlich umwerfender *Wintercocktail*

Roman

Aus dem Englischen
von Katharina Förs und Sonja Schuhmacher

INSEL VERLAG

Originaltitel: *Christmas at the Gin Shack*

Erste Auflage 2018
insel taschenbuch 4671
Deutsche Erstausgabe

Vertrieb durch den Suhrkamp Taschenbuch Verlag
Umschlag: Rothfos & Gabler, Hamburg
Umschlagabbildungen: iStock, Berlin
Satz: Satz-Offizin Hümmer GmbH, Waldbüttelbrunn
Druck: CPI – Ebner & Spiegel, Ulm
Printed in Germany
ISBN 978-3-458-36371-2

Miss *Olivia* und ihr ziemlich umwerfender *Wintercocktail*

Diese Widmung ist gleichsam eine Ergänzung. Da Miss *Olivia und der Geschmack von Gin* Randolph gewidmet war, ist es nur recht und billig, *Miss Olivia und ihr ziemlich umwerfender Wintercocktail* meiner wunderbaren Oma Rose zu widmen. Wenn sie weiter lieb zu mir ist, werde ich auch für mich behalten, dass das nicht ihr richtiger Vorname ist.

PROLOG

Traditionen sind etwas Schönes – tröstliche, immer wiederkehrende Rituale. Olivia hatte die Gewohnheit gepflegt, am Ende jeden Tages ihrem Mann John und ihrer Tochter Jane zuzuprosten, die sie viel zu früh verloren hatte. Und viel zu lange hatte sie gebraucht, um sich davon zu erholen, und viel zu lange hatte die Beziehung zu ihrem Sohn Richard darunter gelitten.

Jahrelang hatte sie diese Tradition in ihrer Strandhütte gepflegt. Es war eine ganz private Angelegenheit gewesen. Ein stiller Moment, in dem sie würdigte, was sie zusammen gehabt hatten und was hätte sein können. Es war ein Ritual; eine Chance, die Vergangenheit zu reflektieren, und gleichzeitig eine Gelegenheit, neue Ginsorten zu probieren … um irgendwann hoffentlich den perfekten Cocktail zu finden.

Es war ihr kaum bewusst gewesen, dass es sie nicht weiterbrachte, ihr Leben lang alles für sich zu behalten. Weitergebracht hatte es sie schließlich, die Türen ihrer Strandhütte zu öffnen und andere Menschen einzuladen, sich an ihrer Suche zu beteiligen. Weitergebracht hatte es sie, mit ihrem Sohn zu reden und das Leben zu feiern. Sich darauf zu konzentrieren, wozu sie in der Lage war, anstatt die Grenzen zu akzeptieren, die ihr von außen auferlegt werden sollten.

Der kleine Ginhütten-Club, der als wöchentliches Treffen in ihrer Strandhütte begonnen hatte, war rasch ausgeufert – Olivia hatte feststellen dürfen, dass sie nicht die Einzige war, die eine Leidenschaft für Gin hatte. Nie im Leben hätte sie geglaubt, aus der Ginhütte würde eine richtige Bar entstehen, doch dank der Zusammenarbeit einer großen Gemeinschaft, angeführt von ihrem Strandhütten-Nachbarn Tony, war genau das im Handumdrehen geschehen.

Und weil ihr Herz seither an mehreren Orten hing, gab es nun noch mehr Traditionen. Manche Traditionen entwickeln sich von Generation zu Generation, Olivias veränderten sich mit den Jahreszeiten.

Als der Sommer in den Herbst überging, merkte Olivia, dass allein in ihrer Strandhütte zu sitzen für sie nicht mehr den gleichen Zauber hatte wie früher. Ihr Refugium in der Westbrook Bay hatte seine Anziehungskraft nicht verloren, aber es schien Olivia nun verlockender, ihren abendlichen Gin Tonic im Kreis ihrer Freunde in der »Ginhütte« oder in Oakley West zu genießen und nicht nur den Verstorbenen, sondern auch den Lebenden zuzuprosten.

Und noch etwas hatte sich verändert. Ihr Sohn nahm sich jetzt Zeit für sie. Jedes Wochenende schaufelte sich Richard frei, um die »Ginhütte« zu besuchen und, wenn nötig, auszuhelfen. Außerdem hatte er seine totale Alkoholabstinenz aufgegeben und genoss nun ebenfalls ab und zu ein Gläschen. So hatten sie nun ihr eigenes Ritual entwickelt.

Passenderweise hielten sie es auf der Gedenkbank in den Sunken Gardens auf den Klippen der Westbrook Bay ab. Sie hatte die Bank damals für ihren Sohn gestiftet, als er noch ein Kind war. Er brauchte einen bleibenden Ort des Gedenkens an den Mann, den sie beide geliebt hatten. Immer noch liebten. Sich mit Richard an einem Ort zu treffen, der Vergangenheit und Gegenwart zusammenführte, erfüllte sie mit tiefer Befriedigung.

»Langsam wird es ein bisschen frisch, um sich draußen zu treffen, was meinst du?« Richard setzte sich zu ihr auf die Bank.

»Sag mal, wer von uns ist vierundachtzig, mein Junge?« Olivia fragte sich, ob es noch zu früh war, ihrem Sohn zu Weihnachten Hausschuhe und eine Decke zu schenken. Offenbar besaß er, ganz im Gegensatz zu ihr, eine alte Seele. Der Körper war allerdings eine andere Geschichte.

»Ich möchte bloß vermeiden, dass du dir eine Erkältung holst.« Vielleicht würde Richard nie aufhören, den besorgten Sohn zu spielen, doch zumindest wusste Olivia nun, dass er immer nur ihr Bestes wollte, auch wenn sie das in der Vergangenheit manchmal schrecklich geärgert hatte.

»Richard, ich trage drei Schichten übereinander. Ich werde ganz bestimmt nicht umkommen. Es ist Oktober in Westbrook, und wir haben weiß Gott keine arktische Kältewelle.« Olivia hatte den gewohnten Kaftan und die Leinenhose mit einer langen Strickjacke und einer knallrosa Fleecejacke ergänzt. So, wie sie eingepackt war, hätten unter den Klamotten fünfzehn Flaschen Gin Platz gefunden. Das sollte ja wohl genügen, um sie warm zu halten.

»Dann muss vielleicht ich mich wärmer anziehen. Und das, was ich predige, auch selber beherzigen.« Richard trug Hemd und Hose. Er kam inzwischen lockerer daher – früher war für ihn nichts außer Anzug und Krawatte in Frage gekommen –, aber noch nicht locker genug, um daraus zu schließen, er habe endlich gelernt sich zu entspannen. Doch zumindest war ein Fortschritt zu verzeichnen.

»Also, was steht diese Woche auf der Karte?«, fragte Richard. Ihr neues allwöchentliches Ritual war bereits in Stein gemeißelt.

»Wir können erst anfangen, wenn Tony da ist. Das weißt du genau.« Olivia öffnete ihre Fleecejacke. Darunter hatte sie zwar nicht fünfzehn Ginflaschen versteckt, aber für Thermosflaschen eigneten sich die Innentaschen ganz gut.

»Ob ich irgendwann einmal vor ihm probieren darf?«

»Jetzt können wir mit der Tradition nicht brechen, denn in der ›Ginhütte‹ ist Tony der Chef, es ist also recht und billig, wenn er als Erster kostet, was er servieren wird.«

Neue Gins aufzuspüren und zu verkosten war immer Olivias »Ding« gewesen. Sie fand es ziemlich toll, dass aus ihrem Hobby so viel mehr geworden war, und genoss es, neue Varianten auszuprobieren. Obwohl es Tonys Idee gewesen war, aus der Ginhütte eine richtige Bar zu machen, hatte er es gern Olivia überlassen, neue Sorten zu entdecken.

Olivia widmete sich dieser Aufgabe von ihrem Zimmer in der Seniorenresidenz Oakley West aus, unterstützt von Veronica und Randy, die ebenfalls dort wohnten. Das Trio probierte die neuen Gins und wählte aus, womit sie sich kombinieren ließen, bevor Olivia die Kreationen jeweils am Sonntagmorgen Tony und Richard präsentierte.

Sie trafen sich immer, bevor all die Strandhüttennachbarn zu ihrem wöchentlichen Gemeinschafts-Picknick eintrudelten. Sonntags öffnete die »Ginhütte« erst abends, sodass sie Gelegenheit hatten, alle zusammenzukommen und einander auf den neuesten Stand zu bringen.

Die Karte wechselte jeweils montags, und eine Woche vorher trafen sie die Entscheidung. Wenn Olivias Wahl heute auf Zustimmung stieß, dann würde Tony für kommende Woche eine entsprechende Menge der Gins bestellen, die sie vorschlug. Bisher war noch keine einzige Sorte abgelehnt worden.

Olivia fand es großartig, dass ihre Hauptfunktion die der Verkosterin war. Es war eine schwierige Aufgabe, aber irgendjemand musste ja die Verantwortung auf sich nehmen. In ihrem Alter, so fand sie, war sie einer solchen Bürde durchaus gewachsen.

»Entschuldigt, ich bin spät dran«, sagte Tony, als er den Eingang zum Park erreichte und die Treppe zu ihnen hinunterlief. »Esme hat mich gebeten, ein paar Vorräte einzuräumen. Bewegung habe ich heute also schon genug gehabt.«

»Mum wollte mich nicht probieren lassen, ehe du kommst. Anscheinend bist du ihr Lieblingskind, ganz klar.« Richard sprach mit Tony, als wären sie Geschwister. Das traf zwar nicht zu, doch zwischen Olivia und ihren Strandhüttennachbarn herrschte durchaus eine familiäre Atmosphäre. Die Ereignisse im Sommer hatten sie noch stärker zusammengeschweißt. Durch den Umzug nach Oakley West war Olivias Leben viel interessanter geworden, als sie es je für möglich gehalten hätte.

»Sie weiß eben, dass ich einen feineren Gaumen habe als du. Wir können nicht zulassen, dass du ohne Aufsicht Gins absegnest«, scherzte Tony, während er sich zu den beiden auf die Bank setzte.

»Wenn du meinst.«

Olivia ignorierte das Geplänkel und widmete sich der wichtigen Aufgabe, das Getränk zu servieren. Diese Woche hatte sie einen Himbeergin und einen Verschnitt ausgewählt. Beide schmeckten rein und erfrischend und waren ganz ihr Fall.

Tony und Richard zeigten ihre Zustimmung durch Laute und ihre Mimik, als sie an den Thermosflaschen-Bechern nippten. Hier ging es nicht so edel zu wie in der »Ginhütte«, wo sie die Getränke voller Stolz ansprechend anrichteten – aber sie wollten ja schließlich nur den Geschmack testen.

»Die sind perfekt für die Zeit vor der Weihnachtssaison. Und anschließend wird es dann festlich.«

»Was hast du geplant, Tony?«, fragte Olivia, neugierig wie ein Schulmädchen.

»Ich könnte es dir verraten, aber ich möchte nichts ausplaudern, bis alles unter Dach und Fach ist. Ich werde heute ein Planungstreffen organisieren.«

Olivia wusste, dass sie ihm richtig auf die Nerven gehen musste, wenn sie ihm irgendeine Information entlocken wollte. »Biiiiiitte?«

»Sagen wir mal, es soll gin-spirierend sein.«

»Der Mann ist einfach gut!«, sagte Richard.

»Kommt schon, trinkt aus. Wir müssen zum Picknick.« Zu dem Thema würde sich Tony jetzt nicht mehr äußern.

Olivia hob ihren Thermosflaschen-Deckel mit dem letzten Restchen Gin Richtung Himmel. »Auf euch, John und Jane, wo immer ihr seid.« Das war der Trinkspruch, den sie stets flüsterte.

»Und auf die Familie und die Freunde«, fügte Richard hinzu.

»Und auf die ›Ginhütte‹«, schob Tony nach.

Sie stießen noch einmal an. Es machte Olivia glücklich, dieses neue, wöchentliche Ritual. Dieses stille Einverständnis, dass alles sich veränderte, und manchmal durchaus auch zum Guten. Natürlich wünschte sie sich immer noch, John wäre bei ihnen. Dass sie hätte miterleben können, wie er älter wurde, oder welchen Beruf ihre Tochter ergriffen hätte. Doch diese Gedanken hielten sie nicht länger davon ab, das Hier und Jetzt zu genießen. Die Tatsache, dass sie nun jede Woche mit ihrem Sohn und ihrem besten Freund hier saß und das Vermächtnis pflegte, das von ihrer Ehe übrig geblieben war, empfand sie als Segen. Einen Segen, den sie immer fortzuführen hoffte. Familie. Freunde. Gin. Das waren die wichtigsten Dinge in Olivias Leben. Sie fühlte sich reich.

1

Olivia liebte Weihnachten. Es gab nichts an diesem Fest, das ihr nicht gefallen hätte: das Schenken, die Gelegenheit, weihnachtliche Klunker zu tragen, die Zeit, die man miteinander verbrachte. Dieses Jahr freute sie sich ganz besonders darauf. Da sie nun in der Seniorenresidenz Oakley West wohnte, würde mehr gefeiert werden, zusammen mit vielen Menschen (und ohne dass sie hinterher saubermachen musste). Und außerdem gab es Pläne für die »Ginhütte«. Tony hatte bislang sehr geheimnisvoll getan, doch bald würde sie Bescheid wissen.

Darum verließ sie ihre geliebte Strandhütte früher als üblich. Sie wollte rechtzeitig in der »Ginhütte« sein, wo diskutiert werden sollte, wie sie das Geschäft in den ruhigen Wintermonaten am Laufen halten konnten – sie selbst hatte auch ein paar Ideen dazu. Die Eröffnung der neuen Bar im Sommer war ein größerer Erfolg gewesen, als sie sich hatten träumen lassen, doch jetzt, wo die Touristen ausblieben, konnte es rasch bergab gehen.

Es war ein frischer Oktobertag. Die Morgenkühle machte Olivia auf ihrem Weg über die Promenade bewusst, dass es jetzt tatsächlich ratsam schien, mehrere Schichten übereinander zu tragen. Sie zog ihre rosa Fleecejacke enger um sich. Nicht zum ersten Mal überlegte sie, ob sie in ein Skateboard investieren sollte, um ihren vierundachtzigjährigen Allerwertesten auf dem betonierten Weg schneller vorwärtsbewegen zu können.

Als Olivia schließlich die Steigung zur Royal Esplanade erklommen hatte, blickte sie hinüber zur »Ginhütte«. Das silberfarbene Schild glänzte im Sonnenlicht. Wie hübsch es aussehen würde, wenn es erst geschmückt war! Bestimmt leuchtete es dann, üppig mit Lametta behängt, wie der Stern oben auf dem Weihnachtsbaum. Vielleicht sollte sie bei dem Treffen auch ein paar Dekorationsvorschläge einbringen. Olivia war der felsenfesten Überzeugung, an Weihnachten müsse man es einfach übertreiben. Möglicherweise eine Art Überkompensation, die sich im Laufe der Jahre entwickelt hatte, denn als Richard noch ein Kind war, hatte sie in den ersten Jahren mit ihm allein die Weihnachtszeit nur überstanden, indem sie sich voll und ganz auf das Fest einließ.

Heute glänzten die Fenster nicht vor Lametta, sondern von der Sonne, die sich darin spiegelte. Irgendetwas an der Fassade des Gebäudes hatte sich verändert, aber sie kam nicht drauf, was es war.

Während sie sich auf der Suche nach einem besseren Blickwinkel über den Rasen bewegte, bemerkte Olivia die Papierstreifen, die an dem Schild über der Eingangstür hingen. Hatte sie doch gewusst, dass etwas anders war. Vielleicht hatte Tony doch dekoriert. Aber Papierstreifen hatten nichts Weihnachtliches, und private Feste waren, abgesehen von einer Geburtstagsparty vor zwei Wochen, noch keine in der »Ginhütte« gefeiert worden. Zu diesem Anlass hatten sie nur Ballons als Deko gehabt – zumindest soweit sie es mitbekommen hatte. Und so senil, dass es ihr nicht aufgefallen wäre, war sie noch nicht, zumal die Papierstreifen genau über dem Eingang hingen und sie mehrmals ein und aus gegangen war, ohne etwas zu bemerken.

Olivia bedeckte wegen des reflektierenden Sonnenlichts die Augen mit einer Hand und trat näher.

Es waren nicht bloß Papierstreifen dort befestigt. Jemand hatte sich die Mühe gemacht, das gesamte Schild zu dekorieren. Jetzt prangte dort eine pinkfarbene 3D-Form, was ziemlich seltsam aussah. Sollte daraus vielleicht ein Schneemann werden? Etwas anderes fiel ihr dazu nicht ein. Vielleicht hatten Tonys Söhne, die das Schild ja entworfen hatten, es für die Wintersaison umgestaltet? Wahrscheinlich würde das beim Treffen heute Vormittag auch ein Thema sein.

So, wie Olivia jetzt stand, konnte sie die Aufschrift nicht entziffern, sie ging also weiter darauf zu und wechselte wegen des gleißenden Sonnenlichts sogar die Straßenseite.

Als sie endlich in der Lage war, das umgestaltete Schild genau zu betrachten, musste sie die Schrift fünfmal lesen, bis sie sicher war, sich nicht zu irren.

Auf dem Schild stand nicht mehr »Ginhütte«. Jetzt war zu lesen: »Scheißhütte«.

»Am Gin kann es verdammt noch mal nicht liegen«, sagte Olivia in ihrer Überraschung. »Wir servieren die besten Sorten der Welt«, stellte sie für jene unsichtbaren Mächte klar, die ihrem Selbstgespräch lauschen mochten.

Und als wäre diese Verunglimpfung nicht genug, prangte dort zu allem Überfluss auch noch ein runder pinkfarbener Pappmaché-Hintern, von dem braune Papierstreifen hingen. Es war die kreativste Darstellung von Durchfall, die sie je gesehen hatte.

Falls man der »Ginhütte« für die Wintersaison ein anderes Image verpassen wollte, dann bestimmt nicht dieses. Selbst Tonys Söhnen war so etwas nicht zuzutrauen. Olivia war überzeugt, dass sie inzwischen im Hinblick auf die »Ginhütte« alle Albernheiten hinter sich gelassen hatten. Was auf dem Schild nun zu sehen war, sprach eine andere Sprache. Hier drückte irgendjemand auf reichlich groteske Weise seine Abneigung gegen dieses Lokal aus. Ein Akt der Willkür, der ihr unangenehm aufstieß.

Das entsprach ganz und gar nicht den Erwartungen, die Olivia für diesen Tag gehegt hatte. Sie kam so früh zu dem Treffen, weil ihre Vorfreude auf die Weihnachtszeit kaum zu zügeln war – und nicht, um als Erste zu entdecken, dass sie Opfer eines Streichs geworden waren. Jetzt würde sie Tony beibringen müssen, dass an seinem Gebäude ein Hintern mit durchfallbraunen Papierstreifen hing.

Eines stand fest: Ihr Engagement für die »Ginhütte« würde verhindern, dass sie jemals eine langweilige alte Schachtel wurde.

2

Es war nicht einfach, sich an irgendeine vernünftige Tagesordnung zu halten, solange ein Hintern aus Pappmaché auf dem Tisch lag.

»Ich meine, wieso? Wieso sollte sich jemand diese Mühe machen? Es ist so … sinnlos«, sagte Esme.

Alle waren zu dem Treffen erschienen, konnten aber den Blick nicht von dem Hintern lösen und kamen daher mit der Diskussion der anstehenden Themen keinen Schritt weiter. Veronica und Randy waren ebenfalls dazugestoßen und machten das Oakley-West-Trio komplett. Auch von Olivias Strandhüttennachbarn fehlte niemand: Tony war da, Esme und die drei Jungs, außerdem Mark und Lily sowie Paul und Skylar.

Tony und Randy war es ziemlich leicht gelungen, alles zu entfernen, was der Ganove hinterlassen hatte. War es überhaupt ein Akt des Vandalismus, wenn keine bleibenden Schäden entstanden? Auf alle Fälle war es eine Riesen-Unverschämtheit, ob es nun gesetzwidrig war oder nicht.

»Das war ganz genau geplant!«, meinte Paul. »Es muss ganz schön Mühe gekostet haben. Und Zeit. Um einige Buchstaben so akkurat abzudecken, andere aber nicht, dafür musste der Täter sehr genau arbeiten.«

Vielleicht verstand Paul mehr vom Basteln mit Papier, als Olivia ihm zugetraut hätte. Aber er hatte recht. Die betreffende Person musste Maß genommen oder genau gewusst haben, wie das Originalschild gestaltet war.

»Sollen wir die Polizei einschalten?«, fragte Skylar.

Olivia hatte seit dem vergangenen Sommer eigentlich genug von der Polizei. Nach den schockierenden Vorgängen in der Seniorenresidenz Oakley West war sie fest überzeugt gewesen, dass nun keiner mehr versuchen würde, der »Ginhütte« Steine in den Weg zu legen. Warum sollte auch irgendjemand einem Ort schaden wollen, der für sie und viele andere ein Quell der Freude war? Und dieser Akt der Willkür erschien ihr als klares Signal dafür, dass jemand der Bar nicht wohlgesonnen war. Zwar war sie nicht scharf darauf, rechtliche Schritte einzuleiten, aber doch erschüttert genug, um dies in Betracht zu ziehen.

»Sie haben ja nichts wirklich Schlimmes angestellt. Das Schild selbst ist nicht beschädigt, und wenn nicht irgendwer das Ganze fotografiert hat, wird die Aktion keine weiteren Folgen haben. Vielleicht ist es eine Art Yarn-Bombing. Wir müssen aufpassen, ob andernorts auch solche ›Papp-Graffiti‹ auftauchen«, erklärte Tony.

»Was ist Yarn-Bombing?«, wollte Randy wissen. Auch die meisten anderen Anwesenden wirkten perplex.

Tony erklärte, dass Briefkästen oder Ähnliches manchmal mit dekorativen gestrickten Extras verziert werden, doch die Stille im Raum zeigte, dass keiner wirklich begriff, worum es ging.

»Ich verstehe das trotzdem nicht. Wozu all die Mühe, wenn doch klar ist, dass es zerstört wird, sobald jemand es entdeckt? Und gestrickte Mützen für Briefkästen sind ja harmlos, die sollen nur eine Art Gemeinschaftsgeist ausdrücken. Das hier war gehässig, wer auch immer es getan hat.« Veronica verschränkte die Arme vor der Brust und machte so ihre Missbilligung deutlich.

»Ich glaube nicht, dass wir die Polizei einschalten müssen«, erklärte Tony mit Nachdruck. »Es ist ein Streich, hinter dem wahrscheinlich ein paar Jugendliche aus dem Ort stecken, die nichts Besseres zu tun haben und das wahnsinnig witzig finden. Wir werden es ignorieren und hoffen, dass es dabei bleibt.«

»Ich bin mir nicht sicher, dass es ein Streich war. Der Täter hatte Hintergedanken«, widersprach Olivia, die nicht hinnehmen wollte, dass die Sache als Albernheit abgetan wurde.

»Stimmt, es sieht nach gründlicher Vorbereitung aus, aber wir werden es nicht melden und hoffen, dass es dabei bleibt. Ist das für dich erst mal in Ordnung?«

Olivia nickte. Sie wollte keine Zeit mit der Polizei verschwenden, obgleich ihre Intuition ihr sagte, dass die Angelegenheit damit noch nicht erledigt war.

Damit sie sich anderen Themen zuwenden konnten, nahm Tony schließlich den Hintern vom Tisch und verstaute ihn in einer Ecke.

Olivia konnte sich ein Lachen nicht verkneifen, als ein paar von den braunen Papierstreifen sich ablösten und eine Spur auf dem Boden bildeten. Sie war nicht die Einzige im Raum, die es bemerkte, denn auch die anderen begannen zu kichern, und Tony musste sie zur Ordnung rufen.

»Nachdem wir uns bisher nur mit dem Hintern befasst haben, möchte ich jetzt zu den Themen kommen, die wir eigentlich besprechen wollten. Sind damit alle einverstanden?«

»Prima«, meinte Randy.

»Ich möchte sicher gehen, dass die ›Ginhütte‹ auch in der Wintersaison gut weiterläuft«, berichtete Tony, nachdem das Gekicher sich gelegt hatte. »Die Lokalzeitung hat einen Weihnachtscocktail-Wettbewerb ausgeschrieben, und ich bin überzeugt, wir können ihn gewinnen, wenn wir uns ein paar Rezepte auf Gin-Basis einfallen lassen. Ich dachte, wir könnten die Gäste mit einbeziehen und sie in der Vorweihnachtszeit über die besten Cocktails auf der Karte abstimmen lassen.«

Die »Ginhütte« war berühmt für die ganz unterschiedlichen Ginsorten. Jede Woche gab es zwei neue Gin-Spezialitäten sowie einen Cocktail mit einem dieser Gins zu kosten. Bereits jetzt war die Bar für ihre Spezial-Cocktails bekannt – und wenn sie den Preis bekämen, wäre ihr Ruf offiziell beglaubigt. Außerdem würde es Spaß machen, auf diese Weise weiterhin Gäste anzulocken. Nachdem der »Ginhütten«-Club am Anfang so zu kämpfen gehabt hatte, wollten sie nun sicher gehen, dass er überlebte.

»Sollen diese Weihnachts-Cocktails auch weihnachtlich schmecken?« Olivia arbeitete im Geiste bereits alle möglichen Ideen aus. Weihnachtliche Gerichte zählten definitiv zu den drei Dingen, die sie an Weihnachten besonders schätzte. Da gab es so viele Geschmacksrichtungen, mit denen sie spielen konnten … wobei sie bezweifelte, dass gefüllter Truthahn als Cocktail funktionierte.

»Ja, sowohl der Name als auch der Geschmack sollen weihnachtlich sein. Beteiligen können sich alle Pubs und Bars in der Thanet-Region. Ich vermute ein reges Interesse. Der Preis wird nicht leicht zu holen sein, aber vor allem kann er uns helfen, weiterhin Gäste anzuziehen. Ich glaube, wenn unsere Gäste sich an der Entscheidung, was wir einreichen, beteiligt fühlen, werden sie gern alle Rezepte probieren.«

Das wäre vermutlich sowieso der Fall, dachte Olivia. Die Bar war immer noch sehr beliebt, obwohl der Sommer längst zu Ende war. Aber es schadete ja nichts, frischen Wind hineinzubringen.

Tony wechselte jetzt zu den übrigen Themen, die er diskutieren wollte: Ob die Personalbesetzung in Ordnung war und welche Getränke in der kommenden Woche auf der Karte stehen sollten.

Olivia war nicht bei der Sache. Sie überlegte, ob pikante Geschmäcker als Bestandteil von Cocktails funktionieren konnten. Höchstwahrscheinlich schmeckte ein Cocktail, der von Truthahn mit Cranberrys inspiriert war, abscheulich, aber sicher sein konnte sie nur, wenn sie ein wenig experimentierte. Der perfekte Ort dafür war die ursprüngliche Ginhütte – ihre geliebte Strandhütte. Es würde Spaß machen, mit einigen Ideen zu spielen und das Ergebnis selbst zu probieren, bevor man die Getränke anbot.

»Steht für heute noch etwas anderes an?«, fragte Tony.

Die Versammlung war ja wohl noch nicht zu Ende? Olivia hatte, ganz in ihrer eigenen Welt, Überlegungen angestellt, wie man Weihnachtspudding und -gebäck in Cocktail-Geschmäcker verwandeln konnte. »Ja, ja, durchaus.« Olivia schoss hoch wie ein Korken aus der Flasche, als sie merkte, dass sie fast ihre Bushaltestelle verpasst hatte.

Natürlich nicht wirklich ihre Bushaltestelle, aber die Gelegenheit, über eine ihrer Ansicht nach verpasste Gelegenheit zu sprechen. Sie wollte Tony und die anderen mit ins Boot holen.

»Die Bühne gehört dir, Olivia. Worüber willst du reden?« Tony setzte sich. Jetzt ruhten aller Augen auf Olivia. Sie hatte sich nicht so ungraziös ins Rampenlicht katapultieren lassen wollen, aber um gesehen zu werden, war Aufstehen einfach das Beste.

»Hmmmpf.« Olivia räusperte sich. Wo sollte sie bloß anfangen? »Ich habe nachgedacht und bin zu dem Schluss gekommen, dass wir das Hotel mehr nutzen sollten. Natürlich weiß ich, dass der Vorbesitzer damit Geld verloren hat, aber ich glaube wirklich, dass wir im kommenden Jahr noch einiges mehr bieten könnten. Wochenenden zum Beispiel, gin-spirierende Wochenenden, an denen man die Feinheiten der Cocktail-Zubereitung lernt, solche Sachen. Ich weiß, das macht viel Arbeit, aber vielleicht sollten wir es wenigstens ausprobieren.«

»Ich habe auch schon in diese Richtung gedacht«, meinte Esme. »Die ›Ginhütte‹ ist Tonys Baby, aber sie läuft in letzter Zeit gut, ohne dass ich mich groß engagieren müsste. Und da die Jungs ihre Mama nicht mehr so nötig brauchen, würde ich sehr gern den Hotelteil auf Vordermann bringen. Es ständig geöffnet zu halten wäre ein enormer Aufwand, aber die Idee, einzelne Wochenenden anzubieten, gefällt mir. Was meinst du dazu, Tony?« Esme wandte sich ihrem Mann zu.

»Wenn ihr beide, du und Olivia, es gern zu eurem Projekt machen wollt, ist das für mich in Ordnung. Vielleicht möchte noch jemand anderes mithelfen?«

Begeistertes Nicken kam aus allen Ecken des Raumes, insbesondere von Randy und Veronica. Die Vorstellung, dass sich das Oakley-West-Trio auf diese Weise mit einem eigenen Projekt beschäftigen könnte, machte Freude. Das Leben in der Seniorenresidenz war nicht mehr so einengend wie zuvor, aber vom angebotenen Programm war Olivia immer noch wenig begeistert. Besser, sie sorgten selbst für ihre Unterhaltung.

»Klingt also nach einem Plan«, sagte Tony. »Die einzige Frage ist, was für eine Art Wochenende ihr als Generalprobe anbieten wollt.«

Olivia hatte schnell entschieden, was ihr vorschwebte. Zwar war sie von der Idee eines Junggesellenabschieds sehr angetan, aber die Aussichten, dass sich so kurz vor Jahresende eine Gruppe in der richtigen Größe anmeldete, waren gering. »Wie wär's mit einem Weihnachtsglitzerwochenende? Wir könnten es mit der Suche nach dem perfekten Cocktail kombinieren.«

»Das hört sich großartig an«, meinte Esme, und auch etliche andere Anwesende nickten zustimmend. »Es wird ein weihnachtliches, gin-spiriertes Wochenende.«

»Ist aber nicht gerade ein griffiges Motto, oder?«, warf Randy ein. »Da muss uns noch was Besseres einfallen.« Seine buschigen Augenbrauen zogen sich zusammen, während er überlegte.

»Hat jemand eine Idee?«, fragte Esme.

»Wie wär's mit einem Jingle-Bells-Retreat? Nein, nicht Jingle, ich meine Gingle«, schlug Veronica vor.

»Gingle«, wiederholte Tony. Jetzt war es an ihm, laut heraus zu lachen. »GIN-gle, kapiert? Das ist fabelhaft!«

Auch Olivia musste über das alberne Wortspiel schmunzeln und war entzückt angesichts der Aussicht, ihre liebste Zeit im Jahr mit ihrem Lieblingsgetränk in Verbindung zu bringen. Sie hoffte bloß, dass nicht noch mehr Ärsche auftauchten. Denn so lustig der Hintern an dem Schild ausgesehen hatte, sie empfand ihn eher als Drohung denn als Blödelei. Und das gefiel ihr ganz und gar nicht.

3

Die Wochen vergingen für Olivias Geschmack viel zu schnell. In ihrem Leben war gerade so viel los, dass sie am liebsten das Tempo gedrosselt hätte. Allerdings bot sich dazu kaum die Möglichkeit. Sie hatte nicht einmal Zeit gehabt, Rezepte für den Wettbewerb auszuprobieren, obwohl die Weihnachtscocktails schon bald auf der Wochenkarte angekündigt werden sollten.

Das war ganz schön aufregend, denn an diesem Sonntag würde nicht nur Olivia eine Thermosflasche dabei haben, sondern auch Tony! Er wollte den ersten Weihnachtscocktail für die »Ginhütte« präsentieren. Olivia fand es super, nicht als Einzige während der Woche Hausaufgaben erledigen zu müssen.

»Also, was hast du da drin?«, fragte sie. Sie war richtig gespannt, was Tony in seiner Flasche hatte. Auch andere Mitglieder der »Ginhütten«-Crew arbeiteten an Rezepten, aber anstatt sich über ihre Ideen auszutauschen, hatten sie sehr geheimnisvoll getan. Man hätte denken können, sie stünden miteinander im Wettbewerb – was Olivia gar nicht so abwegig fand.

Olivia war in Sorge, dass alle so ziemlich die gleichen Rezepte präsentieren würden, wenn sie nicht miteinander sprachen. Ihr eigener Gedankenblitz war hoffentlich ein wenig ausgefallener, aber um zu wissen, ob sie nicht völlig danebenlag, würde sie noch ein paar Experimente durchführen müssen.

»Das Rezept stammt von Paul. Erzählt ihm bloß nicht, dass ich euch habe verkosten lassen, sonst glaubt er, es würde gemauschelt.«

»Ist dir klar, dass es zwischen uns keine Konkurrenz gibt?« Diesen Punkt musste Olivia einfach klarstellen.

»Offiziell nicht, aber die Gäste werden einen Cocktail zum Sieger küren. Also wird derjenige, dessen Rezept schließlich die ›Ginhütte‹ repräsentiert, Grund zu diebischer Freude haben«, meinte Tony.

»Und welches Rezept hast du mitgebracht, Richard?« Olivia war sicher, dass ihr Sohn seine Idee nicht unter Verschluss halten würde.

»Das verrate ich nicht. Du willst wohl immer die Nase vorn haben, Mum.«

Das konnte Olivia nun wirklich nicht von sich behaupten. Wenn überhaupt, so lag sie zurück, denn die anderen hatten ihre Cocktail-Kreationen offenbar alle schon bei der Hand.

»Der hier nennt sich Schokoladen-Orangen-Cocktail«, erklärte Tony. »Paul hat gesagt, diese Geschmäcker erinnern ihn an Weihnachten.«

Der Drink schmeckte wie klassische Orangenschokolade, und Olivia fand ihn ziemlich gut. Ärgerlich war, dass Tony die Zutaten nicht verraten wollte und sich auch nicht dazu äußerte, wie der Cocktail serviert werden sollte. Sie war sicher, dass er Baileys Chocolate enthielt, während sie den Gin nicht identifizieren konnte. Auch die übrigen Ingredienzen schmeckte sie nicht heraus. Dazu hätte sie weitere Kostproben gebraucht, doch Tony rückte nicht mehr heraus, und außerdem war es jetzt Zeit für ihr wöchentliches Picknick.

»Orangenblüten-Gin?«, riet Olivia noch einmal.

»Meine Lippen sind versiegelt.«

Es war frustrierend, aber wenigstens hatte ihre eigene Idee keinerlei Ähnlichkeit mit dieser Variante.

»Wenn ihr beiden nichts dagegen habt, gehe ich schon mal voraus. Es war so eine arbeitsreiche Woche, dass Esme und ich noch kaum ein Wort miteinander wechseln konnten.«

»Geh nur. Ich komme mit Mum nach«, meinte Richard.

Es klang, als sei Olivia eine tattrige alte Dame, die nicht allein zurechtkam. Allerdings war sie Lichtjahre langsamer als diese Jungspunde. Als Tony loslief, war das wie eine Bestätigung, dass die ganze Welt jünger und fitter war als sie selbst. Manchmal war Altwerden wirklich großer Mist.

»Was soll in deinen Cocktail rein, Mum?«

»Das werde ich gerade dir erzählen.« Olivia musste grinsen. Dieser Cocktail-Wettbewerb versprach lustig zu werden.

Anstatt sich auf ihrem Weg die Promenade entlang anzuschweigen, weil sie beide nichts verraten wollten, machten sie sich einen Spaß daraus, Mutmaßungen über die Zutaten des Cocktails anzustellen, den sie gerade probiert hatten.

Das war eines der besten Ergebnisse, zu denen die Eröffnung der »Ginhütte« geführt hatte: dass Olivias Beziehung zu ihrem Sohn wieder ins Lot gekommen war. Viel zu viele Jahre war sie alles andere als entspannt gewesen, und es war schön, sich jetzt wieder in Gesellschaft des anderen wohlzufühlen.

Früher war Richard für Olivias Geschmack immer zu beschäftigt gewesen. Seine Anwaltskanzlei in London verschlang den Großteil seiner Zeit, und seine Mutter war für ihn zu einer Belastung geworden. Doch durch die Ereignisse rund um die »Ginhütte« hatten sie beide gemerkt, wie wichtig Familie ist, auch wenn die Schatten der Vergangenheit über der Gegenwart liegen. Den Rest der Familie konnte ihnen nichts und niemand zurückgeben, aber sie hatten einander – Mutter und Sohn –, und es kam darauf an, sich daran festzuhalten.

Inzwischen arbeitete Richard nicht mehr wie ein Tier und nahm sich die Wochenenden frei wie jeder normale Mensch. Freitags kam er her und half Tony in der »Ginhütte«, wo an den Freitag- und Samstagabenden reger Betrieb herrschte. Wenn nicht allzu viel zu tun war, verbrachte er auch Zeit mit Olivia, und sonntags wurden die neuen Gins probiert. Anschließend trafen sich alle Strandhüttenpächter zum feiertäglichen Picknick.

Die Strandhüttennachbarn kochten abwechselnd ein Mittagessen, und auch alle anderen trugen etwas zum leiblichen Wohl bei. Heute sollte es Zupfbraten geben. Esme hatte das Rezept perfektioniert, und es war eine von Olivias Lieblingsspeisen.

Die Tische aus den Hütten wurden zusammengestellt, und nach und nach trudelten alle ein, bewaffnet mit Pasta, Salaten und anderen leckeren Beilagen. Olivia und Richard brauchten diese Woche nur die Brötchen mitzubringen. Überhaupt teilte man ihnen meist die einfacher zu beschaffenden Speisen zu, denn die beiden hatten ja vor Ort keine Küche zur Verfügung.

Olivia füllte ihren Teller gierig mit allem, was angeboten wurde. Diese Sonntagnachmittage waren etwas ganz Besonderes. Seit der Eröffnung der »Ginhütte« sah sie ihre Nachbarn nicht mehr zufällig beim zwanglosen Kommen und Gehen. Meist traf man sich eher in der Bar als hier am Strand. Umso schöner, dass sie an dieser Tradition festhielten. Sie stärkte ihren Gemeinschaftsgeist. Außer Richard und Olivia hatten sich Skylar und ihr siebenjähriger Sohn Lucas aus der Nachbarhütte eingefunden. Richard beschäftigte sich gern mit Lucas, und sie bauten oft extravagante Strandburgen. Dann war da Paul, der Fischer, der sich bei Gesprächen meist zurückhielt. Machte er allerdings mal den Mund auf, waren seine Worte immer hörenswert. Tony und Esme aalten sich auf ihren Liegestühlen, obwohl gar nicht genug Sonne da war, um sich darin zu aalen. Ihre drei Söhne, TJ und die Zwillinge, spielten wie so oft Kricket, während Mark und Lily, das nette Paar aus der letzten Strandhütte in ihrer Reihe, ganz mit sich beschäftigt war und tiefe Blicke tauschte. Neben ihnen saßen Randy und Veronica, die zwar keine eigene Strandhütte ihr Eigentum nannten, aber immer mit von der Partie waren. Was die Blicke betraf, machten sie Mark und Lily Konkurrenz. Randy und Veronica bildeten mit Olivia zusammen das Oakley-West-Trio, das nach der Eröffnung der »Ginhütte« durch die Medien bekannt geworden war. Sie waren in den Schlagzeilen gewesen, weil sie bei jeder Gelegenheit aus ihrem Heim ausgebüxt waren, um den geheimen Club zu bilden, von dem bald jeder wusste. Seit die beiden ein Paar waren, fühlte sich Olivia manchmal wie der Anstandswauwau. Aber es gelang ihnen recht gut, einen Mittelweg zu finden: Mal verbrachten sie ihre Zeit als Freunde zusammen, dann wieder blieb das Paar für sich.

Die Truppe bestand aus ganz unterschiedlichen Menschen, und doch überdauerten diese Freundschaften schon viele Jahre. Und auch regelrechte Stürme, wie sich bereits gezeigt hatte.

Vielleicht waren die faulen Sonntagnachmittage deshalb so vergnüglich. Alle kamen ohne Erwartungen, ohne Programm. Hier am Strand fühlten sie sich wohl miteinander, und die ganze Welt schien hell und ruhig. Schade, dass sie es nicht öfter schafften, aber die Bar lief jetzt sehr gut. Die Familie Salter lebte davon, und alle wollten sie unterstützen. Immerhin war in der Westbrook Bay vielleicht nie zuvor etwas derart Spannendes passiert, und noch war die Anziehungskraft der Bar nicht geschwunden. Keiner von ihnen hatte das Interesse daran verloren. Und so würde es hoffentlich bleiben.

Olivias Augen waren einmal wieder größer gewesen als ihr Magen, und sie hatte Mühe, das Essen, das sie sich auf den Teller geladen hatte, zu bewältigen. Ein weiteres Stück Baguette mit Schweinefleischfüllung im Mund, lehnte sie sich entspannt zurück und nahm die Szene in sich auf. Schöner hätte es kaum sein können.

Alle kauten fröhlich, zu beschäftigt mit dem Essen, um sich zu unterhalten. Nur Tony aß nichts – er war müde von den langen Arbeitsstunden in der »Ginhütte«, das war ihm anzusehen. Er lag, den Sonnenhut über dem Gesicht, in seinem Liegestuhl.

Schade, denn Olivia plauderte sonntags gern mit Tony. Das Geschäft nahm ihn zeitlich derart in Anspruch, dass sie kaum noch dazu kamen, sich so zu unterhalten wie während seiner kurzen Arbeitslosigkeit.

Richard war zu sehr mit Essen beschäftigt, um zu reden, und behielt nebenbei Lucas im Auge. Das war wichtiger als ein Gespräch mit seiner lieben alten Mutter.

Als sie schließlich satt war und keinen Bissen mehr herunterbrachte, lehnte sich Olivia in ihrem Liegestuhl zurück. Mit ein wenig Glück würde sie es später schaffen, ihren Teller vollends leer zu essen. Der Zupfbraten war zu lecker, um etwas übrig zu lassen.

Es war tröstlich, dem Meer zu lauschen. Es konnte die Gedanken, die manchmal den Geist überschwemmten, ertränken. Olivias Geist war in letzter Zeit ruhiger, jetzt wo ihr Sohn wieder Teil ihres Lebens war. Die Schatten waren immer noch da, aber die Gegenwart stand im Vordergrund und sie selbst war zufriedener denn je. Heute beunruhigte sie der blöde Hintern aus Pappmaché. Wenn es etwas im Leben gab, das sie verabscheute, so waren es Mobbing und Boshaftigkeit. Auch wenn das Papp-Graffiti harmlos scheinen mochte, so stank es doch nach beidem. Es war wahrscheinlich die passiv-aggressivste Art der Beleidigung, die ihr je untergekommen war. Offenbar steckte ein Plan dahinter, und Olivia war sicher, dass es dabei nicht bleiben würde. Wer auch immer das Ding angebracht hatte, würde erneut Schwierigkeiten machen. Die Frage war bloß: Warum? Doch da bisher weiter nichts vorgefallen war, verstand sie selbst nicht recht, wieso es sie immer noch beschäftigte. Jedenfalls machten sich alle anderen offenbar weniger Gedanken darüber als sie.

Ein neues Geräusch drang an ihr Ohr, das die Wellen und das Kricketspiel der Jungs überlagerte. Ein einzigartiges Geräusch, das mit nichts zu vergleichen war – irgendetwas zwischen einem Schnarchen und dem Schmatzen, das zu hören ist, wenn das letzte Wasser durch den Badewannenausguss fließt.

Es war das Todesrasseln.

Olivia setzte sich augenblicklich auf. Warum bloß hörte sie dieses Geräusch? Vielleicht war es ein Echo. Eine Erinnerung. Bis zum Ruhestand hatte sie jahrelang im Hospiz gearbeitet. Die Menschen, die sie in den Tod begleitet hatte, konnte sie gar nicht mehr zählen. Die letzte Dame, deren Sterben sie miterlebt hatte, war ihr noch gut in Erinnerung. Die Familie lebte eine Stunde entfernt und hatte sich dafür entschieden, nicht über Nacht zu bleiben. Natürlich war es dann nachts so weit, und die Familie konnte nicht mehr rechtzeitig zur Stelle sein. Da es Olivias letzte Schicht war, blieb sie freiwillig bei der Dame, damit sie es in ihren letzten Stunden angenehm hatte. Es waren dann eher Minuten gewesen. Olivia hatte die Hand der Dame gehalten, solange sie noch warm war, obwohl schon kein Leben mehr in ihr war. Ihr Todesrasseln war kurz und stimmlos gewesen, jenes Ringen um Atem, wenn das Herz schon zu schwach ist, um die Lungen in ihrem Kampf zu unterstützen.

Dieses Geräusch hatte hier nichts zu suchen. Olivia spähte hinüber zu Randy und Veronica. Vielleicht gaben alte Käuze beim Knutschen ja ähnliche Töne von sich? Zum Glück hatten sie trotz ihrer unübersehbaren Zuneigung füreinander nicht angefangen, wie Teenager bei jeder sich bietenden Gelegenheit Zungenküsse auszutauschen. Aber das konnte ja noch kommen.

Nein, sie waren es nicht. Stattdessen ließen sie sich wie alle anderen das Festmahl schmecken.

Sie musste es sich wohl einbilden. Hier waren alle möglichen seltsamen Geräusche zu hören. Sogar die Möwen konnten auf eine Weise kreischen, die einen vermuten ließ, es sei ein Vogelmassenmord im Gange. Vielleicht stritten sie sich um ein Stück Pommes.

Da war es wieder.

Das Rasseln. So deutlich. So klar. Ein Ton, der in der Seele weh tat. Das kehlige Luftholen, das es kaum mehr schafft, den Menschen am Leben zu halten.

Ohne groß nachzudenken, bewegte sich Olivia so schnell wie schon lange nicht mehr. Plötzlich wusste sie genau, wo das Geräusch herkam, und es war hier ganz und gar fehl am Platz.

Sie war alt. Ein solches Geräusch sollte eigentlich sie selbst von sich geben. Oder Randy. Oder Veronica. Jedenfalls nicht Tony. Sie waren dem Tod so viel näher als er mit seinen nicht einmal fünfzig Jahren. Er hatte halbwüchsige Kinder. Er hatte mit der »Ginhütte« beruflich umgesattelt. Die Zeit für ihn war noch nicht gekommen.

Mit zwei flinken Bewegungen schlug sie den Hut von seinem Gesicht und tat dann etwas, das sie nie zuvor getan hatte. Bisher hatte sie Menschen immer nur die Hand gehalten, damit sie auf ihrem letzten Weg nicht allein waren. Diesmal würde sie das Leben nicht kampflos zu Ende gehen lassen.

Obwohl sie schon seit zwanzig Jahren nicht mehr für den National Health Service arbeitete und niemals an einem echten Menschen die Herzdruckmassage ausgeführt hatte, bearbeitete sie nun Tonys Brust mit den Händen, als hinge ein Leben davon ab. Denn das war tatsächlich der Fall.

Und jedes Mal, wenn sie zudrückte, setzte Olivia alle Willenskraft daran, den Tod abzuwenden. Wenn schon jemand auf spektakuläre Weise den Geist aufgeben sollte, dann sie selbst. Nicht Tony. Für Tony war es viel zu früh.

4

Als sie zwei Tage später das Krankenhaus betrat, zitterten Olivia unwillkürlich die immer noch schmerzenden Arme. Alle beim Picknick Anwesenden hatten tatsächlich geglaubt, Tony würde schnarchen. Hätte Olivia nicht so beherzt eingegriffen, wäre Tonys Todesrasseln unter Umständen unbemerkt verstummt.

Olivia nahm Richards Arm. Auf einmal fühlte sie sich wackelig. Nachdem sie mit der Wiederbelebung begonnen hatte, hatte schon bald ihr Sohn die mühselige Aufgabe übernommen und gleichzeitig über Freisprechanlage mit dem Rettungsdienst telefoniert. Und während sie ihm zusah, hatte der Schock sie eingeholt und das Adrenalin war durch ihre Adern geschossen.

Akute Notfälle versetzten sie in Angst und Schrecken. Eine Folge des Verlustes ihres Mannes und ihrer Tochter. Doch es kam ihr vor, als hätte sich ihre Abneigung gegen Blaulicht inzwischen gelegt. Seit der »Ginhütten«-Club existierte, hatte sie mit allen möglichen Notdiensten zu tun gehabt, und einige Mitarbeiter kamen an ihren freien Tagen in die »Ginhütte«.

In Tonys Fall hatte die Panik nicht von ihr Besitz ergriffen. Sie hatte vollkommen instinktgesteuert gehandelt. Sie wusste, was zu tun war, und nur sie hatte überhaupt gemerkt, dass es ein Problem gab. Erst als er im Krankenwagen lag – mehr tot als lebendig –, hatte die Angst sie gepackt und seitdem nicht mehr losgelassen. Und angesichts ihrer vierundachtzig Jahre forderte alles, was sie stark beunruhigte, seinen Tribut.

Tony musste sich unmittelbar nach seinem Eintreffen im Krankenhaus einer Notfalloperation unterziehen. Es war ein schwerer Herzinfarkt gewesen, und um Tony wiederherzustellen, war ein dreifacher Notfall-Bypass nötig gewesen. Die Stunden des Wartens während des Eingriffs waren die längsten, die Olivia je durchgemacht hatte. Sie entschieden, die »Ginhütte« an diesem Abend nicht zu öffnen. Während Esme und die Jungs im Krankenhaus blieben, saßen sie Übrige in der Kuschelecke der Bar, ohne zu wissen, was sie tun sollten.

Es war eine seltsame Zeit gewesen, die Olivia hauptsächlich damit verbrachte, in eine Decke gehüllt mit Skylars Sohn Lucas zu kuscheln. Ein Glück, dass er das gerne tat. Zugegeben, er akzeptierte es vor allem deswegen, weil seine Mutter ihm erlaubte, so lange wie sonst nie auf seinem Tablet zu spielen, aber selbst dieser kleine Junge spürte die Auswirkungen der Geschehnisse. Und weil sie eine große Schwäche für ihn hatte, war sie froh, sich mit ihm beschäftigen zu können, auch wenn sie ihm bei dem Spiel überhaupt nicht helfen konnte.

Ganz ehrlich gesagt, war Olivia, auch wenn sie es sich kaum hatte anmerken lassen, aus allen Wolken gefallen. Tony war einer ihrer engsten Freunde. Sie hatte miterlebt, wie seine Kinder heranwuchsen. Gemeinsam hatten sie aus einer Idee von Olivia etwas Großartiges gemacht, und die »Ginhütte« florierte unter seiner Leitung. Olivia konnte sich ein Leben ohne ihn gar nicht mehr vorstellen. Nie hatte sie sich seit Johns Tod einen anderen Ehemann gewünscht, doch Tony war sozusagen ihr Arbeitsehemann geworden. Ein besserer Ausdruck fiel ihr nicht ein. Mit ihm besprach sie begeistert die neuesten Gins mit limitierter Abfüllung. Ihr gegenüber grummelte er über die Kostenvoranschläge für die Renovierung der Badezimmer. Sie waren inzwischen mehr als befreundet. Sie waren ein Team. Sie teilten eine Leidenschaft und machten so viel mehr daraus. Sie wollte ihn um keinen Preis verlieren.

So gesehen war es kein Wunder, dass Olivia zitterte, als sie auf dem Weg zur Intensivstation mit Richard in den Lift stieg.

»Alles in Ordnung, Mum?«, fragte er.

Sie waren allein im Lift. Olivia konnte ehrlich antworten. »Ich mache mir Sorgen, wie es Tony wohl geht.«

»Er lebt. Das ist die Hauptsache. Und er möchte dich sehen.«

In Anbetracht von Tonys Zustand, als sie ihn zuletzt gesehen hatten, war es richtig, was Richard sagte. Es konnte nur bergauf gehen. Doch trotzdem blieb die Sorge, die sie nicht mehr losließ, seit sie das Unheil verkündende Geräusch wahrgenommen hatte.

Olivia holte tief Luft und wappnete sich für die Begegnung mit Tony.

Bei seinem Anblick war sie augenblicklich erleichtert.

Anstatt, wie sie sich vorgestellt hatte, halb komatös im Bett zu liegen, saß er in einem Sessel. Wären nicht die frische Operationsnarbe auf seinem nackten Oberkörper und die Schläuche an allen möglichen Stellen gewesen, hätte es fast ausgesehen, als würde er sich im Liegestuhl entspannen.

»Da ist sie ja! Die Heldin der Stunde!« Tony strahlte bei Olivias Anblick.

Wie belebend es war, Tonys Stimme zu hören, die fast für immer verstummt wäre.

»Du hättest einfach sagen sollen, dass du einen Schmatzer willst. Wirklich abscheulich, was du dir einfallen lässt, um meine Aufmerksamkeit zu erregen.« Zum ersten Mal seit dem Vorfall spürte Olivia, wie ihre Kräfte zurückkehrten. Sie ließ Richards Arm los und ging zu Tony, um ihm einen Kuss auf die Wange zu geben.

»Olivia Turner, momentan darfst du mich nicht zum Lachen bringen. Es tut verdammt weh.« Tony drückte sich ein Handtuch an die Brust, als könnte das Lachen die Wunde aufplatzen lassen.

Olivia konnte sich gut vorstellen, dass es weh tat – bei so einer Operation! »Tut mir leid. Ich bin froh, dass du wohlauf bist.« Allein der Gedanke, dass es vollkommen anders hätte kommen können, war schrecklich.

»Und ganz vielen Dank euch beiden. Esme hat mir erzählt, was passiert ist. Offenbar seid ihr meine Schutzengel. Wie soll ich euch das bloß danken?«

»Indem du gesund wirst. Mehr ist an Dank nicht nötig.« Olivia wollte in ihrem Alter nicht noch mehr solcher Schrecksekunden erleben.

»Ja, gesund werden steht definitiv ganz oben auf der Tagesordnung. Es gibt aber noch einen Grund, warum ich euch sprechen wollte – außer um mich bei meinen Lebensrettern zu bedanken. Ich weiß nicht recht, was aus der ›Ginhütte‹ werden soll, bis ich wieder fit bin. Den Ärzten zufolge werde ich bis Weihnachten nicht voll einsatzfähig sein. In der Zeit brauchen wir jemanden, der Regie führt.«

»Mach dir um die ›Ginhütte‹ keine Gedanken. Du und Esme, ihr müsst euch jetzt um euch selbst kümmern.« In den vergangenen Tagen hatte Olivia kaum etwas anderes getan, als sich um Tony zu sorgen. Natürlich war in ihrem Kopf für nichts weiter Platz gewesen – schließlich stand er mit einem Fuß im Grab, als er in dem Krankenwagen abtransportiert wurde. Und jetzt war Tony nicht nur auf den Beinen, sondern er machte sich – typisch für ihn – sogar schon wieder Gedanken ums Geschäft.

»Mum hat recht. Mit diesem Herzinfarkt wollte dein Körper dir sagen, dass du kürzer treten musst. Du solltest dir nicht zwei Tage nach der Operation schon wieder Gedanken über die Bar machen.« Was Richard sagte, war vollkommen vernünftig. Wie immer, doch ausnahmsweise war Olivia mit seinen Argumenten einverstanden.

Eine Schwester kam, um nach Tony zu sehen. Ihre Beobachtungen und Informationen trug sie in ein Formular ein. Dabei ging sie so diskret vor, dass sie das Gespräch nicht störte. Sie behielt ihren Patienten genauestens im Auge, das war eindeutig. Und wenn man ihr zusah, wurde klar, dass Tony noch nicht über den Berg war, so quietschfidel er auch wirken mochte. Thoraxdrainagen taten ihre Arbeit und zeigten ebenso wie der Katheterbeutel, dass er noch nicht wirklich wieder auf den Beinen war. Außerdem piepten etliche Monitore in therapeutischer Harmonie. Erstaunlich, wie tröstlich es war, im Hintergrund ein Herz schlagen zu hören.

»Ich weiß, dass ich Erholung brauche. Ich kann frühestens in sechs Wochen wieder arbeiten.«

»Nicht rennen, bevor Sie gehen können, Tony«, sagte die fröhliche Schwester. »Dabei werden Ihnen gleich die Physiotherapeuten helfen, wenn Ihr Besuch wieder weg ist.« Sichtlich zufrieden mit dem Ergebnis ihrer Kontrolle kehrte die Schwester in das nahe gelegene Schwesternzimmer zurück.

»Wirklich, an die Arbeit brauchst du keinen Gedanken zu verschwenden.« Richard schlug einen weitaus strengeren Ton an, als Olivia das je geschafft hätte.

»Es ist bloß …« Das Lächeln auf Tonys Gesicht erstarb und seine Stimme senkte sich zu einem Flüstern. »… da ich jetzt selbstständig bin, habe ich nicht mehr die gleichen Vorteile wie in meinem alten Job. Ich frage mich, wie wir über die Runden kommen sollen, wenn wir die ›Ginhütte‹ nicht am Laufen halten können, insbesondere jetzt, wo es auf Weihnachten zugeht.«

An die ungeheure finanzielle Belastung, die es für die Familie Salter bedeuten würde, die »Ginhütte« vorübergehend zu schließen, hatte Olivia noch gar nicht richtig gedacht. Sie selbst machte nur aus Spaß mit, und um die Salters zu unterstützen. Aber nur weil Tony nun eine Weile lang nicht als Hauptverantwortlicher fungieren konnte, brauchte die Bar nicht zwangsläufig den Betrieb einzustellen. Es musste eine Lösung geben. Sie wusste bloß nicht recht, wie eine Rentnertruppe das allein schaffen sollte. Esme und die Jungs, die alle viel in der Bar im Einsatz waren, sollten jedenfalls nach dem Schock Gelegenheit haben, Zeit mit Tony zu verbringen. »Mach dir darüber keine Gedanken. Wir werden uns etwas einfallen lassen. Sobald wir zurück sind, organisieren wir ein Treffen und arbeiten einen Plan aus.« Wie dieser Plan aussehen sollte, war ihr schleierhaft, aber da Tony sich Sorgen machte, konnte es nicht schaden, zuversichtlicher zu klingen, als sie es war.

»Mum hat recht. Wir finden eine Möglichkeit, die kommenden Monate zu überbrücken, ohne die ›Ginhütte‹ zu schließen. Wir kümmern uns drum. Konzentrier du dich darauf, gesund zu werden, und überlass den Rest einfach uns.«

Ein Monitor begann zu piepen. Was für ein Kontrast zu den rhythmischen Tönen, über die sich Olivia so gefreut hatte! Panik ergriff sie.

Die Schwester kam, um einen der Schläuche, die an Tonys Brust befestigt waren, zurechtzurücken. Zum Glück hörte das Piepen sofort auf. »Zeit, wieder ins Bett zu gehen, Tony. Sie werden Ihren Besuch jetzt verabschieden müssen.«

Überrascht stellten sie fest, dass sie schon seit mehr als einer Stunde da waren. Olivia und Richard überließen es den Experten, Tony samt Schläuchen und Drähten wieder ins Bett zu verfrachten. Als sie gingen, horchte Olivia noch einen Augenblick lang auf das wundervolle Geräusch seines schlagenden Herzens. Es war wirklich beängstigend, wie schnell etwas so Wesentliches verstummen konnte. Ihr war überdeutlich bewusst, wie knapp Tony mit dem Leben davongekommen war.

Irgendwie war die »Ginhütte« auch so etwas wie der Herzschlag ihrer Gemeinschaft. Jedenfalls hatte sie Olivias Leben in einer Weise belebt, die sie in ihrem Alter nicht mehr für möglich gehalten hatte. Auf keinen Fall konnten sie zulassen, dass sie geschlossen wurde. Sie mussten einen Plan ersinnen, um das zu verhindern. Und zwar schnell.

5

Wie sich herausstellte, war ein formelles Treffen, wie Olivia es für erforderlich gehalten hatte, gar nicht nötig. Esme lag so viel daran, Tony zu beruhigen, dass sie bereits eine Anzeige in der Lokalzeitung aufgegeben hatte, in der sie für die kommenden Wochen einen Geschäftsleiter suchte. Bewerbungsschluss war in sieben Tagen. So brauchten sie einstweilen bloß die Daumen zu drücken, dass sich eine geeignete Person melden würde.

In der Zwischenzeit arbeiteten sie einen Dienstplan aus, um die Woche zu überbrücken, bis jemand anfing, der Tony ersetzen konnte. Die Abende wurden gleichmäßig auf alle verteilt, und jeden Abend war jemand anders verantwortlich. Wie gut, dass so viele aus ihrem Kreis mit der Art, wie Tony die »Ginhütte« führte, wohlvertraut waren. Ohne die Salter-Jungs, die inzwischen auch schon alt genug waren, um hinter der Theke zu stehen, wurde es zahlenmäßig zwar etwas knapp, aber die Söhne sollten Zeit für ihren Vater haben. Die Gäste wussten ja, was geschehen war. In der Strandhuttengemeinschaft verbreiteten sich Nachrichten rasch, zumal die Sache mit Tony in aller Öffentlichkeit passiert war. Die »Ginhütte« war eine Erweiterung dieser Gemeinschaft; da kam es nicht überraschend, dass alle im Bilde waren und unglaublich verständnisvoll reagierten.

Olivia konnte also genauso weiterleben wie zuvor, nur, dass sie in dieser Woche ein paar Abende mehr in der »Ginhütte« zubrachte. Gleichzeitig wurde sie von einem eigenartigen Verlustgefühl geplagt. Zwar hatte sie Tony nicht verloren, aber sein

Fehlen in der »Ginhütte« gab ihr das seltsame Gefühl, das Leben sei aus dem Tritt geraten. So, als hätte sich die Achse ihrer Welt um ein paar Millimeter verschoben – nichts war mehr wie zuvor.

An diesem Morgen saß Olivia in der Eingangshalle von Oakley West und wartete auf Veronica. Auf Veronica musste sie sonst nie warten. Sie war stets überpünktlich. Es war so ungewöhnlich, dass Olivia gar nichts mit sich anzufangen wusste.

Überhaupt war Olivia im Moment ziemlich ruhelos. Wie sollte sie die Wartezeit überbrücken? Wenn es absehbar gewesen wäre, hätte sie wohl nach einer Zeitschrift gegriffen oder sich einen Becher Wasser aus dem Spender geholt. Aber Veronicas Verspätung war derart untypisch, dass Olivia stattdessen fünfhundertzweiundachtzig verschiedene Sitzpositionen ausprobierte, von denen keine einzige bequem war. Als sie gerade zu überlegen begann, was nun zu tun sei, stieg Veronica strahlend aus dem Lift.

»Was war denn los bei dir?«, fragte Olivia. Ihre Freundin sah aus wie eine Katze, die am Sahnetopf geschleckt hat.

»Nichts«, sagte Veronica immer noch grinsend.

Also doch irgendetwas.

»Dir ist doch klar, dass wir keine Geheimnisse voreinander haben dürfen, oder?«

Veronica sah Olivia schräg an. »Ehrlich, es hat nichts mit dir zu tun.«

»Wirklich?« Olivia war sich nicht so sicher.

»Wir haben ein Doppelzimmer bezogen, Randy und ich. Bei

allem, was sonst so los ist, wollte ich das vorerst nicht an die große Glocke hängen.«

Veronica hatte ganz richtig vermutet. Olivia würde keine weiteren Fragen zu den Hintergründen ihrer Verspätung stellen. »Großartig. Ich dachte, es war keines frei?«

»Stimmt, aber sie haben einen Teil des Bereichs, den früher die Hausmutter bewohnt hat, umgewandelt.«

»Wow. Da sieht man, wie abgelenkt ich war. Davon habe ich gar nichts mitbekommen.«

»Ja, es hat sich gezeigt, dass die Hausmutter einen Teil des Hauses mit Beschlag belegt hatte, der eigentlich für Bewohnerzimmer vorgesehen war. Jetzt wird einiges davon renoviert und steht uns dann zur Verfügung.«

Es war seltsam, sich der Ereignisse vom Sommer zu entsinnen. Die Hausmutter hatte Olivia auf dem Kieker gehabt, und ein großer Teil – fast ein Viertel – von Oakley West, war für die Bewohner tabu und den Bediensteten vorbehalten gewesen. Offenbar hatte die Leitung eine ganze Reihe von Zimmern für ihre schändlichen Aktivitäten benutzt. Zimmer, die ihr eigentlich gar nicht zustanden.

Olivia war froh, dass sie die Hausmutter los waren, und das neue Personal verhielt sich viel freundlicher und professioneller … wobei auch nicht viel dazugehörte, die ehemalige Hausmutter in dieser Hinsicht auszustechen. Sie freute sich, dass Veronica und Randy so bald ein gemeinsames Zimmer bekommen hatten. Bloß was sie in diesem Zimmer trieben, wollte sie wirklich nicht wissen.

Olivia hielt sich gern für weltklug, doch irgendwie fühlte sie sich beim Gedanken an die beiden wie eine halbwüchsige Tochter, die bei der Vorstellung erschaudert, dass ihre Eltern es mit über vierzig noch machten. Was auch immer dieses Lächeln auf Veronicas Gesicht zauberte, Olivia interessierte es kein bisschen.

Stattdessen verließen sie zusammen die Lobby, um wie gewohnt der Strandhütte einen morgendlichen Besuch abzustatten. Veronicas Verspätung und ihr kokettes Lächeln übergingen sie geflissentlich. Stattdessen plauderten sie über Tony – wie gut er trotz der Strapazen aussah, die er hatte durchmachen müssen.

»Glaubst du, es findet sich ein Übergangsmanager? Ich kann mir nicht vorstellen, dass sich viele Leute auf eine Stelle bewerben, die auf drei Monate befristet ist«, meinte Veronica.

Am Fuß des Abhangs angekommen, gingen sie die Promenade entlang auf die Reihe mit den sechs Hütten zu, die Olivias Großfamilie gehörten. »Tony hat nach seiner Entlassung wochenlang gesucht und keinen Job gefunden. Dann hat er sich selbst einen geschaffen. Es sind also hoffentlich genügend Leute auf Arbeitssuche. Allerdings können wir nicht mit vielen Bewerbern rechnen, da Esme die Anzeige nur für eine Woche geschaltet hat.« Ehrlich gesagt, konnten sie es sich auch nicht leisten, wochenlang zu inserieren. Bis Weihnachten waren es kaum noch zwei Monate, und wenn sie weitermachen wollten wie geplant, dann brauchten sie jemanden, der den Laden schmiss. Olivia hoffte inständig, dass ein paar passende Bewerber dabei waren.

»Wie sollen die Vorstellungsgespräche laufen? Bleibt das uns überlassen?«

Olivia sog tief die salzige Meeresluft ein. Sie hatte noch nie ein Bewerbungsgespräch geführt und keine Ahnung, was sie fragen oder wie sie die Antworten einschätzen sollte. Welche Qualifikationen brauchte es, um eine Bar zu führen? Tony hatte es hervorragend gemacht, was hauptsächlich an seiner großartigen Persönlichkeit lag. Wenn Leute nicht schon allein wegen des Namens »Ginhütte« begeistert waren, dann garantierte Tonys herzliche Art dafür, dass sie Stammkunden wurden. Aber wie sollte man im Laufe einer halben Stunde beurteilen können, ob ein Mensch dazu fähig war? Nie im Leben hätte Olivia damit gerechnet, einmal Gespräche mit Bewerbern führen zu müssen. Diese Erkenntnis brachte sie auf eine Idee. »Wie wär's, wenn wir die Bewerbungstermine anders gestalten als üblich? Wenn wir die Leute einfach hinter der Theke der ›Ginhütte‹ einen Cocktail mixen lassen? Dann wissen wir jedenfalls, ob sie das können. Sie können dabei mit uns reden, so merken wir, ob sie Persönlichkeit haben und wie kreativ sie sind. Immerhin sollen sie uns ja beim Weihnachtscocktail-Wettbewerb unterstützen.«

»Super Idee. Hoffentlich gibt es nicht zu viele Bewerber, sonst werden wir an dem Tag heillos betrunken sein.«

Olivia lachte, während sie den Schlüssel zur Hütte heraussuchte. »Ich denke, wir probieren dann lieber von jedem nur einen kleinen Schluck.«

Olivia öffnete die Tür und dachte dabei über ein paar Ideen für Weihnachtscocktails nach. War es schlimm, dass sie trotz allem, was geschehen war, immer noch scharf darauf war, die anderen mit ihren Rezepten auszustechen? Sie wollte unbedingt den Ruhm einheimsen. Hoffentlich konnten sie trotz allem ihre Pläne durchziehen. Sie würde, wann immer sie Gelegenheit hatte, in der Strandhütte experimentieren, denn sie ging davon aus, dass alles weiterlaufen würde wie geplant.

In der Hütte war alles ähnlich chaotisch wie der heutige Tagesablauf. Nichts war an seinem gewohnten Ort. Als sie zuletzt hier gewesen war, hatte Tony seinen Herzinfarkt erlitten. Jemand – wer, wusste sie nicht – war so nett gewesen, nach den dramatischen Ereignissen die Hütten abzuschließen. Wahrscheinlich Paul oder Mark. Sie hatten dann wohl einfach alles irgendwie hineingestopft, um schnell wieder bei den anderen zu sein und mit ihnen auf Nachricht zu warten.

Olivia machte Ordnung.

»Kommst du auch ins Wasser?«, fragte Veronica.

Die Luft war heute kühl. Sicher war das Meer so frisch, dass ihr erst einmal der Atem stocken würde. Nachdem sie Tony vor so kurzer Zeit hatte nach Luft ringen hören, war Olivia unsicher, ob sie es bei der Kälte wagen sollte. Sie war in den vergangenen Wochen gealtert – wie sehr, darüber dachte sie lieber nicht nach. Ihre Schultern schmerzten immer noch von der Herzdruckmassage, die sie Tony verabreicht hatte.

Olivia hatte die Worte »Ich weiß nicht recht« schon auf den Lippen, doch dann rief sie sich zur Ordnung. War die Zerbrechlichkeit des Lebens nicht ein Anreiz, jede Gelegenheit mit beiden Händen zu ergreifen? Sie schob ihre Zweifel beiseite. Nacktbaden stand auf dem Programm, und wenn es ihr dabei die Nippel abfror. Viel Gebrauch machte sie ohnehin nicht mehr davon.

Als sie sich Handtücher aus der Schublade schnappte (um den Weg zurück ohne Schutz zu gehen, war es nun doch zu kalt), hatte sie wieder das Gefühl, dass alles in Unordnung war.

Die Handtücher waren gefaltet, nicht gerollt. Olivia rollte die Handtücher immer. Irgendwie passten sie dann besser in die Schublade. Doch aus irgendeinem seltsamen Grund waren sie nun gefaltet. Vielleicht verlor Olivia den Verstand. Vielleicht begann er zu bröckeln. Vielleicht hatte sie die Handtücher ja schon immer gefaltet und ihr Hirn spielte ihr komische Streiche.

Ihr war noch gut in Erinnerung, warum sie schließlich eingewilligt hatte, in die Seniorenresidenz Oakley West zu ziehen. Und zwar wegen dieses einen Tages, als sie sich nach einem ganz kleinen Schlaganfall nicht mehr erinnern konnte, wozu ein Teebeutel gut war. Zum Glück hatte der Vorfall keine bleibenden Folgen gehabt. Nur einen kurzen Moment lang hatte sie sich ganz und gar verloren gefühlt.

Doch nun waren all ihre Handtücher gefaltet – vielleicht war das der Anfang vom Ende? Vielleicht war sie nicht nur wegen Tonys schlechtem Zustand aus dem Lot. Womöglich war sie auch selbst betroffen. Die Handtücher waren nämlich nicht draußen gewesen, als das mit Tony passierte – sie konnte also nicht Mark oder Paul dafür verantwortlich machen, die Tücher gefaltet zu haben. Nein, in dieser Welt hier rollte Olivia definitiv ihre Handtücher. Sie hatte es so gemacht, so lange sie zurückdenken konnte, doch jetzt war ein Zweifel in ihrem Kopf. Vielleicht hatte sie irgendwann angefangen, Dinge anders zu machen als früher, und ihr Gehirn hatte vergessen, das zu registrieren. Was immer es war, es war bizarr, und es verstärkte ihr Gefühl, dass etwas nicht stimmte. Je eher Tony zurückkam, desto besser. Wenn sie das ihrem Sohn erzählte, würde er sie zur psychiatrischen Untersuchung schicken. Tony hingegen würde ihr helfen herauszufinden, was passiert war. Sie brauchte ihn, damit ihre Welt wieder in Ordnung kam.

Vorerst ignorierte Olivia das Problem, griff sich zwei große Handtücher und gesellte sich zu Veronica an den Strand. Ihre Freundin war bereits ausgezogen und schwamm fröhlich hinaus. Nachdem Olivia ihre rosa Fleecejacke abgestreift hatte und aus dem weiten gelben Kleid geschlüpft war, rannte sie praktisch ins Wasser, um den Kälteschock so schnell wie möglich hinter sich zu bringen.

Es sind Handtücher, sagte sich Olivia. Ganz gewöhnliche Handtücher. Es spielte wirklich keine Rolle, ob sie gefaltet oder gerollt waren. Aber andererseits eben doch, wenn etwas so Unwichtiges bewirkte, dass sie nicht mehr wusste, wo links und rechts war.

Olivia legte sich auf den Rücken und ließ sich einen Moment treiben, erlaubte den Wellen, sie in jede beliebige Richtung zu wiegen. Das tat sie normalerweise nicht. Das Nacktsein genügte als Reiz für eine sensible Seele. Doch heute war es anders. Denn, ja, alles war aus dem Lot. Sie konnte bloß hoffen, dass sie einfach mit dem falschen Fuß zuerst aufgestanden war.

6

Auch in den folgenden Tagen wurde Olivia das Gefühl nicht los, dass etwas nicht in Ordnung war. Ihr Tagesablauf blieb unverändert: Sie stand früh auf und verbrachte den ersten Teil des Vormittags damit, im Morgenlicht, das durch ihr großartiges Erkerfenster mit Blick auf die Bucht drang, zu lesen. Lieber hätte sie das wie früher in ihrer Strandhütte getan, doch zugegebenermaßen war sie inzwischen nicht mehr so abgehärtet gegen das kühle Wetter. Dann ging sie hinunter zum Frühstück, wo sich Veronica und Randy zu ihr gesellten. Olivia wählte fast immer das warme Frühstück. In dem Lebensabschnitt, in dem sie sich befand, brauchte sie die Folgen von Blutwurst und fettem Speck nicht mehr zu fürchten. Sie konnte ihr Essen ohne Skrupel genießen. Was für eine schöne Lebensphase!

Normalerweise hätte sie sich danach, sofern sie sich nicht für die für den Vormittag angebotene Beschäftigung interessierte (und Stricken mochte zwar nützlich sein, aber sie empfand keinerlei Bedürfnis, ihre diesbezüglichen Fähigkeiten mit vierundachtzig zu perfektionieren), auf den Weg zur »Ginhütte« gemacht. Sie öffnete zwar erst später, aber Tony war immer schon mit Vorbereitungen beschäftigt. Mindestens drei-, viermal die Woche führte Olivia sich dort mit ihrem Freund bei einer Tasse Kaffee die Morgenzeitungen zu Gemüte. Das hielt ihr Hirn besser fit als jedes Aktivitätsprogramm, und die Turteltäubchen hatten Zeit füreinander.

Wahrscheinlich fühlte sie sich so aus dem Takt, weil ihr diese Treffen mit Tony fehlten. Denn obwohl sie gern den Tag in der Strandhütte verbrachte, vermisste sie die Gespräche mit ihren Freunden, die jetzt alle Hände voll zu tun hatten, um dafür zu sorgen, dass die »Ginhütte« während Tonys Abwesenheit geöffnet bleiben konnte.

Sie vereinbarte einen weiteren Besuch im Krankenhaus. Tony war nicht mehr auf der Intensivstation, und Esme hoffte auf seine baldige Entlassung. Dieses Mal wagte Olivia die Fahrt allein mit dem Taxi. Sie mochte Krankenhäuser nicht und hatte zum Glück selten damit zu tun gehabt. Die Beschilderung war gut, und sie fand sich im Labyrinth der Flure besser zurecht als erwartet.

Als Olivia in Tonys Zimmer ankam, war er nicht da. Typisch – obwohl Esme ihn über Olivias Besuch informiert hatte, war er wohl gerade jetzt zu irgendeiner Untersuchung in einen anderen Teil des Krankenhauses gebracht worden.

»Hallo!«

Die vertraute Stimme ließ Olivia zusammenzucken. Sie drehte sich um und erblickte Tonys imposante Gestalt. »Du solltest nicht versuchen, mir einen Herzinfarkt zu verpassen. Davon hatten wir inzwischen genug, oder? Ich hätte nicht gedacht, dass du schon herumläufst.« Tony wirkte kerngesund. So, als wäre nichts geschehen. Offenbar hatte das Leben all seine Wunder für Olivias späte Jahre aufbewahrt – es war auch langsam Zeit geworden …

»Hier kommt man nie zur Ruhe. Sie wollen, dass man so bald wie möglich wieder auf den Beinen ist. Ich hatte vorher nicht gemerkt, dass etwas nicht stimmte. Manchmal hatte ich ziemliche Schmerzen in der Brust, aber ich dachte, das kommt vom schweren Heben. Jetzt fühle ich mich wie neugeboren.« Tony ging mit ihr zu seinem Bett, setzte sich darauf und überließ Olivia den Stuhl. »Wie geht es dir?«

»Ich glaube, ich verliere langsam den Verstand.« Mit Tony konnte sie wenigstens offen reden. Wenn sie das Richard anvertraut hätte, wäre sie, ehe sie sich versah, beim Arzt gelandet.

»Das hätte ich dir auch sagen können ... aber wie kommst du drauf?«

Olivia klopfte Tony in gespieltem Tadel aufs Knie. »Mir war immer schon klar, dass bei mir eine Schraube locker ist. Aber das ist kein Grund, um frech zu werden. Es gab allerdings einen Augenblick, da habe ich mich wirklich gefragt, ob mein Hirn noch richtig funktioniert.« In ihrem Alter war es normal, dass Menschen langsam den Blick für die Realität verloren. Ein Wunder wäre es nicht gewesen, wenn ihr Erinnerungsvermögen Lücken bekam.

»Schieß los.«

Mit Tony zu reden, war immer so tröstlich. Selbst ihre finstersten Ängste hätte Olivia mit ihm geteilt. »Es klingt bestimmt blöd, aber ich konnte mich nicht mehr erinnern, ob ich meine Handtücher gerollt oder gefaltet hatte. Ich könnte schwören, dass ich sie beim Aufräumen in der Strandhütte immer gerollt habe, aber als ich neulich dort war, waren sie alle gefaltet. Und einen Moment lang war ich total unsicher, ob ich es selbst getan und sie vielleicht nie gerollt hatte und ob mein Kopf mir einen Streich spielte.« Es hörte sich wirklich bekloppt an.

»Doch, du rollst sie immer. Ich habe mir oft genug eines von dir geborgt, um das zu wissen. Hast du sie also aus Versehen gefaltet?«

Ganz ohne Schläuche und Drähte sah Tony aus, als wäre nichts passiert. Olivia konnte den Blick kaum von ihm abwenden. Was für ein unglaubliches Glück, dass er noch da war!

»Nein, bestimmt nicht. Zumindest glaube ich das nicht. Wahrscheinlich ist genau das meine Sorge ... dass ich es getan habe, ohne es zu merken.« Als wenn das Anlass zur Sorge gewesen wäre! Angesichts all der Probleme auf der Welt schien es ziemlich armselig, sich über Handtücher und die Art, wie sie verstaut wurden, Gedanken zu machen. Andererseits – wenn bei ihr wirklich eine Schraube locker war, dann wollte sie die Erste sein, die es erfuhr, und nicht die Letzte.

»Bestimmt hat das Skylar oder Lily oder irgendjemand getan. Sicher lagen ein paar draußen, als ich meinen kleinen Unfall hatte, und wahrscheinlich haben sie welche zum Saubermachen benutzt. Die haben sie natürlich nicht liegen lassen, sondern mitgenommen und gewaschen. Frag einfach nach, nur zu deiner Beruhigung.«

Tonys rationaler Gedankengang leuchtete ihr ein. Sie hätte das Gleiche getan, wenn sie an diesem Tag zurückgeblieben wäre. Aber genau wie von dem traumatischen Tag, an dem sie ihren Mann und ihre Tochter verloren hatte, waren ihr nur Momentaufnahmen im Gedächtnis geblieben. Umso wunderbarer, dass Tony überlebt hatte. Zum Teufel mit der Zurückhaltung. Sie würde ihn bei jeder sich bietenden Gelegenheit umarmen wie ein verknallter Teenager.

»Ich weiß, dass es dumm von mir war, aber es hat mich beunruhigt, weil ich mir keinen Reim darauf machen konnte.«

»Wenn ich dich habe beruhigen können, würdest du nun das Gleiche für mich tun? Kannst du mir sagen, was mit der ›Ginhütte‹ wird? Habt ihr schon einen Ersatz für mich gefunden? Esme wollte mir nichts verraten. Sie sagt immer nur, es wird mich nicht gesund machen, mich damit zu beschäftigen, aber sie kapiert nicht, dass ich mir so bloß noch mehr Sorgen mache. Ich denke die ganze Zeit, sie sagt mir nichts, weil ohne mich alles den Bach runtergeht.«

»Es gibt nicht viel zu erzählen. Wir haben beschlossen, dass wir die Bewerber beim Vorstellungsgespräch einen Cocktail mixen lassen. Die Bewerbungen liegen bei Esme, und in ein paar Tagen wird sie die Leute einladen. Wir brauchen bloß die Zutaten zur Verfügung zu stellen, dann sehen wir, ob sie das Zeug dazu haben.«

»Zum Kuckuck! Ihr wollt also eine Folge von *Cocktail* veranstalten und ich verpasse das?«

»Keine Sorge, ich werde dir alles berichten. Sicher kann ich einen deiner Jungs animieren, eine Webcam oder so was aufzubauen, wenn du so gern dabei wärst.«

Olivia hätte ihn eingeladen dabei zu sein – dazusitzen und zuzusehen, wie Leute Cocktails mixen, erschien ihr nicht allzu anstrengend. Aber er musste es langsam angehen lassen. Außerdem hätte Esme sie wegen ihres schlechten Einflusses umgebracht, und sie wollte mit niemandem Ärger bekommen. Vor allem, weil es die Sache nicht wert war, Tonys neugewonnene Gesundheit aufs Spiel zu setzen.

»Wenn ich nicht mehr im Krankenhaus bin und mich daheim langweile, dann müssen wir das organisieren. Sag bloß Esme nichts davon. Sie wird denken, es könnte mich stressen, aber in Wirklichkeit ist es nicht schlimmer als *MasterChef* zu gucken, bloß dass ich an dieser Geschichte ein berechtigtes Interesse habe.«

»Na und ob!«

»Und, Olivia, wenn du wirklich in Sorge bist, dann solltest du zum Arzt gehen. Ich bin der lebende Beweis, dass man Dinge, die problematisch scheinen, nicht ignorieren sollte.«

Olivia nickte. Wenn selbst Tony es sinnvoll fand, dann musste sie es in Erwägung ziehen. »Mache ich. Wenn noch mal so etwas vorkommt, mache ich es.«

7

Zwei Tage später versammelte sich der Großteil der »Ginhütten«-Crew in der Bar, um die Einstellungsgespräche vorzubereiten. Esme schien ziemlich aufgeregt, und es war ihr anzusehen, dass ihr die Rolle als Arbeitgeberin neben ihrer Sorge um Tony ziemlich zu schaffen machte. Acht Stunden Schlaf hätten ihr gutgetan, im Idealfall gefolgt von einem kleinen Wellness-Urlaub. Olivia würde mit Tony reden müssen – vielleicht konnten sie ja eine Überraschung organisieren.

Neben Esme waren alle drei Jungs der Salters da: TJ, Aiden und Noah. Randy und Veronica waren ebenso aufgetaucht wie Skylar und Paul. Mark und Lily hatten es nicht einrichten können, aber die Bewerber rechneten wohl kaum damit, von einem so großen Team empfangen zu werden. Glücklicherweise reiste Richard einen Tag früher aus London an, um eine Schicht zu übernehmen, aber zu diesem frühen Termin schaffte er es nicht.

Olivia fand es schade, dass Tony nicht dabei war. Irgendwie schien es ihr nicht richtig, ohne ihn Entscheidungen über die »Ginhütte« zu treffen. Allerdings hatte Aiden es möglich gemacht, dass sein Vater die Vorgänge mitverfolgen konnte, sofern er die Einstellung richtig hinbekam. Verstohlen warf sie einen Blick auf Tonys Sohn, der scheinbar uninteressiert an den Geschehnissen auf einem Hocker am Ende der Bar saß und sich mit seinem Handy beschäftigte. Olivia wusste, dass er eine Messenger-Verbindung zu seinem Dad auf die Beine stellte, damit Tony bequem von zu Hause aus dabei sein konnte. Wie sie Esme kannte, würde er es während der Gespräche aus der Hand legen müssen (und das war auch richtig so), deshalb bemühte sich Aiden, den richtigen Winkel einzustellen, damit die Übertragung unauffällig ablaufen konnte. Anscheinend hatte er vor, das Handy gegen die Kasse zu lehnen.

»Wer ist denn nun dafür zuständig, die Fragen zu stellen?«, wollte Skylar wissen.

»Richtige Fragen habe ich gar nicht vorbereitet.« Esme hockte sich neben ihren Sohn an die Bar. Sie hielt ein Clipboard bereit, um sich Notizen zu machen. »Ich dachte mir, ich führe sie rein, stelle sie allen vor und lasse sie dann zeigen, was sie können. Ich hatte gehofft, dass ihr alle Fragen stellt, so als wärt ihr Gäste an der Bar. Fragt einfach, was euch so einfällt. Aber nichts Unverschämtes.« Sie bedachte ihre Zwillinge mit einem gestrengen mütterlichen Blick. Auch jetzt, wo sie volljährig waren, kam es ab und zu vor, dass sie wieder pubertäre Unarten an den Tag legten. »Wollt ihr euch nicht setzen? Der erste Bewerber dürfte bald da sein.«

Jeder schnappte sich einen Barhocker, und Olivia wünschte, sie könnte sie alle so aufgereiht, mit den Spiegelbildern ihrer Gesichter hinter der Bar, fotografieren. Der erste Kandidat traf ein, und sie stellten sich alle vor. Er war jung, wahrscheinlich Anfang zwanzig, und ein wenig zu selbstsicher. Als er gebeten wurde, sein Cocktailrezept zu präsentieren, erwiderte er: »Wie bitte? Sie wollen ernsthaft, dass ich einen Cocktail mixe? Ich dachte, das ist ein Witz.«

Er servierte einen stinknormalen Martini, und Olivia wäre jede Wette eingegangen, dass es der einzige Drink war, den er überhaupt zustande brachte. Sie fasste eine spontane Abneigung gegen ihn, aber es war nicht auszuschließen, dass er der beste unter lauter ungeeigneten Kandidaten war. Jung und arrogant – das war womöglich alles, was sie sich erhoffen durften.

»Na, der war ja unverschämt«, meinte Paul, nachdem der junge Mann gegangen war. »Wie kann man nur die Aufforderung, beim Vorstellungsgespräch einen Cocktail zu mixen, als Witz verstehen? Das war nun wirklich Zeitverschwendung.«

Olivia konnte sich ein Lächeln nicht verkneifen. Wenn Paul schon laut aussprach, was sie dachte, war das eben wirklich nicht gut gelaufen. Sie fand es lustig, dass Paul, der früher Gin nicht mal gemocht hatte, inzwischen zum Experten geworden war.

Sie warteten zehn Minuten auf den nächsten Kandidaten und überlegten unterdessen, welche beeindruckenden Cocktails sie selbst bei einem Vorstellungsgespräch zaubern würden. Häufiger wurde der Negroni genannt, womit man Olivia durchaus hätte gewinnen können, vor allem wenn es gelungen wäre, dem Klassiker eine ganz individuelle Note zu verleihen.

Als Nächstes kam eine Frau herein. Eine Frau am Ruder wäre voll und ganz in Olivias Sinne gewesen.

Esme begleitete sie zur Bar und stellte sie den anderen der Reihe nach vor.

»Schön, Helen, würden Sie jetzt Ihren Cocktail mixen.«

Als dieser Name fiel, horchte Olivia auf. Das konnte nicht sein. Außerdem war sie blond.

Helen suchte eifrig zusammen, was sie für ihren Cocktail

benötigte. Zu Olivia hatte sie sich noch nicht umgedreht. Olivia versuchte Blickkontakt zu Randy und Veronica aufzunehmen, aber die tuschelten wild miteinander, womöglich weil sie denselben Verdacht hegten wie sie.

Diese Frau würde es doch bestimmt nicht wagen? Aber als sie sich mit ihren Zutaten und Mixbechern umdrehte, schnappte Olivia nach Luft.

»Sie haben hier nichts verloren. Sie haben Hausverbot.«

Es war tatsächlich die Hausmutter. Die Frau, die Oakley West geleitet und den Bewohnern das Leben vergällt hatte, während sie gleichzeitig darüber hinweggesehen hatte, dass ihre Stieftochter auf dem Dachboden illegal Drogen anbaute. Sie war verhaftet, aber nie angeklagt worden, weil es nicht genügend Hinweise auf ihre Beteiligung gab. In der Folge hatte sie ihre Stelle und ihre Dienstwohnung verloren, aber dass sie jetzt, trotz ihrer Abneigung gegen Olivia und nach allem, was sie angerichtet hatte, hier auftauchte, war einfach nur dreist. Oder eine Verzweiflungstat. So oder so, sie war in diesem Lokal ein für alle Mal nicht willkommen.

»Das war einmal. Ich hatte gehofft, nachdem Tony nun weg ist, wäre das Schnee von gestern.« Die Frau, die vor ihnen stand, hatte wenig Ähnlichkeit mit der Hausmutter. Sie hatte sich das Haar gefärbt und zu einem fransigen Bob schneiden lassen. Eine Fünfzigjährige, die auf dreißig machte! Und obwohl Olivia keineswegs dafür war, eine Person über ihr Alter zu definieren, meinte sie doch, ein Blick in den Spiegel könne nie schaden, um herauszufinden, was einem stand.

»Sie haben wohl eine Schraube locker.« Randy stand von

seinem Hocker auf, offensichtlich bereit, sie hinauszubegleiten. Hoffentlich würden sie diesmal auf Unterstützung durch die Polizei verzichten können.

»Allerdings!«

Olivia hörte eine vertraute Stimme, gefolgt von Aidens Hüsteln. Offenbar hatte Tony vergessen, dass er sich während des Video-Chats still verhalten sollte. Hoffentlich hatte Esme nichts mitbekommen und Aiden konnte ihn zum Schweigen bringen, ohne dass es ihr auffiel.

»Es wird Zeit, dass Sie gehen.« Paul war aus Solidarität mit Randy ebenfalls aufgestanden.

Das war die Frau, die in ihrer Funktion als Hausmutter die Bewohner von Oakley West nach besten Kräften daran gehindert hatte, zu kommen und zu gehen, wie es ihnen gefiel. Und zwar unter dem Deckmantel der Fürsorge für die Bewohner, während sie in Wirklichkeit – was zu vermuten, wenn auch nicht zu beweisen war – in kriminelle Handlungen verstrickt war. Sie musste tatsächlich nicht recht bei Trost sein, wenn sie glaubte, man würde sie hier mit offenen Armen empfangen und ihr einen verantwortungsvollen Posten geben.

»Ich gehe ja schon. Die Gorillas können ruhig sitzen bleiben.« Im Vorbeigehen warf sie Randy und Paul einen bösen Blick zu. Glücklicherweise hatte ihre ehemalige Hausmutter genügend Verstand, um zu kapieren, dass sie sich nur Ärger eingehandelt hätte, wenn sie blieb.

»Und kommen Sie bloß nicht wieder«, sagte Esme. »Sie haben in diesem Lokal nach wie vor Hausverbot. Das ist nicht aufgehoben, nur weil Tony nicht da ist.«

Im Weggehen ließ die Hausmutter die Tür knallen, dass die Wände wackelten und womöglich sogar ein paar von Olivias Knochen.

»Bitte, sagt mir, dass wir noch ein paar bessere Kandidaten für diesen Termin haben«, klagte Skylar. Es lief wirklich nicht gut, wenn das alles war, was die Anzeige gebracht hatte.

»Ein Bewerber kommt noch. Aber der hat das Bewerbungsformular nicht vollständig ausgefüllt, sieht also nicht gerade vielversprechend aus. Wenn er nicht einmal das geschafft hat, ist fraglich, ob er überhaupt auftaucht.«

Olivia war ziemlich sicher, dass Gemurmel aus Aidens Handy an ihr Ohr drang, aber es war wohl besser, die Aufmerksamkeit nicht darauf zu lenken, um Tony und seinem Sohn Ärger zu ersparen.

Bis zum nächsten Termin mussten noch einmal zwanzig Minuten überbrückt werden. Skylar nutzte die Zeit, um Tee und Kaffee zu kochen. Eine wirklich enttäuschende Alternative, wo Olivia doch damit gerechnet hatte, im Lauf des Nachmittags zwanzig verschiedene Cocktails zu verkosten.

Aiden fummelte an seinem Handy herum, während Esme auf der Toilette war. Hoffentlich konnte er weiteren Ausbrüchen seines Vaters vorbeugen.

Noch ehe alle wieder auf ihren Plätzen waren, öffnete sich die Tür, die zuletzt heftig zugeknallt worden war, ganz behutsam, und es schien, als würde das Gebälk erleichtert aufatmen, weil es nun besser behandelt wurde.

»Hallo, Richard. Möchtest du eine Tasse Tee?«, begrüßte Skylar den Neuankömmling.

Es war Olivias Sohn, der übers verlängerte Wochenende zu Besuch kam. Er sah wesentlich entspannter aus als früher. In den letzten Wochen hatte sich bei ihm einiges getan. Nicht nur, dass er nicht mehr ständig mit Anzug und Krawatte herumlief, mittlerweile schien er die Wochenenden in seinem neuen Freundeskreis zu genießen. Ja, es waren jetzt auch seine Freunde. Anfangs war es Olivias Kreis gewesen, aber in dem ganzen Oakley-West-Fiasko war er ihnen eine echte Stütze gewesen, und nun freuten sich alle, ihn zu sehen. Sein Status als Held war wohlverdient, nachdem er Tony praktisch das Leben gerettet hatte.

»Ja, bitte, das wäre wunderbar.« Richard lächelte Skylar an, und wer konnte es ihm verdenken, wenn eine schöne Frau ihm etwas zu trinken anbot, sobald er zur Tür hereinkam?

Olivia erhob sich von ihrem Barhocker, um ihren Sohn in die Arme zu schließen. »Aber Moment mal ...« Die Rädchen in ihrem Oberstübchen arbeiteten in letzter Zeit nicht mehr so schnell wie früher. »Warum kommst du so früh? Ich dachte, du musst heute arbeiten.«

Olivia hatte erst gegen Abend mit ihm gerechnet. Oder brachte sie schon wieder etwas durcheinander?

»Ich bin früh dran. Da hast du recht.« Er schaute auf die Uhr. »Zehn Minuten zu früh, wie's aussieht.«

Jetzt kam Olivia nicht mehr mit. »Eher an die acht Stunden, würde ich sagen.«

Esme kam von der Toilette zurück und strahlte Richard an, als sie ihn sah. »Du bist früh dran.«

»Freut mich, dass es jedem auffällt«, bemerkte Richard.

Die beiden umarmten sich, während Olivia an ihren Platz zurückkehrte und wünschte, sie könnte offen mit Tony reden – vielleicht hatte er ja eine Ahnung, was hier vorging.

»Du wirst nicht glauben, wer sich gerade vorgestellt hat, bevor du gekommen bist«, sagte Skylar, als sie Richard eine Tasse Tee reichte.

Sie berichteten Richard von dem unverschämten Auftritt der Frau, die ihnen allen nur als die Hausmutter bekannt war – eine Begegnung mit der Vergangenheit, auf die keiner von ihnen Wert gelegt hätte. Und noch dazu war sie hier hereinmarschiert, als wäre nichts gewesen. Nachdem nun feststand, dass die Hausmutter immer noch in der Gegend war, regte sich bei Olivia der Verdacht, dass diese Person womöglich für das Papp-Graffiti verantwortlich war. Jedenfalls hatte sie genügend Freizeit und allen Grund, Ärger zu machen.

»Es wird Zeit für unseren letzten Kandidaten, wenn er denn auftaucht«, stellte Esme fest und gesellte sich zu den anderen an der Bar.

»Tja, wenn er – oder sie – zu spät kommt, ist das kein guter Anfang«, meinte Randy mit Blick auf die Tür.

»Und ich hatte gedacht, ich sei früh dran. Ihr alle habt das sogar behauptet«, erklärte Richard von seinem Platz an der Bar.

»Wie bitte? Du bist hier, um dich vorzustellen?«, fragte Skylar.

Olivia hatte einen Punkt im Leben erreicht, wo es ihr manchmal Kopfschmerzen bereitete, zwei und zwei zusammenzuzählen.

»Na klar.«

Olivia zog die Stirn kraus – was ihren Falten sicher gar nicht gefiel. Es waren genug, da musste sie nicht noch durch Grimassen nachhelfen. »Und was ist mit deiner Kanzlei? Die ›Ginhütte‹ kommt nicht klar, wenn du nur am Wochenende die Stellung hältst.«

»Ich hatte nicht vor, nur am Wochenende hier zu sein. Wenn ich den Job bekomme, möchte ich mir von der Kanzlei eine Auszeit nehmen – die geht ohne mich auch nicht unter – und dafür sorgen, dass dieses Projekt hier weiterläuft.«

»Du hast den Job. Das war ja ein Spaziergang. Könnte mir keinen Besseren vorstellen«, entschied Randy und hob seine Tasse, um darauf zu trinken.

»Immer langsam mit den jungen Pferden«, warf Veronica ein. »Er hat ja noch gar nicht gezeigt, was er kann.«

»Wir wissen doch, dass er dem Job gewachsen ist«, widersprach Randy.

»Das schon, aber kann er auch einen Cocktail mixen?«, fragte Aiden.

Olivia überlegte, ob es in Wirklichkeit Tony war, der das wissen wollte. Bisher hatte das Unterhaltungsprogramm, das er verfolgte, in puncto Cocktails ja nicht gerade viel geboten. Und nachdem ihr Sohn bis zur Eröffnung der »Ginhütte« strikter Antialkoholiker gewesen war, stellte sich für Olivia tatsächlich die Frage, ob er ohne größere Vorkenntnisse mittlerweile Cocktails mixen konnte? Hatte er es geschafft, so schnell zu lernen?

»Was sagst du, Esme?«, schaltete sich Veronica ein.

Esme stellte ihre Tasse ab und betrachtete sie nachdenklich.

»Ich denke, es wäre fair, wenn Richard genauso ein Vorstellungsgespräch bekommt wie jeder andere.«

»Derselben Meinung bin ich auch. Außerdem habe ich mich vorbereitet. Das soll doch nicht umsonst gewesen sein.«

Olivia kam jetzt wieder halbwegs mit, nachdem ihr klar wurde, dass sie mit ihrer Feststellung, ihr Sohn sei zu früh aufgetaucht, richtig gelegen hatte. Aber was sollte sie davon halten, dass Richard hier das Ruder übernehmen wollte? Fest stand, dass er gewisse Züge eines Kontrollfreaks aufwies, und obgleich er dabei meist ihr Wohlergehen im Auge hatte, war sie nicht sicher, ob er der Versuchung widerstehen konnte, sich in ihr Leben einzumischen, wenn er die Chance bekam. Doch sie schob den Gedanken beiseite. Mit diesem Problem konnte sie sich immer noch befassen, wenn es tatsächlich dazu kam.

»Wusstest du, dass Richard zum Vorstellungstermin anreist, Esme?«, erkundigte sich Veronica.

»Nein. Auf der Bewerbung fehlte der Name. Ich dachte, das wäre ein hoffnungsloser Fall, wenn er nicht einmal einen einfachen Fragebogen ausfüllen kann. Jedenfalls waren wir uns ja einig, dass wir dir den Job nicht geben können, Richard, ohne dass du dein Cocktailtalent unter Beweis stellst.«

»Mit Vergnügen.« Richard bezog Position hinter der Bar und holte einige Zutaten aus seiner Reisetasche.

Olivia stellte erfreut fest, dass Richard sich alle Mühe gab. Aber welche Motive ihn bewegten, hier arbeiten zu wollen, war ihr ein Rätsel. Für Tony wäre es jedoch eine große Entlastung, wenn er wüsste, dass die Verantwortung für das Lokal in kompetenten Händen lag.

»So, ich muss allerdings zugeben, dass mein Insider-Wissen über die Besonderheiten der ›Ginhütte‹ mir meine Entscheidung erleichtert hat. Ich bin mir nicht sicher, ob meine Mum den hier schon mal getrunken hat.«

Richard goss sorgfältig ein Quantum Gin in den Shaker und fügte etwas frisch gepressten Zitronensaft dazu. Dann gab er aus seinen eigenen Beständen Zucker und flüssigen Honig hinein. »Dieser Cocktail heißt Bee's Knees und geht auf die Prohibition zurück. Ein Oldtimer sozusagen, genau wie unsere besten Gäste.«

Richard lächelte Olivia frech an. Allerhand, dass er seine Mutter und ihre Freunde als Oldtimer bezeichnete. Aber vielleicht hatte er ja nicht unrecht, und offen gesagt, war es auch nichts Ehrenrühriges, ein Oldtimer zu sein, man denke nur an Wein. Soweit sie wusste, waren die reiferen Jahrgänge sogar in Mode.

»Was jetzt kommt, habe ich extra geübt. Ich glaube, das kann nicht mal Tony.« Mit dem gut gefüllten Cocktail-Shaker legte Richard eine eindrucksvolle kleine Vorführung hin, unter anderem warf er ihn in die Luft, wirbelte herum und fing ihn wieder auf. Rufe der Begeisterung wurden laut, und die lautesten kamen von Skylar.

Richard verbeugte sich, Olivia applaudierte, und die anderen schlossen sich an. Kaum zu glauben, dass ihr sonst so zugeknöpfter Sohn – der bei dem Gedanken, dass Olivia Spaß hatte, früher immer in helle Aufregung geraten war – eine richtige Show hinlegte. Stille Wasser sind tief, und anscheinend waren sie beide sich ähnlicher, als sie geahnt hatte.

Richard ließ alle von dem Drink kosten. Der Cocktail hatte eine wunderschöne goldene Farbe – wie ein edler Champagner, nur ohne Bläschen.

Ihr Sohn hatte recht. Diesen Cocktail kannte sie nicht. Was für ein hinreißend einfaches Rezept, und wie konnte es sein, dass sie noch nie auf die Idee gekommen war, etwas Ähnliches auszuprobieren?

Olivia machte gern die Augen zu, wenn sie ein Getränk zum ersten Mal verkostete, als wären die Geschmacksempfindungen dann intensiver. Der Bee's Knees war gleichzeitig süß und anspruchsvoll. Der Zucker bildete einen Gegensatz zur Säure, und das Ergebnis war köstlich.

»Was sagt ihr?«, wollte Richard wissen.

Olivia war von den Aromen so hin und weg, dass sie vergessen hatte, wo sie sich befand. Das zustimmende Gemurmel ringsum stand im Einklang mit ihrer Einschätzung. »Einer der besten Cocktails, die ich je getrunken habe. Bloß … er ist nicht gerade weihnachtlich, was meint ihr?«

»Ah. Auf diesen Einwand habe ich gewartet, daher war das in bester ›Ginhütten‹-Tradition nur eine Kostprobe, die den Cocktail in seiner Urform vorstellt. Ich habe mir überlegt, was dazu passen und ihn in ein festliches Gewand kleiden würde. Hier kommt der Weihnachts-Bee's-Knees.« Richard führte noch einmal seine Künste mit dem Shaker vor, schenkte ein und servierte nun einen Cocktail, der anders als die letzte Kostprobe rubinrot schimmerte.

»Was hast du da reingetan?«, fragte Randy und hielt sein Glas ins Licht.

Auch die übrigen Verkoster betrachteten ihr Getränk eingehend oder schnupperten daran.

Olivia glaubte ziemlich sicher zu wissen, worum es sich handelte, und sie freute sich, dass ihr Sohn offensichtlich ihr Gefühl für gute Geschmackskombinationen geerbt hatte. Sie kostete, um zu prüfen, ob sie richtig lag. Wie vermutet hatte Richard Cranberry-Likör dazu gegeben. Nicht so viel, dass man den Honig nicht mehr schmeckte, aber genug, um eine neue Note hineinzubringen, und obwohl der Cocktail nicht die Weihnachtsglöckchen bimmeln ließ wie Glühwein, beschwor die leichte Abwandlung des Klassikers doch eine festliche Atmosphäre.

»Ich dachte mir, Cranberry zählt als weihnachtlich«, erklärte Richard für die, die das Rätsel noch nicht gelöst hatten.

»Der ist fabelhaft«, rief Veronica, und alle anderen stimmten zu.

»Ihr wisst, was das heißt?« Randy ließ den Blick über die Anwesenden schweifen, um ihre Aufmerksamkeit zu fesseln.

Und als hätten sie es einstudiert, riefen sie alle im Chor (einschließlich Tony, wenn man seine leise Stimme hätte hören können): »Du hast den Job!«

8

Obwohl Olivia mittlerweile in Oakley West nach Belieben ein und aus gehen konnte, schlich sie sich heute durch den Nebeneingang davon. Der Grund war, dass sie den Kühlschrank im Pausenraum der Mitarbeiter hatte nutzen müssen, um ein paar Zutaten unterzubringen.

Als sie ihre Sachen aus dem Versteck geborgen hatte, machte sie sich auf den Weg zu ihrer Strandhütte. Wie schön, nicht mehr befürchten zu müssen, von der Hausmutter erwischt zu werden. Zugegebenermaßen war es jetzt nicht mehr so aufregend, aber nun musste sie eben auf andere Weise für ein bisschen Nervenkitzel sorgen.

Deshalb hatte sie sich so auf den Cocktail-Wettbewerb gefreut. Es war schön und gut, sich auf die Suche nach dem perfekten Gin Tonic zu machen, aber angesichts der vielen großartigen Gins, die es heutzutage gab, war diese Aufgabe praktisch nicht zu lösen. Einen preisgekrönten Cocktail auf Ginbasis zu kreieren war jedoch eine Herausforderung, die zu meistern sie sich zutraute. Noch dazu bei diesem Thema. Sie hatte lange und gründlich über die Aromen nachgedacht, die gut harmonieren würden. Richards Versuch mit dem Bee's Knees war gelungen, kein Zweifel, aber er ließ nicht »Jingle Bells« erklingen. Oder womöglich Gingle Bells. Das erinnerte sie daran, dass sie mit Esme über das geplante Wochenende im Hotelbereich der »Ginhütte« reden musste. Sie hätte vollstes Verständnis, wenn Esme in der jetzigen Situation von dem Vorhaben Abstand nahm.

Olivia würde sie mal in einem ruhigen Augenblick fragen. Denn wenn etwas aus dem Plan werden sollte, dann mussten sie sich schleunigst an die Arbeit machen.

Weil sie im Augenblick in dieser Sache ohnehin nichts ausrichten konnte, konzentrierte sich Olivia auf ihre Rezeptideen. Die Kombination, die sie heute ausprobieren wollte, war ein Risiko. Sie konnte nicht ausschließen, dass das Ergebnis scheußlich schmecken würde, deshalb führte sie diverse Experimente durch, um zu sehen, ob sie es hinbekam. Sie wollte einen Cocktail kreieren, der nach Mince Pies schmeckte. Ihre Idee bestand darin, die Füllung des bekannten Weihnachtsgebäcks in Gin einzulegen, sodass er den Geschmack aufnehmen konnte. Allerdings war sie unsicher, ob das überhaupt klappte – und selbst wenn, bestand durchaus die Möglichkeit, dass es zum Abgewöhnen schmeckte. Das Problem war nur, dass sie keine Ahnung hatte, wie das Mischungsverhältnis sein musste und wie lange sie das Gemisch ziehen lassen sollte. Oder welche zusätzlichen Aromen für Harmonie sorgen könnten.

Aber Olivia ging die Sache beherzt an. Vielleicht konnte daraus der perfekte Weihnachtscocktail werden. Sie hoffte nur, dass kein anderer etwas Ähnliches präsentierte, und natürlich, dass ihre Version Erfolg hatte.

Es war ein frischer Morgen. Abgesehen vom tröstlichen Tosen der Wellen und den Rufen der Möwen, die der Wind herübertrug, war alles ruhig. Die Westbrook Bay war göttlich, wenn Olivia morgens den Strand ganz für sich hatte. Keine Menschenseele, die sie von ihren Gedanken abgelenkt hätte, nur die harmonische Klangwelt des Meeres, der sie lauschen konnte.

Der Spaziergang zur Hütte fiel ihr in letzter Zeit schwerer, auch wenn sie das ungern zugab. Und es lag nicht daran, dass sie nichts für ihre Fitness getan hätte. Sie spürte einfach nur ihr Alter. Gelenke, die früher voll beweglich gewesen waren, ächzten nun, wie sie es früher nie getan hätten. Schmerzen, die sie in jüngeren Jahren nicht gekannt hatte, machten sich bemerkbar. Mehr als einmal hatte jemand die Anschaffung eines Elektromobils angesprochen, nachdem sie die Strecke, für die sie früher zehn Minuten benötigt hatte, jetzt fast zwanzig Minuten kostete. Aber wenn man so ein Ding erst einmal besaß, war man abgestempelt. Sie wollte kein Elektromobil brauchen, auch wenn sie sich das Leben dadurch unnötig schwermachte. Fürs Erste würde sie weiter kämpfen. Ohnehin war die Aussicht, die sich ihr bot, wunderschön, wozu also die Eile?

Als sie endlich bei ihrer Strandhütte angelangt war, hielt sie noch ein wenig inne, um wieder zu Atem zu kommen. Sie war eben kein junger Hüpfer mehr.

Als sie den Blick schweifen ließ, fiel ihr auf, dass das Strandcafé mit Brettern vernagelt war. Wann war das passiert? So oft, wie sie hier vorbeikam, hätte es ihr auffallen müssen. Und niemand hatte erwähnt, dass es schloss. Vielleicht wurde es ja renoviert? Olivia würde sich bei ihren Strandhüttenfreunden umhören, ob jemand Bescheid wusste.

Traurig überlegte sie, dass sie nun nicht mehr auf die Schnelle Fish & Chips oder Eis kaufen konnte, da bemerkte sie es. Das konnte kein Zufall sein. Als die »Ginhütte« ihre Tore öffnete, hatte Tony ihr für ihre Strandhütte ein Holzschild gekauft, auf dem stand: »Die Original-Ginhütte.« Es war ein kleines Dankeschön für Olivias Idee. Aber nun hingen drei braune Papierstreifen an ihrem Schild. Kein Hintern. Der Name war unverändert. Nur drei kurze Papierstreifen, wie sie auch verwendet worden waren, um das Schild der »Ginhütte« zu verunstalten.

Olivia sah sich das genauer an, wie eine Detektivin, die herausfinden wollte, wie die Papierstreifen angebracht worden waren, als würde ihr dieses Wissen bei der Suche nach den Tätern helfen.

Es sah ganz nach einem Streich aus. Hier hatte sich niemand die Mühe gemacht, ein Papp-Graffiti anzufertigen, wie es an der »Ginhütte« befestigt worden war. Man brauchte keine besonderen Fähigkeiten, um Seidenpapier in Streifen zu reißen und mit Klebeband anzuheften.

Wahrscheinlich hatte jemand von der »Ginhütten«-Crew, der auf dem Treffen gewesen war, ein Stück vom Boden aufgehoben, quasi als Erinnerung an die Episode, über die alle anderen so herzlich gelacht hatten. Aber wer sollte die Streifen an Olivias Schild kleben und annehmen, sie würde das lustig finden? Bestimmt hatten ihre Freunde doch mitbekommen, dass sie die Sache keineswegs auf die leichte Schulter nahm. Eigentlich traute sie keinem von ihnen so etwas Unsinniges zu. Aber da ja niemand die Mobbingattacke so bedenklich fand wie Olivia, konnte dies nur als flappsiger Scherz gemeint sein.

Olivia nahm ihr Handy aus der Tasche. Nach der Schulung durch Veronica konnte sie mit dem Ding viel besser umgehen. So etwas vermisste sie im Beschäftigungsprogramm von Oakley West: Wie benutzt man ein Mobiltelefon? Statt Häkeln für Fortgeschrittene. Mühelos machte sie ein Foto von dem verunzierten Schild und schickte es über Messenger an die Chat-Gruppe der »Ginhütte«.

Hat jemand eine Ahnung, was das soll?

Olivia nahm gerne an, dass der Übeltäter, wenn es denn jemand aus ihrem Kreis war, es zugeben würde, und falls sich tatsächlich einer der jungen Männer einen Scherz erlaubt hatte, dann würde er sich gewiss nach kürzester Zeit durch Witze zum Thema Körperausscheidungen verraten.

Olivia ließ die Papierstreifen erst einmal, wo sie waren, und widmete sich wieder ihrer Mission. Sie wollte drei oder vier Einmachgläser mit unterschiedlichen Mengen an Mince-Pie-Füllung und Gin ansetzen und sehen, was, wenn überhaupt, am besten funktionierte. Für diesen ersten Test wollte sie die Mischungen 24 Stunden durchziehen lassen. Falls das nicht reichen sollte, konnte sie das Gebräu länger stehen lassen und regelmäßig probieren, wie das Ergebnis schmeckte.

Als sie gegen die Tür der Hütte drückte, rumste es, die Tür klemmte und Olivia war ausgesperrt. Auch an der Tür zu ziehen, die in beide Richtungen aufging, brachte nichts. Sie rührte sich nicht, sosehr Olivia auch daran rüttelte.

Das hatte ihr gerade noch gefehlt. Anscheinend war einer der Liegestühle umgekippt und blockierte nun den Eingang.

Glücklicherweise war zwischen beiden Flügeln ein Spalt, der groß genug war, dass sie mit der Hand hindurchgreifen und den Innenriegel des zweiten Türflügels lösen konnte. Nun müsste die Tür mit Leichtigkeit aufgehen.

Aber sie ließ sich immer noch nicht bewegen.

Olivia, die sich nicht geschlagen geben wollte, wandte nun

mehr Kraft auf. Hoffentlich würde der Liegestuhl den Kampf eher aufgeben als sie. Wenn das nicht funktionierte, würde sie sich einen Stock besorgen müssen, um das Ding, das ihr den Zugang blockierte, wegzuschieben.

Als das Ziehen mit aller Kraft (und zugegebenermaßen brachte sie nicht allzu viel Kraft auf) nichts brachte, machte sie sich auf die Suche und fand einen ansehnlichen Stock, mit dem sonst wohl Button gern spielte – der schokobraune Labrador, der offiziell Mark und Lily gehörte, sich aber im ganzen Freundeskreis wie zu Hause fühlte.

»*Haaaaaatschtschiiiii.*«

Da hatte eindeutig jemand geniest. Olivia erstarrte. Das war kein Liegestuhl, dem sie da mit dem Stock zu Leibe rücken wollte, sondern ein Mensch.

Eine Riesendosis Adrenalin schoss durch Olivias Adern, und plötzlich war sie hellwach. Was sollte sie tun? Weglaufen? Schön wär's gewesen. Zweifelsfrei wusste dieser Mensch, dass sie vor der Tür stand. Aber wenn er vorhatte, sie zu überfallen, dann hätte er es wohl schon getan, und falls er auf der Lauer lag, dann war die Taktik, sie am Eintreten zu hindern, nicht gerade genial. Da drängte sich nur eine Frage auf … wer war da drin?

»Hallo?« Olivia hätte wohl besser die Polizei rufen oder Richard als Verstärkung anfordern sollen, aber es drohte ja anscheinend keine Gefahr. »Machen Sie jetzt die Tür auf und lassen mich in meine Strandhütte?«

»Einen Augenblick, bitte«, krächzte eine Stimme von drinnen.

Tja, wenigstens bediente sich der Eindringling einer höflichen Ausdrucksweise.

Aber vielleicht lud er in der Hütte gerade ein Maschinengewehr. Vielleicht sollte sie lieber hinter den Müllcontainern oben beim Café in Deckung gehen, bis diese Person herauskam. Da konnte sie sich wenigstens mit ein paar Glasflaschen bewaffnen und sie zur Abschreckung schwingen.

Als sie gerade wieder imstande war, die Beine zu bewegen, summte ihr Handy. In ihrer Panik hatte sie mehrere Antworten zum Problem der braunen Papierstreifen versäumt, die an ihrem Schild hingen. Die hatte sie nach der Entdeckung des Eindringlings in ihrer Strandhütte praktisch schon vergessen.

Wir kommen runter und sehen uns das an.

Die Nachricht stammte von Veronica, und wie Olivia wusste, bedeutete »wir«, dass sie Randy mitbrachte. Sie war noch nie so verdammt froh gewesen zu hören, dass die Kavallerie anrückte, auch wenn die beiden keine Ahnung hatten, was sie erwartete. Olivia wusste es ja offen gestanden selbst nicht.

Aus der Hütte drang ein Brummen an ihr Ohr, und Olivia trat den Rückzug Richtung Hang an, über den Randy und Veronica kommen mussten. Tatsächlich schlenderten sie Arm in Arm dahin und ließen sich alle Zeit der Welt, weil sie nicht ahnten, dass Olivia noch andere Probleme hatte außer ungehörigen braunen Papierstreifen. Wenn die wüssten.

»Da drinnen ist jemand«, zischte Olivia, als sie ihnen entgegeneilte.

»Du hast also den Mistkerl erwischt?«, sagte Randy, und seine buschigen Augenbrauen zuckten vergnügt.

»Dass ich jemanden erwischt habe, kann ich nicht behaupten. Ich konnte nur die Tür nicht öffnen, und zwar weil drinnen jemand ist, der das verhindert.« Olivia schaute sich um – vielleicht verließ ja gerade schon jemand die Hütte? Wenn sich der Eindringling aus dem Staub machen wollte, dann war jetzt der richtige Zeitpunkt. »Bisher habe ich nur Hallo gerufen und wurde daraufhin gebeten, noch einen Augenblick zu warten.«

»Hast du die Polizei alarmiert?«, wollte Veronica wissen und spähte in dieselbe Richtung wie Olivia.

»Nein, der wirkte so höflich, dass ich mir die Mühe gespart habe.« Wenn sich nun herausstellte, dass der Einbrecher ihre Ginvorräte geplündert hatte, sähe die Sache schon anders aus. »Woher willst du wissen, dass nur einer da drin ist? Vielleicht sind sie in der Überzahl.« Randy schob seine Ärmel hoch, als müssten sie sich eine Bande von Halbstarken auf Beutezug vorknöpfen. Doch auch mit hochgekrempelten Ärmeln würden die drei Achtzigjährigen wohl kaum kräftiger austeilen können. »Warum gehen wir nicht einfach hin und klopfen an? Wenn der Kerl mit Olivia gesprochen hat, dann ist er doch wohl so vernünftig, rauszukommen und Leine zu ziehen.« Veronica, stets die Besonnene des Trios, steuerte die Strandhütte an, ohne mit einem Stock oder erhobenen Fäusten in Drohgebärde zu gehen.

»Aber er hat gesagt, ich solle einen Moment warten. Das muss vor zehn Minuten gewesen sein.« Olivia war nicht wirklich sicher, wie lange es her war. Sie wusste nur, dass es unzumutbar war, so lange aus der Strandhütte ausgesperrt zu sein, die sie gepachtet hatte. Schließlich bezahlte sie dafür, dass sie hier die Ruhe genießen konnte. Im Sommer hatte sie die Hütte oft genug gegen Übergriffe verteidigen müssen, langsam reichte es ihr. So etwas würde sie nie wieder zulassen.

Bei dem Gedanken, dass sich Eindringlinge hier einnisten könnten, fasste Olivia wieder Mut und heftete sich an Veronicas Fersen. Bestimmt würden sie beide so schreckenerregend wirken, dass sie den Übeltäter in die Flucht schlagen konnten, aber als sie sich der Hütte näherten, schwand ihre Zuversicht.

»Raus da«, befahl Veronica weit energischer, als Olivia es zustande gebracht hatte. Ja, sie war nicht einmal auf die Idee gekommen, der Person das Offensichtliche nahezulegen.

»Ja, bewegen Sie Ihren Arsch«, rief Olivia. Die Zeit für Höflichkeitsfloskeln war vorbei. Dank der Verstärkung war ihr Selbstbewusstsein gewachsen.

Beim Stichwort Arsch fielen ihr die braunen Papierstreifen wieder ein. Sobald der Eindringling vertrieben war, mussten sie herausfinden, wer sie angebracht hatte. Obwohl keineswegs auszuschließen war, dass es sich um ein und dieselbe Person handelte.

Nicht zum ersten Mal überlegte Olivia, ob es nicht doch ratsam wäre, die Polizei zu holen.

»Ärsche solltest du lieber nicht erwähnen«, meinte Randy, der nun aufholte. »Die haben uns in letzter Zeit genug Ärger gemacht.«

»Was machen wir jetzt?« Olivia war ratlos, denn obwohl sie sich alle Mühe gegeben hatte, einschüchternd zu klingen, regte sich in der Hütte nichts.

»Versuchen wir es noch mal mit der Tür. Wenn der Einbrecher dich nicht reinlässt, dann sollten wir uns lieber Hilfe holen.«

Veronica drückte gegen die Tür, die sich mühelos öffnen ließ. »Wer ist da?«

Olivia zog am anderen Türflügel, der ebenfalls problemlos aufschwang. »Was zum …?«

Alles war völlig anders als noch wenige Minuten zuvor, sodass sich Olivia fragte, ob sie etwa versucht hatte, die falsche Strandhütte zu betreten. Die Jungs der Salters hatten ihre Hütte bis unters Dach mit Sportausrüstung vollgestopft. Womöglich hatte sie versucht, deren Türen zu öffnen? Schließlich waren beide Hütten enteneiblau. Aber war es tatsächlich ihr Schicksal, innerhalb kürzester Zeit so zu verblöden?

Schließlich stand zwischen der Hütte der Jungs und der ihren noch eine in einer anderen Farbe. Da konnte sie sich nicht getäuscht haben. Und was war mit der Stimme? Und jetzt standen sie da … und schauten in Olivias Hütte hinein, in der kein einziger Liegestuhl verrutscht war. Rein gar nichts stand im Weg, das die Tür blockiert haben könnte.

Dennoch trat Olivia ein und durchstöberte jeden Winkel wie eine schrullige Alte, die vergebens etwas sucht, was sie verloren hat. Es erinnerte sie an die Nacht, in der Randy verschwunden gewesen war, und deshalb wusste sie, dass man vernünftigerweise nichts unversucht lassen durfte. Aber es war ja ein gewisser Unterschied, ob man jemanden in einer weitläufigen Altersresidenz aufspüren wollte oder in einer winzigen Holzhütte, und Letzteres schien doch eher ein Fall für Detektive mit übersinnlichen Fähigkeiten zu sein.

»Bist du sicher, dass jemand hier drinnen war?«, fragte Veronica vorsichtig. Anscheinend fürchtete sie, dass Olivia nach den Tassen suchte, die sie nicht mehr Schrank hatte.

»Ganz sicher.« Hundertprozentig. Sie hatte nicht versehentlich an der Tür der Jungs gerüttelt. Daran bestand kein Zweifel.

»Vielleicht war's einfach ein übler Streich? Etwas, das mit diesen braunen Papierstreifen zu tun hat?« Randy begutachtete die Streifen misstrauisch und schnippste daran.

Das wollte Olivia nicht ausschließen. Vielleicht hatte der Übeltäter die Tür ja mit Eis blockiert, das jetzt geschmolzen war. Es musste eine logische Erklärung dafür geben, warum sie nicht hineinkonnte und eine Stimme gehört hatte, obwohl sich nun beide Phänomene in Luft aufgelöst hatten.

»Eine Sekunde.« Olivia wusste nicht recht, warum ihr der Gedanke kam, aber es war kürzlich etwas passiert, das bei ihr ebensolche Verwirrung ausgelöst hatte. Die Handtücher.

Sie riss die Schublade auf, diesmal stand es außer Frage. Die Handtücher waren zusammengefaltet, und zwar nicht besonders ordentlich. Nach ihrem Gespräch mit Tony hatte sie darauf geachtet, die Handtücher wieder so zu verstauen, wie sie es gewohnt war – nämlich zusammengerollt. Und jetzt hatte sich schon wieder jemand daran zu schaffen gemacht.

»Es ist ganz klar, dass jemand hier war. Bleibt nur die Frage: wer?«

Natürlich stellte sich auch die Frage, warum, und was wollte die Person mit Olivias Handtüchern? Aber sie wollte die Lage nicht durch weitere Fragen verkomplizieren. Außerdem würde sie sonst ein bisschen verrückt wirken. Und sie musste sich selbst genauso wie den anderen beweisen, dass sie nicht völlig den Verstand verloren hatte.

Denn das hatte sie nicht.

Oder?

9

Das Problem bei Selbstgesprächen war, fand Olivia, dass niemand antwortete. Nicht ganz einfach, Schlussfolgerungen anzustellen, wenn nur ein Hirn seine Meinung abgab. Und dass es sich um Olivias Hirn handelte, machte den Fall noch schwieriger.

»Aber wohin ist der Kerl verschwunden?« Olivia zählte Teelöffel mit Mince-Pie-Füllung und Zentiliter Gin ab und beschriftete Aufkleber für jedes Einmachglas, das sie befüllte. Allerdings fiel es ihr schwer, sich darauf zu konzentrieren, da sie ständig auf der Suche nach heimlichen Fluchtwegen in alle Ecken spähte und bei jedem Knarren zusammenfuhr. Sie verspürte ein Unbehagen, als wäre sie Opfer eines Einbruchs geworden. Was sie auch tat, alles war überschattet von dem Gefühl, dass ihre Privatsphäre verletzt worden war.

Um es noch schlimmer zu machen, wusste niemand, wer für die braunen Papierstreifen verantwortlich war. Es war kein Streich, den sich jemand aus ihrem Freundeskreis hatte einfallen lassen. Und weil es keiner von ihnen gewesen war, weckte es bei ihr dasselbe Unbehagen wie das ursprüngliche Papp-Graffiti. Tröstlich (wenn man es so nennen konnte) war nur, dass dieser üble Scherz nicht so sorgfältig vorbereitet worden war wie die Attacke gegen die »Ginhütte«. Dafür hatte es keine große Planung gebraucht, und als Hobbykriminalpsychologin mutmaßte Olivia, dass der Täter ein Trittbrettfahrer war.

»Aber von der Sache mit dem Pappmaché-Hintern wissen

nur die Leute, die auf dem Treffen waren. Wie kann jemand, der nicht zu unserem Kreis gehört, ein Vergehen nachahmen, von dem er nichts weiß?« Wieder führte Olivia ein Selbstgespräch ohne echte Chance auf einleuchtende Antworten. »Oder der ursprüngliche Täter hat hier aus einem Impuls heraus gehandelt. Er oder sie hat gesehen, dass die Strandhütte mit der ›Ginhütte‹ zusammenhängt, und beschlossen, eine Botschaft zu hinterlassen.«

Die Botschaft, wenn es denn eine sein sollte, war jedoch nicht besonders klar. Und wer sollte überhaupt einen solchen Groll gegen die »Ginhütte« hegen, dass er so etwas anstellte? Das Lokal gab es doch noch gar nicht lange genug, um sich Feinde zu schaffen, jedenfalls soweit Olivia wusste. Vielleicht waren es ja die ehemaligen Inhaber, die sich ärgerten, weil sich nach ihrer Geschäftspleite der Nachfolger so gut schlug? Etwas anderes fiel ihr nicht ein, dann aber entsann sie sich, dass diese Leute weggezogen waren, das Lokal hatte also nicht nur dichtgemacht, weil es schlecht ging. Sie hatten mit dem Verkauf ihre eigenen Pläne verfolgt.

Als sie drei Einmachgläser mit ihrem Weihnachtsgebräu in unterschiedlichen Mengenverhältnissen gefüllt hatte, beschloss Olivia, es sei Zeit für ihren Krankenbesuch, also machte sie sich auf zu Tony und Esme. Sie brauchte einen menschlichen Gesprächspartner, um Ordnung in ihre Gedanken zu bringen.

Es war nun mehr als vierundzwanzig Stunden her, seit sie den Verdacht geschöpft hatten, dass in die Strandhütte eingebrochen worden war. Am Vortag waren sie noch in die »Ginhütte« gegangen, um herauszufinden, ob sich jemand vorstellen konnte, was es mit den braunen Papierstreifen an dem Schild auf sich haben könnte. Olivia hatte Randy und Veronica gebeten, den mutmaßlichen Eindringling nicht zu erwähnen. Sonst wäre es bald Richard zu Ohren gekommen, der sich jetzt um die Bar kümmerte. Er neigte ja von Natur aus zur Schwarzseherei und sie wollte vermeiden, dass er sich Sorgen machte. Dass seine betagte Mutter freien Zugang zu der Strandhütte hatte, lastete ihm ohnehin schwer auf der Seele, und er befürchtete stets, sie würde am Strand ihr Ende finden. Olivia konnte sich zwar, wenn es zum Schlimmsten kommen sollte, keinen besseren Ort dafür vorstellen, aber das verriet sie Richard nicht. Irgendwie war es doch ganz in Ordnung, wenn Menschen in Olivias Alter zugaben, dass sie keine Duracellhasen waren und folglich irgendwann den Geist aufgeben würden. Falls sie in naher Zukunft sterben sollte, wollte sie das stilvoll mit Glanz und Gloria tun, und nicht eingesperrt in einem Zimmer.

Olivia ging die Puste aus, und sie überlegte, dass sie viel zu gefühlsduselig war für jemanden, der womöglich bald den Löffel abgeben würde. Seit wann machten ihr Hügel eigentlich so zu schaffen? Sie blieb stehen, um Atem zu schöpfen. Es war noch nicht einmal ein Hügel, nur eine leichte Steigung. Das Haus von Tony und Esme lag eigentlich recht nah am Strand. Bloß zwei Straßen weiter, ungefähr so weit, wie es zu ihrem alten Haus gewesen war. Vor nur sechs Monaten hätte sie solche Entfernungen relativ mühelos zurückgelegt. Vielleicht schadete es ja nicht, sich mal vom Arzt durchchecken zu lassen. Schmerzen und Einschränkungen aller Art konnte man natürlich leicht dem Alter zuschreiben, doch womöglich handelte es sich ja um Probleme, die sich lösen ließen. Zwar wollte sie nicht ewig leben, aber sie strebte an, so lange wie möglich gesund zu bleiben. Als sie wieder ruhig atmen konnte, setzte sie ihren Weg zu Tonys wunderbarem, freistehendem Haus fort. In der Straße gehörte es zu den Gebäuden neueren Datums.

»Hereinspaziert!« Der Rekonvaleszent begrüßte sie in seinem Heim ebenso gastfreundlich wie in der »Ginhütte«. Und im Handumdrehen hatte er Olivia mit einer Tasse Tee und Keksen versorgt. Die Kekse hätte sie wohl besser ablehnen sollen. Womöglich hatten die ja etwas damit zu tun, dass sie in letzter Zeit etwas kurzatmig war. Dank Oakley West und der köstlichen Mahlzeiten, die sie dort bekam, war sie etwas rundlicher geworden. Aber von dieser Überlegung ließ sie sich nicht bremsen. Schließlich lebt man nur einmal.

Es mutete seltsam an, in Tonys Wohnzimmer zu sitzen. Obwohl sie ihn als ihren besten Freund ansah, hatte sie ihn nur selten zu Hause besucht. Sonst trafen sie sich immer in der »Ginhütte« oder bei den Strandhütten.

»Hast du ein paar Klatschgeschichten mitgebracht, Olivia? Ich langweile mich hier zu Tode.«

Für Klatsch war Olivia eigentlich nicht zu haben, obwohl sie gern wusste, was sich so tat, und das war ja möglicherweise dasselbe. »Jemand hat drei braune Papierstreifen an das Ginhüttenschild geklebt, das du mir für meine Hütte besorgt hast. Aus demselben Papier wie die an diesem verdammten Hintern.«

»Esme hat es mir erzählt. Ich hoffe, das wird nicht zur Regel. Weiß Richard Bescheid?« Tony tunkte seinen Keks in den Tee, und wenn er das machte, sollte Olivia es ihm schon aus Höflichkeit nachtun.

»Natürlich nicht. Wenn er sich Sorgen macht, lässt er eine Überwachungskamera an meiner Hütte installieren, die rund um die Uhr Bilder an seinen Laptop sendet, und dann kommt er mir auf die Schliche, wie viel Zeit ich dort verbringe. Am Ende beobachtet er dann eher meine Aktivitäten als die von irgendwelchen Hausbesetzern.«

»Er ist viel zu sehr damit beschäftigt, Skylar zu umwerben, als dass er sich groß um dich kümmern könnte. Aber was redest du da von Hausbesetzern?«

Olivia war mit ihrem Keks in der Hand erstarrt, sodass die eingetunkte Hälfte nun platschend in den Tee plumpste. »Vergiss die Hausbesetzer! Was genau meinst du mit umwerben?«

Offenbar schaffte sie es überhaupt nicht mehr, auf dem Laufenden zu bleiben, wenn sie nicht einmal mitbekam, was ihr eigener Sohn trieb.

»Hätte ich bloß den Mund gehalten. Ich dachte, Richard hätte es erwähnt. Du musst doch gemerkt haben, dass Amor hier seine Hand im Spiel hat.«

Olivia steckte den verbliebenen halben Keks in den Mund. Sie hatte gehofft, dass sich da etwas anbahnte, die Idee aber dann verworfen. Eine törichte alte Frau, die sich wünschte, dass ihr Sohn glücklich wurde. Seine Arbeit füllte ihn bestimmt nicht aus, und wenn seine Kanzlei noch so gut ging. Aber allein schon die Tatsache, dass er so bereitwillig in der »Ginhütte« einsprang, solange Tony außer Gefecht war, verriet ihr, dass Auszeichnungen und Wirtschaftspreise schön und gut waren,

Lebensglück zu finden aber auf einem ganz anderen Blatt stand. Als der Keks geschluckt war, musste Olivia mehr erfahren. »Erzähl mir alles, was du weißt.« Bei dem Versuch, eine Augenbraue zu heben, zog sie die Stirn in Falten und legte den Kopf schräg. Irgendwie musste sie ja zum Ausdruck bringen, wie dringend sie weitere Informationen benötigte.

»Ich bin mir nicht sicher, ob ich überhaupt etwas davon wissen darf.«

»Umso besser.« Wenn Tony es nicht wissen durfte, dann würde Richard hoffentlich auch nicht ahnen, dass Olivia es erfahren hatte. »Sprich weiter.«

Tony rutschte unbehaglich auf seinem Sessel herum. »Pass auf, wenn ich es dir sage, dann darfst du niemandem verraten, dass du es von mir hast.«

»Meine Lippen sind versiegelt«, beteuerte Olivia.

Tony blickte um sich, als fürchte er, es könnte plötzlich aus einer Zimmerecke jemand auftauchen, und beugte sich vor. »Esme hat am Montagabend auf Skylars Sohn aufgepasst«, wisperte er und zog die Brauen hoch, als sei das ein handfester Beweis für eine Romanze.

»Dafür kann es doch alle möglichen Gründe geben.« Erstaunt stellte Olivia fest, wie enttäuscht sie war.

»Das ist nicht alles. An diesem Abend war mir todlangweilig, nachdem ich schon den ganzen Tag allein hier verbracht hatte. Die Jungs waren beim Fußballtraining, also habe ich Richard angerufen und wollte ihn fragen, ob er nicht rüberkommen möchte, weil doch die Bar am Montag Ruhetag hat.«

»Jaaa …« Wieder legte Olivia informationsgierig den Kopf

schräg. Wann würde Tony endlich mit der Pointe herausrücken?

»Er ist rangegangen, um zu sehen, ob es mir gutgeht, hat mir aber dann erklärt, er hätte zu tun.«

»Und?«

»Ich habe Skylars Stimme gehört. Und bin hundertprozentig sicher, dass sie es war.«

Nach ihren eigenen Erlebnissen mit Stimmen in letzter Zeit hatte Olivia ihre Zweifel, ob es möglich war, auf diesem Weg jemanden eindeutig zu identifizieren. »Woher willst du wissen, dass wirklich sie es war?«

Olivia wollte sich nicht in dem Glauben wiegen, dass Richard und Skylar zarte Bande knüpften, wenn das einzige Indiz darin bestand, dass Tony eine Stimme vernommen hatte, die womöglich gar nicht Skylar gehörte. Und selbst wenn dem so war, hatten sie sich vielleicht einfach nur so getroffen, zum Beispiel um ins Kino zu gehen, weil der Film sie beide interessierte. Olivia besuchte auch gelegentlich mit Tony Veranstaltungen, aber das war noch lange kein Date. Schließlich konnten ein Mann und eine Frau auch ganz unverfänglich befreundet sein, und überhaupt wäre es einfach zu schön, um wahr zu sein, wenn aus Richard und Skylar ein Paar wurde.

»Vielleicht hätte ich das nicht tun sollen, aber ich habe dann Esme angerufen und sie gefragt, ob sie weiß, wo Skylar steckt, und ihr mitgeteilt, dass Richard nicht rüberkommen kann, weil er zu tun hat. Natürlich hat sie genau wie ich zwei und zwei zusammengezählt, und als Skylar nach Hause kam, hat sie wohl etwas genauer nachgefragt, wie der Abend so war, als sie es sonst getan hätte.« Tony nahm sich einen weiteren Keks, um ihn einzutunken.

»Und was hat sie herausgefunden?« Olivia wartete immer noch auf eine handfeste Information, an die sie ihre Hoffnungen knüpfen konnte.

»Skylar hat ihr erzählt, dass sie ein Date mit Richard hatte. Selbstverständlich durfte Esme es mir nicht erzählen, und ich darf es auf keinen Fall dir erzählen. Dieses Gespräch hat also nie stattgefunden, okay?«

Olivias Herz machte einen kleinen Freudensprung. Ihr war natürlich vollkommen klar, dass ihre Hoffnungen übertrieben waren, wo sich doch die Beziehung bestenfalls im Anfangsstadium befand und es möglicherweise niemals zu einem zweiten oder dritten Date kommen würde. Sie musste also die Hochzeitsglocken ignorieren, die in ihren Ohren dröhnten. Ebenso den Gedanken, wie wunderbar es wäre, wenn Skylar, die für sie ja wie eine Tochter war, ihre Schwiegertochter werden würde. Nein, Olivia musste diese Gefühle völlig ausblenden. Auf keinen Fall durfte sie versuchen, ihren Sohn auszuhorchen, oder sich überlegen, wie sie die Beziehung voranbringen konnte. Sie wusste nichts, sie musste sich fest einprägen, dass sie nichts wusste. Aber was für ein wunderbarer Hoffnungsfunke hatte sich da in ihrem Herzen eingenistet. »Ich verrate kein Sterbenswörtchen«, versprach Olivia und grinste dabei viel zu breit, um zu verschleiern, wie glücklich die Nachricht sie machte.

»Und jetzt erzähl mir von den Hausbesetzern.«

Darüber wollte Olivia lieber nicht nachdenken, nachdem sie über ein so absolut erfreuliches Thema geredet hatten. Aber sie war nun einmal überzeugt, dass in ihrer Hütte jemand gewesen war – sie war nur nicht sicher, warum und wohin dieser Jemand verschwunden war. Also berichtete sie Tony von dem Vorfall. »Es könnte theoretisch sein, dass ich versehentlich an der Hütte eurer Jungs gerüttelt habe, aber das glaube ich einfach nicht. Ich kann mir nur anders nicht erklären, was passiert ist.«

»Das ist merkwürdig. Und du sagst, die Handtücher waren wieder gefaltet und nicht gerollt? Wer hat denn noch einen Schlüssel zu deiner Hütte?«

»Richard und Skylar, aber keiner von beiden würde die Hütte benutzen, ohne es mir zu sagen.«

»Es sei denn, sie haben dort ein Schäferstündchen abgehalten.« Tony kicherte.

Olivia fand das nicht lustig. Sie befürwortete ja wirklich, dass die beiden eine Beziehung eingingen, aber dass sie die Strandhütte zweckentfremdeten, davon hielt sie nichts. Skylar hatte für etwaige Rendezvous schließlich eine eigene Hütte. Und sie sollte auf jeden Fall ihre eigenen Handtücher benutzen. Olivia hielt sich zwar nicht für prüde, aber sie fand, alles hatte seine Grenzen, und wenn sich jemand an ihren Handtüchern vergriff, war ihre Toleranzschwelle überschritten. Auf die Entdeckung klebriger Flecken legte sie keinen Wert. Feuchte Träume hatte sie schon lange nicht mehr. Und sie war nicht bereit, noch einmal in ihrem Leben derartige Substanzen aus ihrer Wäsche herauszuwaschen, mochten sie auch von ihrem eigenen Sohn stammen.

»Weder Skylar noch Richard würden die Hütte benutzen,

ohne es mir zu sagen.« Olivia musste das ganz deutlich machen, bevor es ihr übel aufstieß. »Ich glaube aber, dass jemand dort übernachtet hat, allerdings nicht letzte Nacht. Anscheinend haben wir diesem Jemand einen gehörigen Schreck eingejagt.«

Wenn sie es recht bedachte, war sie eigentlich nur Dienstag früh so zeitig dort, wenn sie mit Veronica schwimmen ging. Die restliche Woche zog sie es meist vor, sich mit dem herzhaften Frühstück in Oakley West für den Tag zu stärken. Dann begab sie sich entweder am Vormittag oder am Nachmittag an den Strand, und wie lange sie blieb, hing davon ab, ob sie anschließend noch in die »Ginhütte« ging. Sie sprang immer noch gelegentlich hinter der Bar ein, teils weil es ihr Spaß machte, teils weil das Lokal ohne Tony eine dünne Personaldecke hatte. Glücklicherweise übernahmen jetzt, wo Tony über den Berg war, auch Esme und die Jungs gern wieder Schichten in der »Ginhütte«.

Ihr neuer Lebensstil führte dazu, dass Olivia ihre Strandhütte in der Regel nicht mehr zu so früher Stunde aufsuchte wie einst. Gut möglich, dass dort schon seit einiger Zeit jemand übernachtete und sie es erst jetzt gemerkt hatte.

»Wenn du irgendwann meinst, dass die wieder da gewesen sind, sag mir Bescheid, und wir starten eine Observierung, um ihnen auf die Schliche zu kommen.«

»Kriegst du dann nicht Probleme mit Esme?«

»Wir müssen das an einem Abend machen, an dem sie bei Skylar babysittet. Für nächsten Montag ist sie schon gebucht.«

»Wirklich?« Olivia hätte Tony an die Gurgel springen können, weil er ihr diese Information bisher vorenthalten hatte.

Wenn das stimmte, dann war doch wohl bereits ein zweites Date zwischen Skylar und Richard verabredet worden. Womöglich handelte es sich sogar um das dritte oder vierte Date, wer wusste das schon?

»Ja. Nachdem also die meisten Leute, die uns verpetzen könnten, beschäftigt sein werden, wäre das der geeignete Zeitpunkt. Es kann nichts schaden, wenn die Sache unter uns bleibt.«

»So gesehen ist das auch ein Date.« Eigentlich war Olivia für Dates nicht mehr zu haben. Derartige Komplikationen brauchte sie in ihrem Leben nicht mehr, und sie machte keinen Hehl daraus, dass sie über den Tod ihres Mannes nie hinweggekommen war. Aber wenn sie sich schon auf ein Date einließ, wollte sie sich nicht mit irgendeiner langweiligen Verabredung begnügen, und nachts am Strand eine Observierung durchzuführen klang nach einem Vorhaben, das ihr Spaß machen würde.

»Wenigstens können wir so Richard und Skylar auf frischer Tat ertappen, falls sie es tatsächlich in deiner Strandhütte treiben.«

Bei der Vorstellung kam Olivia jetzt doch ein bisschen Galle hoch.

10

Nach Tonys Herzinfarkt fand das Sonntagsritual nicht mehr in der gewohnten Weise statt.

In den ersten Wochen gab es keine Treffen auf der Bank auf den Klippen. Irgendwie schien es falsch, dort ohne Tony weiterzumachen. Stattdessen besuchte Olivia ihren Sohn in der »Ginhütte«, damit er die ausgewählten Ginsorten absegnen konnte.

Im Lokal hatte er immer alle Hände voll zu tun, packte Lieferungen aus, erledigte Papierkram, putzte die Bar. Olivia freute sich darüber, wie engagiert er sich seiner neuen Aufgabe widmete, und hoffte bloß, dass er sich nicht überarbeitete.

Die üblichen Picknicks bei den Strandhütten fielen aus, und sie begnügten sich mit Fish & Chips (was auch nicht schlecht war), weil jeder jetzt nach Bedarf in der »Ginhütte« mit anpackte. Und weil in diesen ersten Wochen keiner von den Salters dabei sein konnte, fühlten sie sich einfach unvollständig.

Aber diesen Sonntag war es zum ersten Mal, als würde der normale Lebensrhythmus wieder einsetzen. Das Treffen hatte zwar erneut in der »Ginhütte« stattgefunden, und zum traditionellen Picknick am Strand gab es nach wie vor Fish & Chips, aber heute wurden Ehrengäste erwartet. Die Familie Salter würde kommen.

Die Jungs waren schon da: TJ, Aiden und Noah spielten wie gewohnt Kricket. Das Geräusch hatte Olivia richtig gefehlt.

»Machst du heute nicht mit, Lucas?«

Der kleine Junge räkelte sich neben Olivia auf einem Liegestuhl. Es sah ihm gar nicht ähnlich, dass er sportliche Aktivitäten ausließ.

»Ich habe mir das Knie aufgeschlagen. Willst du mal schauen?« Lucas krempelte bereits seine Hose hoch, und an seinem Knie kam eine böse, verschorfte Schramme zutage.

»Donnerwetter! Wie hast du das angestellt?« Mit einer Schürfwunde in dieser Größenordnung würde Olivia in Oakley West festsitzen.

Lucas strich mit der Hand über die Wunde und versorgte sie auf diese Weise mit Keimen, wie es nur Siebenjährige hinkriegen. Er warf seiner Mum einen Blick zu, sagte aber nichts.

Olivia vermutete, dass es etwas gab, was seine Mum nicht erfahren sollte. »Du musst es jetzt nicht sagen. Wenn du magst, kannst du es mir nachher erzählen, wenn wir uns ein schönes Eis holen«, schlug Olivia vor. Es gab Zeiten, da brauchte ein Junge einen Gesprächspartner, der nicht seine Mum war.

Lucas nickte.

Ob das Nicken der Möglichkeit galt, sich auszusprechen, oder der Aussicht auf ein Eis, spielte keine Rolle. Wichtig war, dass sie für ihn da war, so wie Skylar für Olivia da war.

Skylar war Olivias beste Strandhüttenfreundin. Theoretisch hätte das Esme sein müssen, die ihr altersmäßig näher war, aber die hatte immer mit Tony und den Jungs zu tun. Und so kam es, dass Olivia und die mehr als vier Jahrzehnte jüngere Skylar wahre Busenfreundinnen geworden waren. Nicht dass Olivia das laut ausgesprochen hätte, aber so war es. Es gab vieles, was die beiden verband. Obwohl die Umstände bei Skylar andere waren, war auch sie eine Mutter, die sich allein mit ihrem Sohn durchs Leben schlug – so wie Olivia vor Jahren mit ihrem Richard. Aus diesem Grund waren Skylar und Lucas ihr ans Herz gewachsen. Sie wusste, dass jede Hilfe und Freundschaft, die sie zu bieten hatte, wertgeschätzt und manchmal auch gebraucht wurde. Und Olivia passte gern gelegentlich auf Lucas auf, damit Skylar in Ruhe zur Bank oder einkaufen gehen konnte. Es machte ihr Spaß, ihn zu beobachten, wenn er Sandburgen baute, oder ihm bei den Hausaufgaben zu helfen.

»Er kommt«, rief Richard, stand auf und begann zu klatschen.

Tony und Esme kamen Hand in Hand den Hang herunter. Und nun klatschten auch alle anderen, und zwar nicht nur die Pächter aus ihrer Hüttenreihe. Applaus kam von allen Strandhütten. Alle Anwesenden klatschten und jubelten.

Tony war heimgekehrt.

Olivia nutzte das Treffen vor allem, um sich von Esme auf den neuesten Stand bringen zu lassen. Obwohl nicht mehr viel Zeit für die Organisation blieb, hatten sie beschlossen, das Gingle-Bells-Retreat-Wochenende anzubieten. Zum einen, weil Tony darauf beharrte, dass seine gesundheitlichen Probleme die Planung für die »Ginhütte« nicht gefährden sollten, und zum anderen, weil es Esme, wie sie flüsternd gestand, in den Wahnsinn trieb, ihn ständig zu Hause zu haben, und sie meinte, wenn Tony am Computer Dinge für die »Ginhütte« erledigen könnte, würde er sie nicht mehr so nerven.

Das war nicht das Einzige, was Olivia an diesem Tag zugeflüstert wurde.

Als sich endlich die Gelegenheit bot, mit Lucas ein Eis kaufen zu gehen, erkundigte sie sich noch einmal nach seiner Verletzung.

»Was ist denn passiert? Du weißt ja, dass ich es keinem erzähle.« Dass das Café geschlossen hatte, war wirklich unpraktisch. Statt ein kurzes Stück die Strandpromenade entlangzuwandern, mussten sie nun den Hang hinauf zu dem Eisbus laufen, der seit Neuestem hier stand. Gut, dass jemand die Geschäftschance nutzte, denn so wunderbar eine Bucht mit einer »Ginhütte« sein mochte, was taugte ein Strand ohne Eis.

»Es war in der Schule.« Lucas hielt Olivias Hand und war unglaublich geduldig mit ihrem Schneckentempo.

»War es ein Unfall oder ist etwas passiert?«

»Ich bin geschubst worden.«

Olivia blieb stehen. »Das ist gemein. Hast du es deiner Mum gesagt?« Sie konnte verstehen, dass es ihm peinlich war, aber wenn er drangsaliert wurde, sollte Skylar es erfahren.

»Nein, sie glaubt, ich sei gestolpert.«

Nur gut, dass Lucas sich ihr anvertraute. Trotzdem war es wichtig, dass er mit den maßgeblichen Leuten sprach, wenn er Probleme hatte. Olivia bemühte sich, auf Augenhöhe mit ihm zu reden. Glücklicherweise war das nicht schwer, weil sie nicht einmal einen Kopf größer war als er. Jetzt mal ehrlich, was kriegten die Kinder heutzutage nur zu essen?

»Wenn die das wieder machen, erzählst du es mir gleich, in Ordnung?« Sie konnte ihn dazu bringen, es seiner Mum zu sagen, oder sie würde selbst mit Skylar sprechen, damit sie sich an die Schule wandte, aber wenn er nicht den Mut aufbrachte, mit seiner Mum zu reden, bestand die Gefahr, dass er künftig alles für sich behielt. »Ist es das erste Mal gewesen?«

Es konnte ja sein, dass dieses Problem schon länger bestand. Und in dem Fall musste sich Olivia wirklich genau überlegen, wie sie weiter vorging.

»Die haben nur herumgealbert.«

Olivia nickte. Nach ihrer Erfahrung war bei einer Horde kleiner Jungs nichts anderes zu erwarten. Richard hatte sich meisterhaft aufs Herumalbern verstanden. Lucas wusste jedenfalls, dass er jemanden zum Reden hatte, wenn wieder etwas sein sollte. »Gut. Du sagst mir einfach Bescheid, wenn noch mal so etwas passiert. Ich habe aber gehört, dass Eis bei aufgeschlagenen Knien hilft.«

Und aus jahrelanger Erfahrung wusste Olivia auch, dass es die ideale Nachspeise für Fish & Chips war.

11

»… Gürteltier, Krokodil, Biber, Giraffe.«

»Und stopp.« Die Stoppuhr der Ärztin klickte.

»Habe ich bestanden?« Olivia war ziemlich stolz darauf, wie viele Tiere sie innerhalb einer Minute hatte aufzählen können.

»Kann man sagen. Mit wehenden Fahnen. Wie kommen Sie denn auf die Idee, Sie könnten Gedächtnisprobleme haben?«

Das Trommelfeuer der Fragen war keine große Herausforderung gewesen. Olivia hätte sich freuen können. »Es gab ein paar seltsame Vorfälle, da habe ich mir Sorgen gemacht, dass etwas nicht stimmt.«

»Ich kann Sie an die neurologische Klinik überweisen, wenn Sie glauben, dass Sie wieder einen kleinen Schlaganfall hatten.«

»Wissen Sie, das ist genau der Punkt. Ich glaube das nicht, habe aber keine Ahnung, wie ich es mir sonst erklären könnte.«

»Sie haben in ein paar Monaten einen Termin für die jährliche Nachuntersuchung. Ich werde dort anfragen, ob man den Termin nicht vorverlegen kann. Wenigstens können Sie dann beruhigt sein.« Die Ärztin tippte auf ihrer Tastatur herum, klickte mit der Maus, und damit war anscheinend alles Nötige erledigt. »Und überlegen Sie sich das noch einmal mit dem Scooter. Irgendwann einmal müssen Sie daran denken, etwas langsamer zu machen.«

Die Ärztin hatte nicht ganz verstanden, worum es Olivia

ging. »Aber der einzige Grund, warum ich mich dafür entscheiden würde, ist ja, dass ich schneller vorankommen will.«

Als Olivia die Praxis verließ, war sie froh, dass sie sich hatte untersuchen lassen. Sie hatte das Gefühl, etwas geleistet zu haben, statt sich weiterhin womöglich grundlos Sorgen zu machen. Der Vorschlag mit dem Elektromobil löste wenig Begeisterung aus, aber weil er von ihrer Ärztin kam, wurde die Notwendigkeit, sich einen zu beschaffen, irgendwie realer. Der Rat war nicht so leicht von der Hand zu weisen, und er leuchtete ja ein, wenn sie denn mit einem Fahrzeug Zeit und Kraft sparen würde. Bei ihrem Neuerwerb auf »Jetzt kaufen« zu klicken war keine leichte Entscheidung, und zwar nicht zuletzt, weil sie ja gar nicht wusste, wie sie mit dem verdammten Ding zurechtkommen würde. Aber auch ein alter Fuchs konnte neue Tricks lernen, und Olivia war entschlossen, genau das zu tun, wenn es ihr das Leben leichter machte.

Der zweite Punkt, den sie abhaken konnte, war ein Treffen mit Esme, bei dem sie die Organisation für das Weihnachtswochenende besprachen. Der Plan bestand darin, dass Esme sich um das meiste kümmern würde ... die Anmeldungen, die Übernachtungen, die Verpflegung, den Tagesablauf. Sie würde einen Koch und ein Zimmermädchen für das Wochenende einstellen, damit nicht alle Arbeit an ihr hängen blieb. Das hieß, auf Olivia entfiel nur die einfache Aufgabe, die Cocktail-Meisterklassen zu planen, und zwar unter Einbeziehung der Rezepte für die Weihnachtscocktails.

Beide wollten dafür sorgen, dass es Spaß machte. Alle Teilnehmer sollten auf ein schönes Erlebnis zurückblicken können und gerne wiederkommen. Insgesamt hörte sich das Gingle-Bells-Retreat-Wochenende ganz wunderbar an.

Olivia fand es unheimlich aufregend. Es war genau das Projekt, das sie brauchte, um wieder beschwingt durchs Leben zu gehen. Nachdem sie nun wusste, dass sie gesundheitlich gar nicht so schlecht dran war, wie sie befürchtet hatte, konnte sie sich auf das Ereignis und auf Weihnachten viel mehr freuen.

Hoffentlich würden sich heute Nacht einige offene Fragen klären. Sie traf sich mit Tony bei den Sunken Gardens, sobald in Oakley West die Abendunterhaltung begonnen hatte.

Montags trat immer ein Pianist auf. Es war das reinste Vergnügen, ihm zu lauschen. Olivia wünschte nur, er würde ab und zu neue Stücke einüben. Selbst eine Beethoven-Sonate verlor irgendwann ihren Reiz, wenn man sie allzu oft hörte. Also kehrte sie völlig frei von Schuldgefühlen dem musikalischen Einerlei den Rücken und brach zu ihrer Mission auf.

Aber es war ein komisches Gefühl, dass Veronica und Randy nicht mit von der Partie waren. Olivia war es gewohnt, die beiden an ihrer Seite zu haben, und sie würden ihr bestimmt heimleuchten, weil sie sie nicht mitnahm. Aber sie hatte es Tony versprochen, und falls Richard und Skylar aus irgendeinem Grund ihr Rendezvous an den Strand verlegten (was Olivia nicht hoffte, es sei denn, es gab eine unschuldige Erklärung dafür), sollte nicht noch jemand von der sich anbahnenden Romanze erfahren. Wenn Richard seine Treffen mit Skylar sogar seiner eigenen Mutter verheimlichte, dann sollte lieber erst einmal der Deckel auf der Geschichte bleiben, selbst wenn es die schönste Neuigkeit war, die Olivia auf Lager hatte.

Außerdem wollte sie vermeiden, dass das Duo im Trio von ihrer Neuerwerbung erfuhr. Wenn die wüssten, dass sie den ärztlichen Rat befolgt hatte, würden sie das Gerät ausprobieren wollen. Den Anweisungen der Bedienungsanleitung folgend, hatte sie das Ding angeworfen und passend für sich eingestellt. In Oakley West gab es viele Orte, wo sie ihr neues Fortbewegungsmittel hätte unterstellen können, aber sie würde es nicht herumstehen lassen, sonst würden bald andere Bewohner in der Annahme, es handle sich um Oakley-West-Eigentum, damit herumfahren.

Mit einigen technischen Details musste sie sich erst noch vertraut machen. Es war ganz anders als Autofahren, also würde es eine Weile dauern, bis sie sich daran gewöhnt hatte, aber sie hoffte, sie würde es mindestens bis zu ihrem Treffpunkt mit Tony schaffen.

In der Broschüre hieß es, das Fahrzeug sei für die meisten Geländearten geeignet, es sollte also die Plüschteppiche und Rasenflächen bewältigen, die sie überwinden musste. Glücklicherweise war der Weg zum Strand größtenteils flach, abgesehen von dem Hang hinunter zur Promenade, und dort konnte sie ja Tony fahren lassen, wenn sie sich nicht traute. Für alle Fälle hatte sie mit ihm verabredet, dass sie sich oben am Hang trafen, um dann zu entscheiden, wo sie sich für ihre Nachtwache verstecken wollten.

Wie die besten verdeckten Operationen, die Olivia bisher unternommen hatte, erforderte auch diese einen Rucksack mit Ausrüstung. Sie hatte Extraschichten Kleidung eingepackt, falls es kalt wurde, ferner eine Thermosflasche und Snacks. Auch konnte es, wie sie aus ihren Abenteuern mit Randy und Veronica gelernt hatte, nicht schaden, ein Taschenmesser einzustecken – man wusste ja nie … Solchermaßen gut ausgestattet, war Olivia startklar – wenn sie denn herausbekam, wie man startete.

Das war nicht annähernd so einfach, wie einen Fuß vor den anderen zu setzen. An die Bedienelemente musste sie sich erst mal gewöhnen. Sie übte, während das Gerät noch ausgeschaltet war, und hoffte, dass eine Art Probelauf ihr helfen würde.

Als sie das Gefühl hatte, es könnte losgehen, drehte sie auf, wobei der Motor keineswegs aufheulte, sondern eher schnurrte wie ein Kätzchen, dabei aber so beschleunigte, dass ihr Fahrzeug beinahe gekippt wäre. Stopp. Langsam. Bloß keine Bruchlandung bauen.

An diese Mantras sollte sie sich halten. Sich auf die neue Fortbewegungsweise einzustellen war gar nicht so einfach. Dass sie alles mit der Hand steuern musste, war ungewohnt, und sie befürchtete nach wie vor, mit dem Ding umzukippen. Weil sie sich nicht recht traute, sofort motorisiert das Gebäude zu verlassen, beschloss sie, erst einmal auf dem geräumigen Flur in ihrem Stockwerk zu üben. Sie hoffte, dass keiner der Bewohner sie erspähte. Sie bewegte sich im Stop-and-Go vorwärts, bis sie sich mit der Bedienung vertraut gemacht hatte. Nach ein paar Anläufen stellte sich schließlich ein ganz guter Rhythmus ein.

Um die Kurven zu fahren war ein bisschen verzwickt, denn hier galt es, die richtige Richtung einzuschlagen, um nicht gegen eine Mauer zu donnern, und rechtzeitig zu bremsen war auch eine Kunst für sich. Alles in allem war es weitaus kniffliger, als einen die YouTube-Videos glauben machten, die Olivia sich angesehen hatte, aber da waren ja auch irgendwelche Grünschnäbel gefahren, und die brauchten so ein Fahrzeug doch höchstens, weil sie zu faul zum Laufen waren. Die hätten mal jemanden wie Olivia für ein lebensechtes Demovideo mit Tutorial einspannen sollen.

Als sie das Gefühl hatte, ihr neues Spielzeug einigermaßen im Griff zu haben, steuerte Olivia den Lift an. Da sie es schaffte, so zu bremsen, dass sie auf den Knopf drücken konnte, und sich in den Fahrstuhl zu manövrieren, war sie nun zuversichtlich, dass sie die größten Hürden genommen hatte und ohne Probleme zu ihrem Treffpunkt mit Tony gelangen würde.

Man drehte sich nach ihr um, als sie durch die Lobby hinaus ins Freie flitzte, und sie hätte gern gewunken, musste sich aber darauf konzentrieren, den Lenker festzuhalten und ein Malheur zu vermeiden. Es wäre zu peinlich gewesen, wenn gleich zu Anfang etwas schiefging.

Draußen war es für Olivias Geschmack ein bisschen zu dunkel, und sie hatte nicht daran gedacht, in der Bedienungsanleitung nachzusehen, ob ihre Neuerwerbung eine Beleuchtung besaß. Glücklicherweise war der Weg bis zu ihrem Treffpunkt von Straßenlaternen flankiert.

Auf dem Bürgersteig kam sie gut zurecht, aber die Straße zu überqueren stellte eine Herausforderung dar. Sie achtete darauf, dass kein Verkehr in Sicht war, bevor sie sich hinüberwagte, und natürlich suchte sie sich eine Stelle mit abgeflachten Bordsteinkanten. Es war schon eine Weile her, seit sie zum letzten Mal am Steuer gesessen hatte. Als ihr letztes Auto den Geist aufgab, war sie in den Siebzigern gewesen, und sie hatte damals beschlossen, sich kein neues anzuschaffen. Nicht weil sie nicht mehr fahrtüchtig gewesen wäre, sondern weil sie den Wagen so wenig nutzte, dass es nicht dafürstand, die laufenden Kosten zu tragen. Sie hatte ganz vergessen, wie viel Konzentration es erforderte, ein Fahrzeug zu lenken. Sie war so wachsam wie schon lange nicht mehr. Aber sie wusste jetzt schon, dass sie die richtige Entscheidung getroffen hatte. Die Strecke, die sie mittlerweile annähernd zwanzig Minuten und ziemliche Anstrengung gekostet hätte, legte sie nun in kürzester Zeit zurück. Sobald sie sich sicherer fühlte – und ihr Selbstbewusstsein wuchs bereits – würde das Leben sehr viel einfacher sein.

»Ach, Olivia. Du, nur du allein bringst so etwas fertig.« Tony begrüßte sie lachend.

Auf so eine Reaktion hatte Olivia gehofft. Mutig geworden, umrundete sie Tony einige Male. »Was sagst du?«

Tony schüttelte den Kopf – ungläubig, wie Olivia hoffte. »Ich glaube, du bist einfach die geborene Trendsetterin. Sollte man auf so einem Ding keinen Helm tragen?«

Olivia blieb stehen, damit ihnen beiden nicht schwindelig wurde. »Kann sein, dass die auf den YouTube-Videos einen getragen haben. Ich besorge mir einen, obwohl ich dann nicht mehr so cool rüberkomme.«

»Du bist jedenfalls die einzige Vierundachtzigjährige, die cool rüberkommt. Und du bist definitiv der einzige Mensch, den ich kenne, der einen Segway besitzt.«

»Willst du mal fahren?«, bot Olivia an, als sie abstieg.

»Na klar.«

Olivia wies Tony rasch in die Handhabung ihres neuen Oma-Mobils ein. Nach ein paar Übungsrunden auf dem Weg zur Promenade hatte Tony den Dreh raus.

Er blieb vor Olivia stehen. »Du musst dir auf jeden Fall einen Helm kaufen, Ellbogen- und Knieschoner wären auch nicht verkehrt. Richard würde durchdrehen, wenn er sehen könnte, wie du ohne Schutzkleidung durch die Gegend flitzt.«

»Praktisch schon bestellt. Würde es dir etwas ausmachen, damit den Hang hinunterzufahren? Dazu fehlt mir im Moment noch der Mut. Wenn du dich auch nicht traust, müssen wir eben schieben.«

»Mit Vergnügen«, erwiderte Tony. Offensichtlich war er ein Naturtalent.

»Aber erzähl bloß Esme nichts. Ich glaube kaum, dass sie unseren kleinen Ausflug als Reha-Maßnahme einstufen würde.«

Olivia machte sich an den Abstieg. Wenigstens geriet sie beim Bergabgehen nicht außer Atem.

»Los geht's«, sagte Tony.

Und mit einem lauten »Huuuuuiiiiiii« sauste er den Weg hinunter, als wäre er einer seiner Teenagersohne, der einen Mordsspaß hat.

Und das Schicksal war gnädig – es gab keine Bruchlandung. Nur all die Jugendlichen, die um diese Uhrzeit am Strand eigentlich nichts verloren hatten, verstummten und staunten über den Mann in mittleren Jahren und die alte Dame, die sich zehn Minuten lang vor Lachen so ausschütteten, wie sie selbst es in ihrem ganzen Leben noch nicht getan hatten.

12

»Als Detektive wären wir komplette Nieten«, meinte Olivia immer noch lachend. Bei dem Lärm, den sie unterwegs veranstalteten, hätte jemand, der an diesem Abend in Olivias Hütte campierte, ihr Kommen kaum überhören können.

Tony war vom Segway gestiegen, da er vor lauter Lachen nicht mehr die Balance halten konnte. »Schau mal, ich glaube, wir haben ihnen Angst eingejagt.«

Ein paar Teenager, die um ein am Strand nicht erlaubtes Lagerfeuer gesessen hatten, sammelten ihre Sachen zusammen, um aufzubrechen.

»Vielleicht glaubt unser Eindringling, sie hätten den Lärm veranstaltet. Wenn nicht, dann haben wir ihn wahrscheinlich ebenso verscheucht wie diese Kids.«

In der Dunkelheit waren die Jugendlichen, die jetzt abzogen, nur schemenhaft zu sehen. Trotzdem kamen Olivia drei der Gestalten bekannt vor.

Sie bewegten sich von ihnen fort, und Olivias hatte nicht vor, die Jungs zu verpetzen, doch als Tony wieder den Segway bestieg, wusste sie, dass auch er sie entdeckt hatte.

Wie schade, dass Olivia nicht verlangen konnte, dass er sie auf dem Gepäckträger mitnahm. Aber Tony brauchte nicht weit zu rollen, um die Gruppe einzuholen, und Olivia war auch bald bei ihnen. Offenbar war das Gespräch schon über das »Dad, du bist sooooo peinlich« hinaus und bewegte sich auf die Frage zu, was die Jungs hier verloren hatten.

»Wir kommen nach dem Fußballtraining immer her«, erklärte Noah, sichtlich verärgert darüber, dass sein Dad ihn vor seinen Freunden zur Rede stellte. Inzwischen war er achtzehn.

»Weiß eure Mutter Bescheid?«

»Weiß Mum, dass du unterwegs bist?«, entgegnete Noah, der sofort mitgekriegt hatte, dass auch Tony die Familienregeln brach.

»Nicht so richtig.«

»Nicht so richtig?«, äffte Noah seinen Vater nach.

»Nicht so richtig, will heißen, nein. Vielleicht können wir das alles geheim halten. Eure Mum braucht nichts davon zu erfahren. Hauptsache, ihr bringt euch nicht in Schwierigkeiten.«

»Sagt der Mann, der auf einem Segway mit hundert Sachen den Hügel runterfährt. Dürfen wir mal?«, fragte Aiden.

»Er gehört nicht mir … sondern Olivia.«

Olivia war nicht wild darauf, dass haufenweise Leute den Segway ausprobierten. Sein Zweck war, ihr die Fortbewegung zu erleichtern, und wenn zu viele Leute damit herumblödelten, war er bestimmt bald kaputt.

»Dürfen wir, Olivia?«

Die Teenager am Strand waren nicht, wie Olivia gemutmaßt hatte, kriminelle Ausreißer. Das galt zumindest für die Salter-Jungs, selbst wenn sie nach dem Fußballtraining ohne Erlaubnis hier herumhingen. Bei den anderen drei Jugendlichen konnte sie das nicht beurteilen, ging aber davon aus, dass sie zur selben Mannschaft gehörten. Sie waren umsichtig genug gewesen, das Feuer zu löschen, bevor sie den Strand verließen, aber bevor sie ihnen ihr neues Fahrzeug anvertraute, wollte sie erst einmal eine Versicherung abschließen.

»Hat einer von euch was getrunken?« Hoffentlich nicht, dachte Olivia, denn dann hätten sie Probleme mit ihrem Dad bekommen. Andererseits war ihr bewusst, was Teenager manchmal so treiben, wenn sie ohne Wissen ihrer Eltern am Strand abhängen.

Alle sechs Jungen schüttelten den Kopf.

Gut, ein Punkt weniger also, um den Tony sich Gedanken machen musste.

»Drogen?« Das Wort rutschte Olivia heraus. Wieder hoffte sie auf ein Nein, denn andernfalls mussten sie ihr Versprechen brechen und Esme einweihen.

»Nö«, sagte Aiden. Die übrigen nickten zustimmend.

»Hmmm ... okay, wer von euch hat einen Führerschein?«

Zwei der Jungs schüttelten den Kopf.

»Ich«, sagte Aiden.

»Ich auch«, behauptete ein anderer Junge.

»Nein, hast du nicht«, widersprach Noah.

»Doch, habe ich.«

»Provisorische Führerscheine sind nicht gemeint, glaube ich«, sagte Aiden.

»Nein, nur voll gültige Führerscheine«, bestätigte Olivia. Sie war froh, einen Grund gefunden zu haben, nicht allen Jugendlichen eine Fahrt zu erlauben. Das hätte der Segway bestimmt nicht unbeschadet überstanden. »Also gut, Aiden, du kannst ihn ausprobieren, aber nur unter einer Bedingung.«

»Ich darf Mum nicht erzählen, dass du Dad in Schwierigkeiten bringst. Das dürfte ja wohl die Bedingung sein.« Aiden übertraf sich bisweilen selbst an Scharfsinn.

»Die Bedingung ist, dass dein Dad und ich eine Weile mit euch am Strand abhängen dürfen.«

»Total uncool«, protestierte einer von Aidens Freunden.

»Moment mal, Freundchen. Wer ist die Eigentümerin des Segway?«

»Außerdem hat sie die ›Ginhütte‹ erfunden. So jemand Coolem begegnest du nie wieder, Jack.« Tony kannte die Jungs offenbar, im Gegensatz zu Olivia. »Und warum willst du mit ihnen abhängen, Olivia?«

»Wir wollen uns doch auf die Lauer legen, oder? Und es gibt keinen Ort, wo wir uns verstecken können, ohne uns verdächtig zu machen – außer wir verkriechen uns wie Krabben zwischen den Felsen. Ich dachte mir, wenn wir Kapuzenpullis anziehen, könnten wir tun, als gehörten wir zu den Youngsters.«

»Wozu wollt ihr euch auf die Lauer legen?«, wollte Noah wissen.

»Olivia glaubt, dass jemand in ihrer Strandhütte kampiert. Da wollten wir versuchen, den Übeltäter zu erwischen.«

»Also, helft ihr uns?« Olivia hoffte, dass sie mitmachen würden, anstatt zu denken, die beiden Oldies wollten sie nur in ihrer Freiheit einschränken.

»Ja, aber nur, wenn wir alle mal Ihren Segway ausprobieren dürfen, sobald wir den Führerschein haben.« Die Jugendlichen waren gut im Verhandeln.

Olivia würde zustimmen müssen, aber immerhin wären bis

dahin noch ein, zwei Jahre Zeit und sie würden nicht alle an diesem Abend fahren. »Abgemacht.«

»Okay, also: Wo starten wir die Observierung?«, sagte Aiden.

»Ich dachte, du wolltest mal fahren?«, erinnerte ihn Tony.

»Nicht, nachdem ich gesehen habe, wie du diesen Abhang runtergebrettert bist. Ich warte lieber, bis es hell ist und ich einen Helm aufhabe, vielen Dank.«

Wer hätte gedacht, dass die Youngsters vernünftiger waren als ihre Eltern? Irgendwann war es eben so weit, dachte Olivia.

»Wo sollen wir uns also auf die Lauer legen?«, fragte Noah.

»Wir müssen weiter den Strand runter, in die Nähe unserer Strandhütten.«

Olivia zog sich einen Kapuzenpulli über und bemühte sich um einen lässigen Gang. Das heißt, sie bewegte sich eher so, als hätte sie die Hüftoperation hinter sich, die sie sich bisher erspart hatte. Auf jeden Fall wirkten sie auf diese Weise ziemlich unverdächtig. Die einzige Alternative wäre gewesen, Fischer zu spielen, die auf einen spätabendlichen Fang hofften. Aber so konnten sie sich wenigstens im Schutz der Gruppe unterhalten.

Sie hatten neben der Treppe hinauf zur Promenade einen geeigneten Ort gefunden, wo sie sich, wenn nötig, relativ schnell davonmachen konnten. Schon nach fünf Minuten holte Olivia die Vorräte aus ihrem Rucksack.

Dass eine Gruppe Jugendlicher am Strand Tee aus der Thermosflasche trank, war unwahrscheinlich, aber Außenstehende hätten leicht vermuten können, dass hier Turbojäger vorbereitet wurden.

Wie sich herausstellte, hatte Olivia genügend Knabberzeug für alle dabei. Vielleicht war ihre Vorbereitung für diese Art Ausflüge übertrieben, aber ihrer Meinung nach konnte man nie genug Snacks dabei haben. Allerdings tat ihr der Junge leid, der nur ein zerdrücktes Päckchen Schokorosinen ergatterte, die ein bisschen eklig aussahen. Als der Rucksack schließlich leer war, benutzte Olivia ihn als Kissen. Die warme Kleidung die sie dabeihatte, gab ein gutes Polster ab.

»Und wie, glaubst du, kommen die in deine Hütte?«, wollte Noah wissen.

»Aufgebrochen wurde sie nicht. Die Person muss einen Schlüssel haben.« Olivia biss gleich die Hälfte ihres Schokoriegels ab. Wenn sie nervös war, aß sie immer zu schnell, und obwohl sie eine Gruppe strammer Jungs um sich hatte, war sie immer noch in Sorge um ihre kleine Strandhütte. Einen Lebenspartner hatte sie nicht mehr, aber wenn sie einen Ort hätte heiraten können, dann wäre die Strandhütte ihre Auserwählte gewesen. Denn die war seit so vielen Jahren ihre ständige Gefährtin und so verlässlich, wie Menschen es nie sein können. Zwar waren Freunde und Familie für ihr Leben natürlich noch wichtiger, doch mit diesem Ort fühlte sie sich verbunden, als wäre er Teil ihrer DNA.

»Kommt der denn jede Nacht?«

»Das ist mir noch nicht klar. Ich weiß nur, dass ich den Kerl wohl mal auf frischer Tat ertappt habe, aber er ist verschwunden. Das war vor ein paar Tagen. Seitdem bin ich nicht mehr frühmorgens hingegangen, um zu sehen, ob ich ihn dadurch vertrieben habe.«

»Ihn zu vertreiben wäre doch gut, oder? Vielleicht kommt er nicht wieder und du bist ihn los.«

»Aber dann werde ich nie erfahren, wer es war.« Seltsam, aber irgendwie hätte sich Olivia besser gefühlt, wenn sie wüsste, wer da kam und ging. Es nicht zu wissen, hatte sie beunruhigt und sie fühlte sich erstmals etwas unwohl in ihrer Hütte. Und immerhin hatte die Ärztin gesagt, dass mit ihrem Kopf alles in Ordnung war. Nun wollte sie einfach Gewissheit haben, was hier los war.

»Da kommt jemand«, flüsterte einer der Jugendlichen.

Wenigstens einer taugte zum Beobachtungsposten.

»Schaut nicht alle hin«, mahnte Tony, als alle gleichzeitig die Hälse reckten.

Olivia war so klug gewesen, einen Sitzplatz zu wählen, von dem aus sie das Geschehen verfolgen konnte, ohne sich umzudrehen. Außerdem boten ihr ein paar von den größeren Jungs Sichtschutz, sodass hoffentlich keiner die alte Dame entdecken würde. Wenn die Jungs wegen Entführung einer Oma angezeigt wurden, bedeutete das das Ende der Observierung.

Die Person, die sich näherte, trug dunkle Kleidung und befand sich gerade auf Höhe des Cafés. Sie hatte keinen Hund dabei, was Olivia zu dieser späten Stunde verdächtig schien. Trotzdem konnte es sein, dass einfach jemand ganz unschuldig einen Nachtspaziergang unternahm.

»Ist es nur einer?«, flüsterte Tony. Er hatte sich, abgelenkt von den Schokokeksen, die Olivia verteilt hatte, weniger geschickt positioniert.

Olivia versuchte einen Blick zu riskieren, ohne dabei auszusehen wie ein Erdmännchen auf der Lauer. Wegen der Entfernung war nicht so leicht abzuschätzen, was vor sich ging. Alles, was sie ausmachen konnte, war ein Kerl (zumindest vermutete sie, dass es ein Mann war, da die Person – politische Korrektheit hin oder her – überhaupt keinen Busen hatte), der in einem dunklen Kapuzenpullover direkt vor dem Café herumlief. Seiner Kleidung nach hätte er gut einen Einbruch dort planen können. »Er macht irgendetwas. Ich kann bloß nicht sehen, was.«

»Er holt eine Stehleiter«, erklärte Noah. Er hatte einen etwas besseren Blick auf das Café.

»Bricht er ein?« Tony reckte nun doch den Hals.

Es war nicht hell genug, um Einzelheiten auszuspähen. Das einzige Licht kam von der Wegbeleuchtung auf den Klippen. In ihrem geheimnisvollen Schein sah die Promenade aus wie mit Sternenstaub bedeckt.

»Ich glaube nicht. Keine Ahnung, was er treibt.«

»Er hat uns noch nicht entdeckt. Wir müssen näher ran. Los, kommt.« Aiden winkte allen, ihm zu folgen, damit die Betonmauer ihnen Sichtschutz bot.

Die Jungs nahmen dies wie einen Befehl auf, als wären sie ernsthaft in Gefahr und würden erschossen werden, wenn sie der Anweisung nicht folgten. Also robbten sie allesamt hinüber in den Schutz der Mauer. Nur Tony und Olivia blieben zurück und sahen einander fragend an. Was sollten sie als Nächstes tun?

Der Kerl stellte seine Stehleiter auf. Olivia wollte auf keinen Fall von ihm erwischt werden. Obwohl sechs junge Männer ihn attackieren konnten, wenn er Probleme machte. Aber sie hatte nicht vor, die Jungen in eine Schlägerei zu verwickeln, also beschloss sie, sich ebenfalls zu verstecken.

So schnell wie bei den anderen ging das allerdings nicht. Zunächst einmal musste Olivia sich auf alle viere aufrichten, dann machte sie sich auf den Weg in Richtung Mauer. Richtiges Robben kam einfach nicht in Frage, mehr als Krabbeln war nicht drin. Nie war sie so froh gewesen, Hosen anzuhaben, noch dazu dunkle. Hätte sie gewusst, was ihr an diesem Tag bevorstand, hätte sie schon längst die Knieschoner bestellt.

Tony bewegte sich auf gleicher Höhe wie Olivia. Seine kriechende Fortbewegungsart lag irgendwo zwischen Robben und Krabbeln. Er sah ein bisschen aus wie eine Schildkröte, die ihre Eier am Strand abgelegt hat und jetzt wieder auf den Weg ins Meer ist. »Wahrscheinlich ist es bloß der Fensterputzer.«

»Wenn das der Fall ist, werden wir wie Volltrottel dastehen.« Das musste sich Olivia wahrhaftig nicht alle Tage eingestehen. Eigentlich nie, wenn man es genau nahm.

Beim Rest der Gruppe angekommen merkte Olivia sofort, dass sie von ihrer neuen Position aus nicht mehr beobachten konnten, was vor sich ging. Dazu hätte einer von ihnen den Kopf über die Mauer strecken müssen – und dann hätten sie sich die Robberei eigentlich gleich sparen können.

Sie waren also vor Blicken geschützt, aber kein bisschen schlauer. Allerdings hatte die Gestalt, die zwei Meter über ihnen hantierte, definitiv etwas Zwielichtiges an sich, sonst hätten sie wohl nicht hier ausgeharrt, ohne einen Mucks von sich zu geben.

Stattdessen lauschten sie besorgt den Geräuschen, die von

oben kamen. Zunächst war da ein Scharren, wahrscheinlich wurde die Stehleiter verrückt, wie Olivia mutmaßte. Es folgte eine lange Stille, als wäre der Mann wie angewurzelt stehen geblieben, vielleicht, um eine Nachricht zu verschicken oder seinen Facebook-Account zu prüfen. Dann rührte sich wieder etwas, wobei Olivia nicht hätte sagen können, ob die Schritte von einer oder von zwei Personen stammten.

Sie wusste nur, dass sie in diesem Moment wirklich wünschte, sie hätte noch die zweite Hälfte des Schokoriegels gegessen, bevor sie hierher krabbelte, denn inzwischen sah die zerquetschte Masse in ihrer Hand gar nicht mehr appetitlich aus. Wäre es nicht so dunkel gewesen, hätten die Jungs bei diesem Anblick wahrscheinlich gedacht, sie hätte in die Hose gemacht und die Hand benutzt, um sich zu säubern. Außerdem war sie tatsächlich immer noch ein bisschen hungrig, und wer wusste, wie lange sie hier ausharren mussten?

Da sie keine andere Möglichkeit sah, ihre Hand zu reinigen, schickte sie sich an, sie nach Kleinkindmanier zu sauber zu lecken.

Damit war sie zumindest eine Weile beschäftigt, während sie weiter die Ohren spitzte. Langsam wurden alle ein wenig unruhig. Unterhielten sie sich, würden sie gehört. Bewegten sie sich, würden sie gesehen. Selbst das Ablecken der Finger stellte ein gewisses Risiko dar.

Nun herrschte oben mehr Betriebsamkeit. Olivia versuchte herauszufinden, ob sich die Geräusche ihrer Strandhütte genähert hatten. Den Zweck ihres Besuchs hier hatte sie schon halb vergessen. Die Gestalt schien sich beim Café zu schaffen zu machen, aber das schloss ja nicht aus, dass sie auch an Olivias Original-Ginhütte herumhantieren würde.

Aiden versuchte ihnen mit Handbewegungen etwas zu signalisieren, was Olivia nicht ganz verstand. Sie deutete seine wilden Gesten so, dass sie alle bleiben sollten, wo sie waren, während er sich ein Bild von der Situation machte. Dann bewegte er sich vorsichtig auf die Treppe zu, wahrscheinlich um hinaufzuspähen.

Olivia hoffte, dass ihre Strandhütte von dem, was da vor sich ging, nicht betroffen war. Zwar war sie deswegen jetzt hier, doch sie hatte sich vorgestellt, dass bloß ein Obdachloser dort Zuflucht suchte. Aber es konnte ja auch sein, dass jemand die Hütte als Basis für einen kriminellen Drogenring nutzte. Das war kein schöner Gedanke, zumal sie sich dadurch an die Ereignisse in Oakley West im vergangenen Sommer erinnert fühlte.

Ein, zwei Minuten nachdem er die Treppe erreicht und wieder einen Blick auf das Geschehen hatte, gab Aiden es auf, sich zu verstecken. Er richtete sich zu seiner vollen Größe auf, sodass seine Silhouette von jedem, der vorbeikam, gesehen werden konnte.

»He! Was machen Sie da?« Mit diesen Worten rannte er die Treppe hoch. Er nahm immer zwei Stufen auf einmal, ganz offensichtlich auf der Jagd nach demjenigen, vor dem sie sich versteckten.

Auch Olivia ließ jetzt ebenso wie alle anderen ihr Versteckspiel sein, da es einfach keinen Sinn mehr hatte.

Keiner wollte etwas verpassen, und so folgten sie alle Aiden, wobei die Jungs im Laufschritt voranpreschten.

Olivia hatte nicht vor, in ihrem Alter noch ein Lauftraining anzufangen, konnte aber leicht nachvollziehen, was Aiden bewogen hatte, sich aus der Deckung zu begeben.

Denn inzwischen hing am Strandcafé ein riesiger Hintern, von dem Papierstreifen im Wind wehten. Genau so einer wie kürzlich am Schild der »Ginhütte«.

Und genau wie bei der »Ginhütte« war auch hier die Beschriftung auf dem Schild verändert worden. Olivia konnte vom Strand aus nicht feststellen, wie die Aufschrift lautete, und wollte es daher aus der Nähe sehen. Denn was auch immer da stand, eines wusste sie sicher: Es würde bedrohlich klingen. Wer auch immer das tat – dieser Mensch, der gerade eben nur ein paar Meter von ihnen entfernt herumhantiert hatte –, war ein Feigling, der auf sich aufmerksam machen wollte, ohne seine Identität preiszugeben.

Als sie näher kam, las sie auf dem Schild: *Café GESCHLOSSEN weil es im Arsch ist.*

Olivia wusste nicht, was sie davon halten sollte. Wenn das Café tatsächlich geschlossen war, warum sollte es dann Ziel einer solchen Aktion sein? Vielleicht, weil niemand das Papp-Graffiti abmontieren würde, wie sie es bei der »Ginhütte« getan hatten.

Da die Jungs allesamt dem Typen auf den Fersen waren, konnte Olivia nichts weiter tun, als ein paar Papierstreifen abzureißen, um sich damit die Hand zu säubern.

Und weil keine Stehleiter da war, auf der sie hätte versuchen können, den Rest abzunehmen, gab es nur noch eines, was sie sinnvollerweise tun konnte.

Als ihre Hände so sauber waren wie möglich und die schokoladenverschmierten Papierstreifen im Abfalleimer lagen, schnappte sich Olivia ihren Segway und tat, fest entschlossen, sich nicht unterkriegen zu lassen, ihr Bestes, die anderen einzuholen.

Wie sich herausstellen sollte, war das auch durchaus sinnvoll.

13

Nicht einmal auf ihrem Segway konnte Olivia den Täter einholen. Er war ihnen entwischt, und sie konnten nichts weiter tun, als sich am Schauplatz der Untat zu versammeln.

»Schließt das Café tatsächlich, Dad?«, fragte Aiden, nachdem alle da waren und versuchten, wieder zu Atem zu kommen. Außer Olivia natürlich, die wirklich zufrieden war, dass ihre Neuerwerbung sich schon jetzt bewährte. Und Tony, der vernünftig genug gewesen war, nicht loszurennen und dadurch seine Genesung zu gefährden. Sechs gesunde junge Männer mussten als Verfolger genügen.

»Nicht dass ich wüsste, aber es gab einen Antrag auf eine Ausschankgenehmigung. Ich dachte, sie wollten einfach auch mittags Wein und Bier ausschenken dürfen, statt nur Eis zu verkaufen, aber offenbar steckt mehr dahinter.«

Gemeinsam studierten sie das Schild genauer. Es war definitiv dieselbe Person am Werk gewesenwie bei der »Ginhütte«. Der Hintern sah fast genauso aus und war aus Schichten angefertigt. Anders als bei dem Schild an der »Ginhütte« hatten die Papierstreifen, die daran hingen, allerdings alle Regenbogenfarben. Sie sahen nicht aus wie Körperausscheidungen, sondern erinnerten eher an den Karneval von Notting Hill.

»Kannst du die Inhaber fragen und es rausfinden?« Olivia gefiel die Sache nicht. Sie gefiel ihr überhaupt nicht, aber sie kämpften gegen eine unsichtbare Gewalt, die sie nicht einschätzen konnten.

»Ja, mache ich. Ich werde als Erstes einmal mit ihnen reden. Wenn das Café schließt, dann wollen sie es sicher lieber selbst ankündigen, anstatt sich durch den Kakao ziehen zu lassen.«

»Ich glaube, der einzige, der hier im Arsch ist, dürfte derjenige sein, der das getan hat. Es ist abscheulich. Hat jemand von euch den Kerl erkennen können?« Olivia fand das Ganze wirklich abstoßend. Es war eine Form von Mobbing, so kreativ es auch scheinen mochte.

Die meisten Jungen schüttelten die Köpfe.

»Ich habe sie nicht deutlich gesehen, aber es müssen zwei gewesen sein, denn derjenige, den ich verfolgt habe, ist auf der Beifahrerseite eines Lieferwagens eingestiegen, in dem sie davongefahren sind. Das Schild ist ganz schön groß, wahrscheinlich haben sie darum den Lieferwagen gebraucht und mussten zu zweit sein, um es hier runterzubringen.«

»Hast du dir das Kennzeichen gemerkt?«, fragte Tony, der offenbar hoffte, sie würden am Ende dieses Abends ein solides Beweisstück in der Hand halten, um die Übeltäter dingfest zu machen.

»Das Nummernschild war dreckig. Ich konnte nur ein C vorne erkennen, der Rest war nicht lesbar.«

Tony stellte ein paar weitere Fragen zum Aussehen des Lieferwagens, aber leider waren alle Angaben zu allgemein, als dass man hätte hoffen können, die Täter auf dieser Grundlage zu schnappen. Es blieb nur, die Augen offen zu halten.

Gemeinsam kamen sie zu dem Schluss, es sei zu spät, um noch länger hier herumzuhängen, und machten sich auf den

Heimweg. Olivias Hüttenbesetzer würde nach all dem Trubel sowieso nicht mehr auftauchen.

Tony wollte Olivia zurückbegleiten, doch sie bestand darauf, dass er lieber die Kinder heimbrachte (denn sie waren zwar junge Erwachsene, aber in Olivias Augen immer noch Kinder). Dass sie selbst gut heimkam, konnte er auch aus der Entfernung beobachten.

Während sie nach Oakley West zurückflitzte, kam es ihr seltsam vor, dass es in der sonst so ruhigen Bucht in letzter Zeit dermaßen turbulent zuging. Und zwar nicht in einer erfreulichen Weise. Es wurde so viel krimineller Unfug getrieben, dass Olivia mit ihrem neuen Gefährt womöglich noch in die Rolle des Strandwächters schlüpfen musste – und das hätte sie sich wirklich nicht träumen lassen.

Zum ersten Mal seit Ewigkeiten – so zumindest ihr Gefühl – suchte Olivia bloß zum Vergnügen die »Ginhütte« auf. In letzter Zeit trank sie oft tagsüber dort einen Tee und unterhielt sich mit Richard, oder sie half hinter der Bar aus. Doch sie war zu beschaftigt gewesen, um abends hinzugehen und die neuesten Angebote zu probieren.

Der Schokoladen-Orangen-Cocktail war bereits vorgestellt worden, und heute Abend stand ein Rezept von Skylar auf der Karte, das Olivia noch nicht kannte. Der Anlass schrie förmlich nach Rentier-Ohrringen und Weihnachtspullover. In Olivias Augen war November nicht zu früh, um schon mal in Festtagsstimmung zu kommen.

Die Zeit verging wie im Flug, schon in sechs Wochen würde

der Weihnachtsmann all die braven Mädchen und Jungen besuchen. Und Olivia wollte auf keinen Fall darauf verzichten, ein weiteres Konkurrenzprodukt zu probieren. Hoffentlich reichte es nicht an ihre Kreation heran.

Da sie über Geheiminformationen verfügte, fragte sich Olivia, ob ihr Sohn die Entscheidung, welcher Cocktail diese Woche auf der Karte stehen sollte, wirklich ganz unvoreingenommen getroffen hatte. Schließlich bot das den perfekten Anlass, mit Skylar ins Gespräch zu kommen. Außerdem war Olivia überzeugt, dass ihre junge Freundin, kreativ wie sie war, ausgezeichnete Ideen und einen ebensolchen Geschmack hatte. Selbst wenn es also so gelaufen sein sollte, war der Cocktail bestimmt gut, und sie konnte es kaum erwarten, ihn zu kosten.

Bald war Olivia in Begleitung von Randy und Veronica auf dem Weg zur »Ginhütte«.

»Du hast also keine Ahnung, wer das war?«, erkundigte sich Randy, denn inzwischen drehten sich ihre Gespräche vor allem um Hinterteile aus Pappmaché.

»Nein, nur dass es höchstwahrscheinlich ein Mann war, wohl nicht älter als fünfzig. Und dass er einen weißen Transit-Lieferwagen fuhr, dessen Kennzeichen mit C begann, und dass sie vermutlich zu zweit waren.«

»Was ist mit dem Schild passiert?«

»Es hängt immer noch dort. Wir können es uns unterwegs anschauen, wenn du willst. Offenbar haben die Pächter gewechselt. Die ehemaligen Cafébetreiber kümmert es nicht, und den neuen war es egal, weil sie gerade erst einziehen. Sie werden es dann bei Gelegenheit entfernen.«

Die drei überquerten die Esplanade, um den Umweg einzuschlagen. »Wer hätte gedacht, dass ein Papphintern zur Touristenattraktion werden kann?«, sagte Olivia. Bestimmt waren viele andere Menschen auf ihrem Weg stehengeblieben, um sich das anzusehen.

»Das ist ja wohl der Sinn des Ganzen, oder?«, meinte Veronica. »Man hat es getan, um Aufmerksamkeit zu erregen.«

Wie zur Bestätigung standen mehrere Leute dort, die blöde Selfies mit dem Hintern im Hintergrund aufnahmen.

»Ich verstehe immer noch nicht, was das soll«, entgegnete Randy. »So viel Aufwand ohne Sinn und Zweck.«

Veronica zog ihr Handy hervor. »Schämt ihr euch für mich, wenn ich ebenfalls ein Foto mache?«

Olivia schüttelte verzweifelt den Kopf. Klar, dass ihre allzu technik- und trendbegeisterte Freundin es den Kids nachtun und ein Selfie aufnehmen wollte. »Es gefällt mir einfach nicht. Irgendwie erscheint es mir nicht richtig. Aber lass dich von mir nicht aufhalten.«

»Nein, kein Problem. War nur so eine Idee.«

»Du weißt doch, dass Veronica eine Facebook-Fanseite für uns eingerichtet hat, oder? Das Oakley-West-Trio ist nach wie vor berühmt. Sie aktualisiert die Seite ständig mit neuen Nachrichten über uns alle und die Vorgänge in der ›Ginhütte‹. Die Seite ist erstaunlich beliebt.«

»Noah hat es erwähnt. Wenn du dafür ein Bild willst, dann mach doch ein hübsches Selfie von uns Dreien ohne den Hintern im Hintergrund.« Das war überhaupt eine nette Idee. Eigentlich sollten sie sogar ein Foto von allen machen, die in der

»Ginhütte« aktiv waren. Vielleicht konnten sie das für die Weihnachtswoche einplanen, dann wären bestimmt alle da. Ein solches Familienporträt hätte sich Olivia gern in ihr Zimmer gehängt. Ein Foto, auf dem das Neue und das Alte in ihrem Leben vereint waren.

»Na dann kommt«, sagte Randy und stellte die beiden Damen so auf, dass im Hintergrund das Meer zu sehen war und er sich stolz in der Mitte platzieren konnte.

Der Gedanke, einen Fanclub zu haben, war seltsam. Menschen aus aller Welt, die sie in den Medien gesehen hatten und seitdem ihr Geschick verfolgten. Das Trio von Altenheimbewohnern, denen man ihren Ginhütten-Club verboten hatte und die aus der Not heraus eigene Wege gegangen waren, was schließlich mithilfe ihrer Freunde zur Eröffnung der »Ginhütte« geführt hatte. Medien und Öffentlichkeit hatten die Story großartig gefunden, und obwohl Olivia es in gewisser Hinsicht vorgezogen hätte, wenn das Interesse abgeebbt wäre, so war es dieser Tage doch von Vorteil, denn es sicherte der »Ginhütte« einen regen Zustrom von Gästen.

»Na dann, sagt ›cheese‹.« Veronica streckte den Arm mit dem Handy aus und machte etwas Komisches mit der anderen Hand, damit das Ding ihr Foto aufnahm. Und noch mal. Und noch mal. »Jetzt du, Randy, du hast längere Arme.«

Sie stellten sich immer wieder anders hin, um den perfekten Aufnahmewinkel zu finden. Es war ziemlich schwierig, ein Trio aus Über-Achtzigjährigen so zu fotografieren, dass nicht jeder fünf Doppelkinne hatte oder zu sehen war, dass bei mindestens einem die Zähne nicht mehr echt waren.

Ungefähr nach dem siebten Foto begann sich Olivia ein bisschen zu langweilen. Um sich abzulenken, verfolgte sie die Hintern-Selfie-Possen, die sich hinter Veronicas Handy abspielten. Mindestens zehn Passanten waren inzwischen stehen geblieben und hatten sich fotografiert. Die Sache lockte ganz schön Leute an, und wenn es in den sozialen Medien gepostet worden war, machte der Strandhintern bestimmt von sich reden.

Olivia stellte fest, dass überall am Gebäude auch neue Plakate hingen. Anscheinend hatte ein weiterer Opportunist in der Hoffnung, an diesem Wochenende Gäste zu irgendeiner DJ-Party anzulocken, die Fassade vollgeklebt. Allerdings fehlten auf der Ankündigung die gewohnten fluoreszierenden Farben.

Nachdem sie für ein letztes Foto gelächelt hatte, ging Olivia hinüber, um sich die Plakate näher ansehen. Sie überließ die anderen beiden der Diskussion, ob sie nun das perfekte Bild im Kasten hatten.

Sämtliche Plakate an den Außenmauern des Cafés waren identisch. Alles, was Olivia ausmachen konnte, war eine auf den Kopf gedrehte Burgunderflasche, in Schwarz-Weiß gehalten. Die Schrift war schwarz auf weißem Grund, und sie musste wie so oft in letzter Zeit näher herantreten, um sie lesen zu können. Als sie die Worte schließlich klar sah, hätte sie fast laut geflucht, tat es aber nicht, weil junge Leute in der Nähe waren. Allerdings machten sie allesamt Fotos von dem Hintern, waren also wahrscheinlich mit Ausdrücken wie »Teufel auch« bestens vertraut.

Stattdessen las sie den Text noch einmal, um sicherzugehen, dass sie ihn richtig verstanden hatte.

Auf dem Plakat stand ganz deutlich: *KOMMT ZUM ERÖFFNUNGSABEND ins BOTTOMS UP – die beste Bar der Stadt!* »Bottoms Up« … das war ein Trinkspruch, der so viel bedeutete wie »Auf Ex« – und gleichzeitig kam »Bottom«, also »Hintern« darin vor! Da hatte jemand ganz schön Hirnschmalz aufgewendet … Darunter waren Uhrzeit und Datum – in kaum mehr als einer Woche – angegeben. Hatte denn niemand etwas davon gewusst?

»Kommt her«, sagte Olivia auf die ziemlich direkte Art, die man sich alten Freunden gegenüber leisten kann.

»Was ist los?« Randy reagierte schneller als Veronica, die immer noch mit ihren Fotos beschäftigt war.

»Ich glaub's einfach nicht. Lies mal.« Olivia deutete auf die Plakate und kämpfte gegen die Versuchung, eines nach dem anderen herunterzureißen. Wie konnten sie es wagen, sich beste Bar der Stadt zu nennen, bevor sie auch nur eröffnet hatten?

»Wir müssen sofort zur ›Ginhütte‹, allen Bescheid sagen«, entschied Randy und riss ein Plakat ab, wobei er darauf achtete, dass alle Angaben unversehrt blieben. »Komm schon, Vee. Es ist dringend.«

Randy stürmte mit langen Schritten los, und Olivia und Veronica hatten Mühe, ihn einzuholen.

»Warum die Eile?« Olivia war klar, dass sie Bescheid sagen mussten, aber ein halsbrecherisches Tempo hielt sie nicht für nötig. Schade, dass sie ohne ihr neues Fahrzeug unterwegs war, aber sie hatte vorgehabt, heute Abend etwas zu trinken.

»Ist das nicht offensichtlich?« Randy blieb stehen und drehte sich um, damit sie aufholen konnten.

»Was? Was ist offensichtlich?«, fragte Veronica schnaufend.

»Dieses Papp-Graffiti-Zeug ... Ich habe doch immer gesagt, ich verstehe den Sinn dahinter nicht. Na, es gab einen Sinn, wir kannten ihn bloß nicht.«

»Kennen wir ihn jetzt?«, fragte Olivia.

»Wein-Bar ›Bottoms Up‹. Diese Hintern waren kein Streich, sondern eine idiotische Art und Weise, für ein neues Lokal zu werben. Und wenn man bedenkt, was sie an der ›Ginhütte‹ installiert haben und wie sie sich als beste Bar der Stadt bezeichnen, ist nicht davon auszugehen, dass sie fair spielen, oder?«

»Wohl kaum«, sagte Veronica. »Wir müssen Richard und den anderen Bescheid geben.«

Olivia fing sich nicht so schnell. Das ungute Gefühl, das sie seit ein paar Wochen verfolgte, schlug ihr auf den Magen. Ihr war übel. Sie hatte recht gehabt, ihrem Bauchgefühl zu vertrauen. Sie hatte gewusst, dass an dem Schild, das man an der »Ginhütte« angebracht hatte, etwas faul war. Dass sie jetzt den Grund dafür kannte, beruhigte sie keineswegs. Ganz im Gegenteil, denn sie spürte ganz deutlich: Jetzt fingen die Probleme gerade erst an.

14

An diesem Abend war in der »Ginhütte« viel los, als Olivia und ihre Freunde mit besorgter Miene dort auftauchten.

Den kurzen Weg vom Strand zum Lokal hatten die drei für einen Meinungsaustausch genutzt. Was diese neue Entwicklung zu bedeuten hatte, war ihnen allen unklar, also wurde beschlossen, die Sache mit Richard zu diskutieren. Gefahr erkannt, Gefahr gebannt, wie es so schön hieß. Wenn er darüber im Bilde war, dass einen Monat vor Weihnachten eine neue Bar eröffnet wurde, konnte er zumindest in Betracht ziehen, ihre Weihnachts-Events stärker zu bewerben, damit sie nicht gegenüber einer funkelnagelneuen Bar, die kaum fünf Minuten zu Fuß entfernt lag, den Kürzeren zogen.

»Wo ist Richard?«, fragte Veronica, kaum dass das Trio die Bar betreten hatte, was die Ereignisse dramatischer erschienen ließ, als sie waren.

»Hinter der Bar natürlich«, entgegnete Paul und bedachte sie mit einem Blick, der ohne Worte sagte: »Seid ihr alle verrückt geworden?«.

Gut möglich, dass er damit richtig lag. Es gab bislang wirklich keinen Grund zur Panik, trotzdem pochte Olivias Herz in höchster Alarmbereitschaft.

»Alles in Ordnung?«, fragte Paul und ließ die Gruppe von Freunden stehen, mit denen er sich unterhalten hatte. Heute Abend war er offensichtlich als Gast hier und wollte die erste der Weihnachtscocktail-Optionen probieren. Olivia fand es ziemlich lustig, dass sie aus einem Mann, der ausschließlich Bier trank, einen exzellenten Ginkenner gemacht hatte. Ihm ging es wie vielen anderen Stammgästen der »Ginhütte«: Bis zur Eröffnung von Olivias Club hatten sie sich nicht träumen lassen, dass es so viele Geschmacksrichtungen und Varianten gab. Jetzt kamen sie Woche für Woche, um die neuen Cocktails zu probieren.

Anstelle einer Antwort hielt Randy Paul das Plakat hin und ließ ihn lesen.

»Oh.« Paul fasste damit die Situation in einem einzigen Laut zusammen. »Wo eröffnen die denn?«

Eine Adresse war auf dem Plakat nicht angegeben, aber das war auch nicht nötig, denn es hatte ja an dem fraglichen Gebäude gehangen.

»Im Strandcafé. Es wurde geschlossen, und jetzt eröffnet das da.«

»Oh«, sagte Paul erneut. »Da gebt ihr wohl besser gleich Richard Bescheid.«

So schnell wie möglich bahnten sich die drei ihren Weg durch die Gästeschar. An Olivias Weihnachtspullover klingelten beim Gehen die Glöckchen.

Richard stand hinter der Bar, plauderte mit Gästen, mixte Drinks und lächelte immer wieder zufrieden zu Skylar hinüber. Es dauerte eine Weile, bis sie seine Aufmerksamkeit erregt hatten, und Olivia wusste auch, warum. Es war immer besser, Menschen, die sich wie betrunkene Trottel verhalten, nicht allzu viel Beachtung zu schenken. Wie die drei so mit den Armen wedelten und seinen Namen brüllten, konnte leicht der

Eindruck entstehen, es sei ein Trupp unerwünschter Besucher eingefallen.

»Richaaaarrrrddd!« Schließlich bemühte Olivia ihre unübertreffliche Mutterstimme. Die Stimme, die sie in seiner Kindheit eingesetzt hatte, wenn sie ihn vor Gefahren warnen und erreichen wollte, dass er augenblicklich mit dem aufhörte, was er gerade tat.

Das hatte den erwünschten Effekt. Richard sah in ihre Richtung.

Olivia winkte ihren Sohn zu sich, obwohl ihr bewusst war, dass sie gerade einen Flirt unterbrach. Aber das hier war dringend.

Richard ließ alles stehen und liegen und gesellte sich zu ihnen, woraufhin Randy ihm sofort das Plakat entgegenstreckte.

Nachdem er ihm ein paar Minuten Zeit gelassen hatte, um es eingehend zu betrachten, begann Randy mit der Vernehmung. »Hast du von dieser Eröffnung gewusst?«

Richard schob die Unterlippe vor und zuckte mit den Schultern. »Nö.«

»Beunruhigt dich das nicht?«

Richard wirkte, im Gegensatz zu den Dreien, kein bisschen aufgeregt.

»Ich mache mir nie Sorgen, wenn es nicht sein muss.«

Da hätte Olivia gern widersprochen. Um sie hatte ihr Sohn sich permanent Sorgen gemacht, obwohl es nicht sein musste. Das war einer der Gründe, warum sie in der Seniorenresidenz gelandet war. Nicht, dass sie das jetzt bedauerte. Aber sie wusste, dass er zur Besorgnis neigte. Vielleicht hatte sein neuer Lebensstil die Veränderung bewirkt. Die Tatsache, dass er nun ein Lokal führte, und keine Kanzlei. Vielleicht spielte er aber auch nur wegen einer Dame am anderen Ende der Bar den Coolen.

»Aber die Hintern«, sagte Olivia, damit Richard klar wurde, wie begründet ihre Bedenken waren. »Wer auch immer diese neue Bar eröffnet, hat die Hintern angebracht.«

»Wir können niemals beweisen, dass sie damit etwas zu tun haben. Es kann purer Zufall sein.« Richards Anwaltsverstand schaltete sich ein.

»Aber es ist kein Zufall, oder?«, sagte Randy.

Olivia glaubte auch, dass er richtig lag. Sonst wären ihre Freunde und sie doch nicht so erpicht darauf gewesen, mit Richard zu sprechen.

»Ob ja oder nein, wir haben keinerlei Beweise. Wir werden abwarten müssen, was passiert.«

»Aber wie willst du weiter vorgehen? Du kannst doch nicht zulassen, dass ein neues Lokal daherkommt und sich als beste Bar der Stadt bezeichnet«, meinte Veronica.

»Wie ich vorgehen will? Erst einmal werde ich diesen Abend genießen, und das solltet ihr drei auch tun. Gleich servieren wir Skylars Ilex-und-Efeu-Cocktail. Lasst euch doch einen schmecken, und wir reden später darüber.«

»Aber …? Was ist mit …? Ach, vergiss es.« Randy war der Wind aus den Segeln genommen, ebenso wie den beiden Damen. Also machten sie sich auf die Suche nach einem Platz und ließen sich schließlich in der gemütlichen Ecke nieder.

»Entwickelt man einen siebten Sinn, wenn man alt wird?«,

überlegte Olivia laut. »Denn offenbar machen nur wir uns Sorgen.«

»Warten wir ab, was Richard zu tun gedenkt, bevor wir ein Urteil fällen. Vielleicht braucht er Zeit zum Nachdenken«, sagte Veronica. »Was würdest du denn unternehmen?«

Tja, das wusste Olivia auch nicht. Es hatte keinen Sinn, sich Feinde zu schaffen, selbst wenn diese Bar so heimtückisch für sich warb. Da es eine Weinbar war, würde sie außerdem andere Geschmäcker bedienen als die »Ginhütte«. Es blieb zu hoffen, dass die beiden Lokale gut nebeneinander existieren konnten, selbst wenn darauf jetzt zu Anfang nicht viel hindeutete. Ein wie auch immer gearteter Vergeltungsschlag konnte alles nur noch schlimmer machen. »Keine Ahnung. Vielleicht ist es am besten, gar nicht zu reagieren.« Gut möglich, dass Richard recht hatte. Den Abend zu genießen war das Beste, was sie tun konnten.

Jetzt machten die Salter-Jungs mit Tabletts die Runde und servierten im Austausch gegen die Gutscheine der Gäste die Cocktails. Dieses Vorgehen hatte sich nach den ersten paar Wochen als einfacher erwiesen. Sonst hätte es, sobald die nächste Charge Drinks bereit war, einen Ansturm auf die Bar gegeben.

Olivia und ihre beiden Freunde hatten an diesem Abend nicht wie sonst Gutscheine gekauft. Aiden hielt ihnen augenzwinkernd trotzdem das Tablett hin. Zwar waren sie nicht Teilhaber der Bar, bekamen aber für all ihre Hilfe die Getränke oft gratis. Allerdings wurden sie ihnen meist nicht von Aiden serviert.

Die Drinks sahen auf eine schlichte Weise ansprechend aus –

eine solche Kreation verlangte einiges an Phantasie. In jedem Glas schwammen drei perfekt runde Cranberrys, jede mit einem Blättchen daran. Es waren keine Ilexblätter, denn die hatten in einem Glas, aus dem getrunken wurde, nichts zu suchen. Stattdessen hatte man Minzblättchen verwendet. Olivia tippte darauf, dass sie tiefgefroren waren, damit sie im Glas erhalten blieben. Wie lange diese diffizile Arbeit gedauert hatte, mochte sie sich nicht vorstellen, aber die Wirkung war toll.

Als sie den Drink dann probierte, dominierte ebenfalls die Einfachheit. Ihrer Vermutung nach handelte es sich um einen Gimlet – eine Mischung aus Gin und Limettensaft. Es war ein perfektes Rezept, um Gin optimal zur Geltung zu bringen. Wahrscheinlich war das Rezept nicht kompliziert genug, um bei dem Cocktail-Wettbewerb eingereicht zu werden, denn er war zwar keineswegs einfach herzustellen, aber vermutlich fehlte es ihm an geschmacklicher Tiefe, um die Jury zu überzeugen. Das lag daran, dass die Garnitur aus Cranberrys und Minzblättchen zwar hübsch aussah, sich im Geschmack aber nicht bemerkbar machte.

So jedenfalls hatte Olivia gedacht, wenn sie in der Jury gesessen hätte. Allerdings war es ein Cocktail, mit dem sie bestens ihre Weihnachtsangebote starten konnten. Sie hoffte bloß, dass ihre eigene Rezeptidee nur halb so fein geriet. Zum Glück blieben ihr noch ein paar Wochen, um den Drink zu vervollkommnen. Sie musste jetzt wirklich langsam in die Gänge kommen!

»Was haltet ihr davon?«, fragte Skylar, die sich zu ihnen gesellt hatte.

Skylar war schön. Sie war seit drei, vier Jahren Olivias Strandhüttennachbarin, und Olivia hatte sie auf Anhieb gemocht. Sie liebte lange Röcke und ärmellose Tops, hatte eine makellose Haut und langes, dichtes Haar, das sie immer wieder anders frisierte. Heute war es zu einem Zopf geflochten, der ihr über den Rücken fiel. Skylar war immer cool und spleenig. So wäre Olivia früher auch gern gewesen, aber bei ihr hatte es ein bisschen länger gedauert, bis sie wagemutiger wurde.

Jetzt, wo sie in Oakley West wohnte und die »Ginhütte« so viel ihrer Zeit in Anspruch nahm, sah Olivia Skylar und Lucas nicht mehr so oft, und das fehlte ihr. Früher war sie immer da gewesen, wenn sie wusste, dass er nach der Schule zum Spielen kommen würde. Auch Skylar traf sie seltener, denn die »Ginhütte« nahm in beider Leben viel Raum ein. Möglicherweise hatte sie deshalb nicht mitbekommen, wie sich die Romanze zwischen Richard und Skylar entspann. Aber selbst wenn sie so oft zusammengekommen wären wie früher, hätte Skylar vielleicht nichts durchblicken lassen. Die Eltern kennenzulernen war immer angstbesetzt – und noch schlimmer musste es sein, das Einverständnis der Mutter zu bekommen, wenn die Beziehung noch gar nicht richtig begonnen hatte.

»Na?«, hakte Skylar nach.

Olivia merkte, dass sie vollkommen ins Land der Phantasie abgedriftet war. Sie hoffte inständig, dass das, was sich zwischen ihrem Sohn und ihrer hochgeschätzten Strandhüttenfreundin entspann, ein Happy End finden würde. Sie hoffte es wirklich.

»Der Cocktail ist wunderschön. Hast du die Cranberrys und die Minzblättchen eingefroren?«

Skylar begann, den Herstellungsprozess und die genauen Zutaten des Rezepts zu schildern. Viele Gäste spitzten die Ohren – wenn sie genau Bescheid wussten, wäre der Drink doch eine hübsche Ergänzung für weihnachtliche Essenseinladungen.

Das Küchenpersonal in Oakley West hatte sicher keine Zeit, einen solchen Cocktail zuzubereiten, aber mit dem Einverständnis der Leitung konnte sie, Olivia, es vielleicht für den ersten Weihnachtsfeiertag selbst organisieren. Wenn sie mit Richard und Tony sprach, würden die bestimmt mithelfen, alle Bewohner mit dem Cocktail zu versorgen, der während des sechswöchigen Wettbewerbs in der »Ginhütte« am meisten Anklang fand. Insgeheim hoffte Olivia, dass ihr Rezept gewann, aber sie war damit noch nicht weit genug, um wirklich zuversichtlich zu sein.

Schon bald hielt jeder sein Glas in der Hand. Richard kam zu ihnen herüber, legte kurz eine Hand auf Skylars Schulter und fragte, ob alles in Ordnung sei.

Es war nur eine flüchtige Geste, aber Olivia war sie nicht entgangen. Und das Fünkchen Hoffnung in ihr flammte auf. Aber erzwingen konnte und wollte sie nichts. Sie würde in dieser Sache so ruhig und so neutral bleiben wie nur möglich.

»Hast du Skylar schon von dem Arsch-Lokal erzählt?«, fragte Randy, und prompt steckte das Oakley-West-Trio wieder die Köpfe zusammen.

»Es heißt ›Bottoms Up‹. Ein Wortspiel. Du kannst es nicht einfach Arsch-Lokal nennen. Das klingt ... na ja, unanständig.« Veronica bedachte Randy mit einem missbilligenden Blick.

»Ich habe ihr erzählt, dass eine neue Weinbar aufmacht, ja.«

»Und, was habt ihr nun für einen Plan?«, erkundigte sich Veronica.

Manchmal fragte sich Olivia, ob Veronica mit ihrer Überpünktlichkeit und ihrem technischen Knowhow in einem früheren Leben vielleicht Spionin gewesen war. Möglicherweise hatten sie einander vor ewigen Zeiten nur deshalb am Strand beim morgendlichen Schwimmen kennengelernt, weil ihre Freundin einst bei der Königlichen Marine gedient hatte? Das hätte Olivia nicht im Mindesten überrascht. Aber wie viel er von seiner Vergangenheit preisgab, war jedem Menschen selbst überlassen. Manche Geschichten blieben aus gutem Grund ein Geheimnis.

»Ich glaube nicht, dass wir einen brauchen. Ein neues Lokal in der Umgebung kann sich in vieler Hinsicht positiv auswirken. Es ist ein Plus.«

»Beunruhigt dich ihre Art von Werbung überhaupt nicht?« Randy ließ diese Sache einfach nicht los.

»Wie gesagt, wir haben keinerlei Beweise, dass sie die Übeltäter waren. Bisher sind die Plakate, soweit ich das überblicken kann, die einzige Werbung in dem Sinn, und da sie an ihrem eigenen Gebäude angebracht sind, liegt keinerlei Fehlverhalten vor.«

»Die Zeit wird es erweisen«, meinte Randy.

»So ist es. Persönlich glaube ich, wir sollten auf Androhungen, dass man uns Konkurrenz machen will, gar nicht reagieren. Wenn es überhaupt so gemeint war. Ich werde mit Tony besprechen, ob es sinnvoll ist, an diesem Abend die Bar geschlossen zu lassen. Alle werden das neue Lokal ausprobieren wollen. Sollen sie das doch am Eröffnungsabend erledigen, und wir können das Gleiche tun. Ich denke, wir haben uns alle ein bisschen

Freizeit verdient, und ein Abend pro Woche reicht nicht immer aus.« Richard sah Skylar an, während er das sagte. »Mal sehen, was Tony dazu meint. Schließlich ist es sein Lokal. Aber ich glaube, für uns wäre es besser, wenn all unsere Stammgäste Gelegenheit hätten, die Bar zu testen. Dann können sie selbst entscheiden, welches Lokal das beste der Stadt ist.«

Möglicherweise würde die Eröffnung des »Bottoms Up« Einfluss auf die Besucherzahlen der »Ginhütte« haben. Aber es war auch möglich, dass Weinliebhaber, die die Weinbar besuchten, bei dieser Gelegenheit die »Ginhütte« entdecken und auch hier einmal hereinschauen würden. Ein neues Lokal in der Gegend bedeutete nicht zwangsläufig Verluste. Richard hatte recht. Nur die Zeit würde erweisen, ob es letztendlich zu ihrem Vorteil oder zu ihrem Nachteil war.

So blieb also nur, weiterzumachen wie bisher und einen guten Kurs zu fahren. Sie würden nicht anfangen, als Retourkutsche überall Ginflaschen aus Pappmaché aufzuhängen. Es war ja auch nichts passiert, was das gerechtfertigt hätte. Jedenfalls nicht nachweisbar. Trotzdem, Olivia wusste, dass nicht nur sie allein in dieser Sache weniger neutral war als ihr Sohn. Es wäre schon ein Riesenzufall gewesen, wenn diese Hintern nichts mit den neuen Besitzern zu tun gehabt hätten. Ein riesiger, runder, pfirsichfarbener Zufall in Form eines Hinterns.

15

Der Anblick von Skylars hübschem Ilex-und-Efeu-Cocktail hatte Olivia klar gemacht, dass sie nun wirklich langsam etwas Mühe in ihr Rezept stecken musste – nicht nur in den Geschmack, sondern auch in die Art der Präsentation. Sie hatte gemeint, dass die Aromen sich gut mit einem Stück Zimtrinde vertragen würden, doch das erschien ihr jetzt, wenn sie es genau bedachte, viel zu einfach und nicht weihnachtlich genug. Eine Idee hatte sie schon, aber die ließ sich nur realisieren, wenn das Ergebnis ihrer Vorstellung entsprach.

Sie hatte Tony eingeladen, heute in ihre Strandhütte zu kommen, um gemeinsam das Rezept zu verkosten. Auf dieser Basis würde sie entscheiden können, welche weiteren Zutaten hineinkommen sollten. Mit Tony zu brainstormen machte immer Spaß. Natürlich konnten andere es vielleicht unfair finden, dass sie sich mit dem obersten Chef beratschlagte, aber mit der Einladung folgte sie einer Anweisung von Esme, also würde sie deswegen bestimmt keinen Ärger bekommen.

Anscheinend hatte die Physiotherapeutin gesagt, Tony brauche mehr Bewegung. Also musste von jetzt an er zu den Leuten gehen anstatt umgekehrt. Allerdings ahnte Esme nicht, dass Olivia bereits dafür gesorgt hatte, dass Tony öfter unterwegs war.

Olivia parkte ihren Segway auf der Veranda der Strandhütte. Sie hatte herausgefunden, dass er genau hinter die Tür passte, wenn sie geöffnet war. So stand er nicht im Weg und reizte auch nicht zum Diebstahl.

Geschäftig bereitete sie alles vor, und als Tony eintraf, standen die Gläser mit Kostproben von jeder Variante schon auf der Theke. Sie hatten allesamt die braune Farbe der süßen Gebäckfüllung angenommen, was nicht gerade appetitlich aussah. An der Optik würde sie noch arbeiten müssen. Vielleicht kam essbarer Glitter in Frage? Oder würde es dann noch ekliger aussehen? Wenn sie die Drinks so präsentierte, wie sie es sich vorstellte, würde das allerdings keine Rolle spielen.

»Darf ich mir für den Rückweg den Hang hinauf deinen Scooter ausleihen?« Tony ließ sich in einen Liegestuhl fallen, um wieder zu Atem zu kommen. Das erinnerte Olivia daran, dass sie ihren Freund vor gar nicht allzu langer Zeit fast verloren hätte. »Auf gar keinen Fall. Wenn deine Physio sagt, dass du mehr Bewegung brauchst, dann werde ich Esme so gut ich kann darin unterstützen, dich bald wieder gesund zu kriegen. Tut mir leid.«

»Wusste ich doch, dass du dich auf ihre Seite schlägst«, sagte Tony mit gespielter Empörung.

»Möchtest du erst einmal einen Tee, bevor wir mit den harten Sachen anfangen?«

»Das klingt perfekt.«

»Erzähl bloß Esme nicht, dass ich deine Genesung unterstütze, indem ich dir Ginkostproben vorsetze. Ich glaube, sie wäre nicht begeistert.« Olivia schenkte beiden aus ihrer Thermosflasche ein, froh, eine kleine Pause einlegen zu können.

»Hast du eigentlich weitere Hinweise entdeckt, dass sich hier jemand eingenistet hat?«, fragte Tony, als er seine Tasse entgegennahm.

»Nein. Jedenfalls ist mir nichts aufgefallen. Wahrscheinlich habe ich den Eindringling an jenem Morgen vertrieben, als ich ihn fast erwischt hätte. Ich bin zwar jetzt frühmorgens nicht mehr hingegangen, sodass er sich in Sicherheit wiegen konnte und wir ihn vielleicht doch irgendwann schnappen. Aber ich glaube, bisher ist er nicht mehr aufgetaucht. Wobei natürlich hauptsächlich die Handtücher ihn verraten haben, und wenn er in der Hinsicht dazugelernt hat, würde ich vermutlich gar nichts mehr merken.« Das Glöckchen an Olivias Pullover klingelte, während sie ihren Tee trank. Sie hatte für jeden Tag der Woche einen anderen Weihnachtspullover, und die meisten waren mit Glöckchen besetzt. In diesem Fall schmückte es die Spitze eines Weihnachtsbaums.

»Es kommt mir komisch vor. Dass er es geschafft hat, rein und raus zu kommen, ohne Spuren zu hinterlassen.«

Olivia argwöhnte immer noch, dass sie sich vielleicht alles nur eingebildet hatte. Dass es einer jener Tage gewesen war, an denen ihr Kopf nicht richtig funktionierte. Besser gesagt, mehrere solcher Tage. Aber jetzt, so viel wusste sie, war dies nicht der Fall. Obwohl sie sich nicht wirklich wünschte, dass der Hüttenbesetzer zurückkam und in ihre Privatsphäre eindrang, würde es doch die hundertprozentige Bestätigung bedeuten, dass sie nicht verrückt wurde. »Wenn er wirklich vorhätte, zurückzukommen, würde wahrscheinlich der ganze Trubel bei der neuen Weinbar ihn abschrecken. Die machen mit ihren Renovierungsarbeiten einen ganz schönen Lärm.«

Wie aufs Stichwort setzte in diesem Moment lautstarkes Bohren ein. Es waren, so Olivias Eindruck, gleich drei oder vier

Bohrmaschinen, und sie mussten, Gerät im Anschlag, alle auf den Moment gewartet haben, wo sie mit der Arbeit beginnen durften.

»Teufel noch mal, das ist nicht gerade entspannende Strandmusik. Bei dem Lärm brauchen wir ja einen Gehörschutz!«

Zum Glück hörte eine der Bohrmaschinen auf, sodass sich das Gefühl verflüchtigte, beim Dreh eines Actionfilms dabei zu sein.

»Hoffentlich sind sie bald fertig, sonst wird kein Tourist oder Strandhüttenpächter mehr vorbeikommen wollen.« Auch jetzt, Anfang November, lud die Bucht, sofern man warm genug eingepackt war, zu Spaziergängen ein. Man konnte Krabben fischen oder zwischen den Felsen nach Schätzen suchen. Aber selbst die Leute mit den Metalldetektoren mieden derzeit wegen des Lärms diesen Teil des Strandes.

Die Strandhütten-Gemeinschaft war zu dieser Jahreszeit kleiner als sonst. Die Hütten, die nur über den Sommer vermietet wurden, waren winterfest gemacht worden, um so bis zur nächsten Saison den Elementen zu trotzen. Es gab nur ungefähr zwanzig Strandhütten, die ganzjährig verpachtet wurden, und eine davon war Olivias. Sie waren etwas solider gebaut als die Saisonhütten und durch den Verandabereich auch geräumiger. Den Regeln zufolge durfte dort nicht übernachtet werden. Das war wirklich schade, denn Olivia hatte den Gedanken immer schön gefunden, nachts lange in die Sterne zu gucken, ohne dann noch heimstolpern zu müssen. Einfach im Liegestuhl einschlafen zu dürfen. Aber die Gemeinde, der die Hütten gehörten, erlaubte so etwas nicht.

»Gut, dass sie bald eröffnen. Wenn der Lärm noch lange so weiterginge, käme überhaupt niemand mehr her.«

»Es ist die Lautstärke. Ich bin sicher, dass wir bei der Renovierung der ›Ginhütte‹ nicht so viel Lärm gemacht haben.« Möglicherweise hatte es auch nur keiner gemerkt, da alle Mitglieder der Gemeinschaft mitgearbeitet hatten. Beim »Bottoms Up« waren offensichtlich Profis am Werk, die ihren Arbeitsplan einzuhalten hatten. Olivia würde aufatmen, wenn es vorbei war.

»Also, was hast du für mich zum Probieren?« Tony deutete auf das braune Gebräu in den Gläsern, die auf dem Tisch aufgereiht standen.

Es sah eigentlich aus wie Hustensaft. Am Äußeren würde Olivia wirklich noch arbeiten müssen. »Ich habe ein bisschen für meinen Weihnachtscocktail herumexperimentiert. Jetzt musst du mir bei der Entscheidung helfen, welcher geschmacklich am besten ist.« Ihre Besorgnis, das kleine Experiment könnte angesichts der Farbe sämtlicher Mischungen ganz und gar gescheitert sein, gestand Olivia nicht ein.

»Was ist denn drin?«

»Probier mal, vielleicht kommst du ja drauf.« Olivia wollte es Tony nicht vorab verraten, denn ihr war wichtig zu wissen, ob man den Geschmack identifizieren konnte. Vermittelte sich der weihnachtliche Geschmack oder schmeckte es bloß, als hätte sie einen Haufen Rosinen in Gin eingeweicht? »Nimm erst einmal den ganz links.«

»Lecker. Schmeckt für mich nach Weihnachtspudding oder Mince Pie«, sagte Tony, bevor er einen zweiten Schluck nahm.

Tony hatte recht. Die süße Gebäckfüllung sorgte für einen

angenehmen Hintergrundgeschmack, wie er das Wesen eines guten Mince Pie ausmachte.

Sie probierten auch die vier weiteren Proben mit jeweils unterschiedlichem Mischverhältnis von Gebäckfüllung und Gin, und waren sich schließlich einig, dass der zweite am besten abgestimmt war. Hier dominierte weder der eine noch der andere Geschmack.

Die Entscheidung, mit was sie ihn mixen und wie sie ihn servieren sollte, war eine Sache für sich. Tony meinte, ein einfaches Tonic würde genügen, während Olivia der Meinung war, dass zum Beispiel ein Cognac den Geschmack noch abrunden würde, vielleicht ergänzt durch ein wenig Sekt, um den Drink wirklich zum Leben zu erwecken. Sie musste das ausprobieren, und Tony stimmte zu, dass ein regelmäßiger Spaziergang zu ihrer Hütte sich wirklich lohnte, wenn ihn dort weitere Kostproben erwarteten. Olivia hoffte bloß, dass er auf dem Rückweg nicht schwankte. Dann hätte sie Ärger bekommen.

»Und was willst du Skylars Deko aus Ilex und Efeu entgegensetzen? Da musst du deine Phantasie spielen lassen.«

»Eine Idee habe ich schon.«

»Ach ja? Und zwar?«

»Da ich ihn wahrscheinlich Mince-Pie-Cocktail nenne, wollte ich die Gläser so gestalten, dass sie aussehen wie Mince Pie.«

»Und wie soll das gehen?« Tony nahm einen weiteren Schluck Gin. Offenbar schmeckte er nach mehr.

»Ich möchte ein Glas, wie es für Martini verwendet wird und das außen silbern ist. Das würde sozusagen der Backform bei einem Mince Pie entsprechen. Dann muss ich für obendrauf etwas finden, was wie Teig aussieht und wo man einen Strohhalm durchsteckt, um an den Drink zu kommen. Was ich verwenden soll, weiß ich noch nicht recht, aber jedenfalls das, was es braucht, um zu gewinnen.«

Olivia wollte, obwohl ihr Konkurrenzdenken fremd war, diesmal nämlich wirklich gewinnen. Schließlich war sie die Ginkönigin, und so, wie die »Ginhütte« den Preis gut brauchen konnte, würde sie auch gern die damit verbundene Krone entgegennehmen.

16

Am Morgen des Tages, für den die Eröffnung des »Bottoms Up« angekündigt war, ging Olivia wie gewohnt mit Veronica an den Strand zum Schwimmen.

Allerdings schaffte es keine von ihnen ins Wasser, weil bei dem ehemaligen Café so viel los war. Gewöhnlich war um diese Zeit niemand dort, doch heute herrschte ein Kommen und Gehen wie nie zuvor.

»Was haben die denn vor?«, überlegte Veronica.

Sie hatten ihre Liegestühle so positioniert, dass sie die Geschehnisse im Blick hatten. Praktischerweise lag das Café an einer Stelle, wo die Promenade eine Kurve zu ihnen hin machte. Allem Anschein nach waren etliche frühmorgendliche Lieferungen angekommen, die nun hineingetragen wurden. Jemand schrubbte die Fassade, an der die angeklebten Plakate ihre Spuren hinterlassen hatten.

»Offenbar entfernen sie die Überreste der Plakate. Geschieht ihnen recht, warum werben sie mit derart skandalösen Slogans. Die beste Bar, dass ich nicht lache!« Sollte Olivia irgendwann den Besitzer kennenlernen, so würde sie ihn schon Mores lehren.

»Wissen wir inzwischen, wer die Bar übernommen hat?«, fragte Veronica und nippte an der heißen Schokolade, die sie sich normalerweise erst nach dem Nacktbad gönnten.

Olivia schüttelte den Kopf. »Tony und Richard haben es nicht rausgekriegt. Das war ja ein ziemlicher Schock. Eigentlich ärgere ich mich am meisten darüber, dass wir keine Fish & Chips mehr kriegen.« Der Fisch aus dem Strandcafé zum Abendessen war für sie seit Jahrzehnten eine liebgewonnene Gewohnheit. Diese aufgeben zu müssen machte sie traurig, zumal die bisherigen Pächter sie weder informiert noch sich verabschiedet hatten.

»Vielleicht bieten sie ja auch Mahlzeiten an? Dann können wir uns in Zukunft dort etwas holen, um es hier zu verspeisen.«

Das konnte schon sein. Die Küche war jedenfalls entsprechend ausgestattet, vorausgesetzt, sie hatten nicht alles herausgerissen, um den Barraum zu erweitern. »Schau mal, sie nehmen das Papp-Graffiti ab. Vielleicht verrät das richtige Schild uns mehr.«

An beiden Ecken kletterten gerade Männer auf Leitern, um das Schild abzunehmen. Olivia fühlte sich an den Abend erinnert, an dem es aufgehängt worden war. Vielleicht waren nun dieselben Männer am Werk, die sie damals beobachtet hatten.

Olivia entdeckte außerdem das neue Schild, das montiert werden sollte. Es lehnte am Gebäude. Falls darauf behauptet wurde, es sei die beste Bar der Stadt, konnte es gut sein, dass sie es zerstörte, bevor es auch nur installiert war.

»Gehen wir hin und sehen es uns an?«, schlug Veronica vor, und Olivia fragte sich, ob ihre Freundin, die »Spionin«, zu allem Überfluss auch noch Gedanken lesen konnte.

Sollte Olivia einfach auf ihrem Segway vorbeiflitzen und einen kurzen Blick riskieren? Oder sollten sie beide hinüberschlendern und die alten Damen spielen, die zufällig vorbeikamen und bloß wissen wollten, was los war?

»Gehen wir rüber und tun so, als wüssten wir von nichts.« Wenn jemand sie an dem bewussten Abend auf ihrem Segway gesehen hatte, dann wäre schnell klar, dass sie zu der Truppe gehörte, die die Verfolgung aufgenommen hatte – das wurde Olivia jetzt bewusst. Vorausgesetzt, es waren dieselben Leute. Andernfalls war ihre Sorge unbegründet.

Die beiden Frauen tranken ihre heiße Schokolade aus und näherten sich so unauffällig wie möglich.

Es war gar nicht so einfach, ganz normal zu gehen, wenn man vorhatte, zu spionieren. Olivia bewegte sich nun ähnlich wie an jenem Abend mit Tony, als sie den Anschein erwecken wollte, sie gehöre zu der Gruppe Jugendlicher.

Arbeitende Menschen auszuspähen, die sich möglicherweise auch als Vandalen betätigten, verleitete Olivia anscheinend zu einem schleppenden Gang. Warum, war ihr nicht recht klar, aber als sie einmal damit angefangen hatte, konnte sie kaum mehr anders.

»Warum gehst du so komisch?«, fragte Veronica, der die veränderte Gangart auffiel.

»Weiß ich selber nicht. Ich dachte mir bloß, vielleicht schlagen sie uns nicht zusammen oder so, wenn wir uns benehmen wie zwei wehrlose alte Damen.«

»Aber wir *sind* zwei wehrlose alte Damen! Das müssen wir doch nicht erst spielen?«

»Vorsicht ist die Mutter der Porzellankiste.« Olivia war klar, wie lächerlich das war. Sie wusste nicht einmal, warum sie versuchte, Veronica davon zu überzeugen, aber so war das eben bei ihr … wenn sie sich etwas in den Kopf gesetzt hatte, blieb sie dabei, ob die Idee nun gut war oder nicht.

Scharrrrrrrrrrr.

Olivia hielt in ihrem übertriebenen Hinken inne. Kam das Geräusch von dem ehemaligen Café? Doch dann hörte sie es wieder, und zwar direkt neben sich. »Was machst du denn?«

Das Geräusch kam von Veronica. »Ich mache mit«, sagte sie, während sie mit dem Schuh über den Beton der Promenade scharrte.

Olivia ging weiter, um nicht hinter der Freundin zurückzubleiben. »Sieht das nicht blöd aus, wenn wir beide hinken?«

»Ich habe darauf geachtet, dass es bei mir das andere Bein ist.«

»Na, dann wirkt es natürlich völlig unauffällig. Wenn wir beide auf der gleichen Seite hinken würden, sähe das total bescheuert aus.«

»Hör auf. Du hast angefangen.« Veronica schlurfte weiter.

»Jetzt haben sie schon in unsere Richtung geschaut. Wir dürfen also nicht anfangen, normal zu gehen, als wäre ein modernes Wunder geschehen, sondern müssen so weitermachen, bis wir dort sind.«

»Und auf dem Rückweg ebenfalls«, betonte Veronica.

So hinkten Olivia und Veronica weiter in einem quälenden Schneckentempo die Promenade entlang wie Statisten aus der Serie *The Walking Dead*.

Wie sich herausstellte, lohnten sich ihre jämmerlichen schauspielerischen Bemühungen gar nicht. An dem ehemaligen Café vorbeizuschlurfen brachte kaum neue Erkenntnisse. Auf dem neuen Schild stand nicht mehr, als sie ohnehin schon wussten. Die beiden Typen, die es aufhängten, hatten mit dem neuen Lokal nichts zu tun – sie waren bloß Schriftenmaler, die ihren Job machten. Und weil Olivia die Person, die das Pappmaché-Schild angebracht hatte, nicht richtig gesehen hatte, konnte sie auch nicht einschätzen, ob einer von beiden dafür verantwortlich war.

»Wir können zurück den längeren Weg nehmen«, sagte Olivia, sobald sie außer Hörweite der beiden höchstwahrscheinlich unschuldigen Männer waren.

»Aber … ach so.« Veronica brach ab. Ihr wurde wohl ebenso wie Olivia klar, dass sie auf dem längeren Weg nicht weiterhin wie Idiotinnen laufen mussten.

In der Weinbar schien einiges los zu sein, doch da die Bretterverschalung noch nicht entfernt war, würden sie sich erst später einen Eindruck von den Veränderungen im Innenraum verschaffen können.

Sobald die beiden am Hang und außer Sichtweite waren, bewegten sie sich wieder normal.

»Warum haben wir das bloß für eine gute Idee gehalten?« Veronica rieb sich die wegen der ungleichen Belastung der Beine schmerzende Seite.

»Ich weiß auch nicht, ob es eine gute Idee war. Aber immerhin waren wir dadurch langsamer und konnten genau hinsehen.«

»Und, hast du etwas entdeckt?«

»Rein gar nichts. Nicht mehr, als wir schon wissen. Und du?«

Veronica schüttelte frustriert den Kopf. Der anstrengende Spaziergang hatte sie dem, was sie herausfinden wollten, keinen Schritt nähergebracht. Aber zumindest hatten sie sich Bewegung verschafft, nachdem sie schon auf ihr gewohntes Nacktbadevergnügen verzichtet hatten. »Mist.« Sie blieb unvermittelt stehen.

»Was ist los?«

Veronica machte eine Kopfbewegung zur Straße hin. »Ich fürchte, wir müssen zur Bank hinken, bis sie weg sind.«

Die beiden Typen gingen auf ihren Lieferwagen zu, also war es angezeigt, das seltsame Hinken wiederaufzunehmen.

Im gleichen Gangbild wie zuvor legten Olivia und Veronica gemächlich den Weg zur nächsten Bank zurück und ließen sich erleichtert darauf nieder.

»Wenn wir so weitermachen, wird man uns fragen, ob wir für den Rückweg einen Rollstuhl brauchen.«

»Ich hoffe nur, wir sind ihnen nicht aufgefallen.«

»Na ja, es sind genügend andere Leute unterwegs, da werden sie nicht gerade auf zwei alte gehbehinderte Damen achten.«

Olivia und Veronica richteten den Blick hinaus aufs Meer, als die beiden Typen erneut mit weiteren Schildern an ihnen vorbeigingen.

Kaum waren sie weg, riskierte Olivia einen Blick auf ihren Lieferwagen. War jetzt endlich die Luft rein? Sie wollten zurück nach Oakley West zum Frühstück, ohne von jemandem gesehen zu werden, der meinte, sie würden hinken. Welcher

Lieferwagen den Typen gehörte, war eindeutig, denn er war beladen mit … Schildern. Da die Türen geschlossen waren und nichts draußen stand, war zu hoffen, dass sie mit dem Hin und Her fertig waren und die beiden Damen Gelegenheit zur Flucht bekamen.

»Gehen wir«, sagte Olivia, die nicht länger hier herumhängen wollte.

Veronica marschierte los und steuerte auf den Klippenpfad zu, der oberhalb der Promenade verlief.

»Hier entlang.« Olivia wollte den Weg zur Straße nehmen. Einen echten Grund dafür gab es nicht, außer dass man sie, wenn sie den Pfad nahmen, vom Café aus vielleicht sehen konnte.

Mit dem Parken hatten sich die Schilderleute keine große Mühe gegeben. Damit sie die Schilder nicht so weit tragen mussten, hatten sie ihren Wagen so abgestellt, dass er die Fußgänger behinderte.

Ein Glück, dass sie nicht wirklich hinkten, denn dann hätten sie vielleicht Schwierigkeiten gehabt, über das Gras zu laufen und sich zwischen zwei Lieferwagen durchzuschlängeln. Die zahlreichen Transporter deuteten darauf hin, dass eine Menge Material für die Eröffnung des »Bottoms Up« ausgeladen werden musste.

Als Olivia sich zwischen zwei Lieferwagen durchschob, um die Straße überqueren zu können, fiel es ihr auf. Der zweite Transporter, dem sie bisher kaum Beachtung geschenkt hatte, war ein weißer Ford Transit. Bei genauem Hinsehen entdeckte sie, dass das Nummernschild mit einem C begann.

Natürlich gab es wahrscheinlich Hunderte von Lieferwagen,

auf die diese Beschreibung zutraf. Aber war es so weit hergeholt anzunehmen, dass es derselbe war wie neulich Nacht? Schließlich stand er ganz in der Nähe des Cafés, an dem das Papp-Graffiti montiert worden war, und das Lokal eröffnete heute Abend.

Richard hätte sie garantiert ermahnt, keine vorschnellen Schlüsse zu ziehen, aber Olivia war sich ziemlich sicher, dass sie herausfinden würden, wer die Papp-Graffiti-Anschläge verübt hatte, wenn die Identität des Fahrzeughalters feststand. Und falls dieser Mensch mit dem »Bottoms Up« zu tun hatte, wäre klar, dass die Betreiber vor üblen Tricks nicht zurückscheuten.

17

Olivia hoffte (und zwar aus gutem Grund), dass Richard an diesem Abend Farbe bekennen würde, was sein Liebesleben anging.

Natürlich wollte sie keine intimen Einzelheiten wissen, hätte es aber wunderbar gefunden, wenn seine Beziehung zu Skylar inzwischen stabil genug wäre, um seine Mutter einzuweihen.

Anlass zu dieser Hoffnung gab Olivia die Tatsache, dass Richard sie gebeten hatte, sich mit ihm in der »Ginhütte« zu treffen, bevor sie zur Eröffnungsfeier hinuntergingen. Er wollte eine Kleinigkeit zu essen vorbereiten, und Olivia verzichtete aus diesem Anlass auf die hervorragende Küche in Oakley West.

Die »Ginhütte« sollte an diesem Abend geschlossen bleiben. Tony fand Richards Idee gut, und sie waren sich einig, dass es in geschäftlicher Hinsicht vernünftig war. Unter finanziellen Aspekten zwar nicht, aber hoffentlich würden alle, die am Dienstag hatten kommen wollen, an einem anderen Abend vorbeischauen, sodass sie keine Einbußen hatten. Und wenn sie der Bar einen konkurrenzlosen Eröffnungsabend zugestanden, hatte jeder Gelegenheit, das neue Lokal kennenzulernen. Ihre Gäste konnten zudem problemlos in beiden Lokalen Stammkunden sein. Die »Ginhütte« bot wöchentlich wechselnde Angebote, man konnte also ohne weiteres einen Abend hier verbringen und einen zweiten in der Weinbar. Keiner brauchte den Kürzeren zu ziehen.

Olivia nahm ihren Segway mit in die »Ginhütte«. Da sie vorhatte, eine Weinbar zu besuchen, hätte sie ihn theoretisch gar nicht mitnehmen sollen, denn Trinken und Fahren kam für sie nicht in Frage. Aber Wein war überhaupt nicht ihr Ding. Sie konnte nachvollziehen, warum Leute ihn mochten, und sie war keineswegs ein Snob, der nur Gin gelten ließ. Wein schmeckte ihr einfach nicht. Sie fand ihn zu herb, und man wurde viel zu schnell betrunken. Anders als Gin war er kein erfrischender Genuss. Mehr als einen kleinen Schluck würde sie heute Abend also nicht trinken.

»Hallo?«, sagte Olivia, als das Gefährt sicher verstaut war. Im Barbereich war niemand zu sehen, und es war seltsam, an einem Dienstag hier zu sein und ein leeres Lokal vorzufinden.

»Bin gleich da, Mum. Nimm einfach irgendwo Platz«, ertönte Richards Stimme aus der Küche.

Olivia wählte die gemütliche Ecke. Obwohl sie nicht zu Fuß gekommen war, fühlte sie sich müde vom Nichtstun. Vielleicht lag es an dem absurden Spaziergang heute Morgen mit Veronica. Danach wäre jeder erschöpft gewesen.

»Tut mir leid, Mum, ist nichts Besonderes. Ich dachte mir, besser etwas Leichtes, also habe ich Eier Benedikt gemacht.« Richard stellte zwei Teller auf den Couchtisch zwischen ihnen.

Das Essen sah äußerst ansprechend aus, und sie konnte sich nicht erinnern, wann sie zuletzt etwas derart Einfaches und doch Schmackhaftes verzehrt hatte. Alle Mahlzeiten in Oakley West waren exzellent, aber so etwas gab es nie. Nur Gerichte, die sich in großen Mengen zubereiten ließen. »Vielen Dank!«, sagte Olivia. Es berührte sie, von ihrem Sohn bekocht zu werden, obwohl ihre Lebenssituation dies nicht erforderte.

»War mir ein Vergnügen. Ich wollte sowieso mit dir reden.«

»Ach, wirklich?« Mehr sagte Olivia nicht, um ihre Aufregung nicht zu verraten.

»Ja. Ich habe nachgedacht.«

»Na so was. Aber es geht dir gut?« Olivia gab sich heiter, was aber nur ein Versuch war, ihre Nervosität zu kaschieren. Sie hoffte zwar, dass Richard ihr von Skylar berichten wollte, aber es konnte genauso gut etwas ganz anderes sein.

»Ja, sehr gut sogar. Ich glaube, ich habe mich zu lange auf Dinge konzentriert, die im großen Zusammenhang wenig wesentlich sind. Ich war zu sehr damit beschäftigt, für andere Leute zu kämpfen, um meine eigenen Schlachten zu schlagen.«

Olivia nahm ihren Teller auf den Schoß (hätte sie doch bloß einen normalen Tisch gewählt) und begann ihre Eier Benedikt aufzuschneiden. »Sprich weiter«, sagte sie. Richard sollte ihr erzählen, was ihm wichtig war.

»Ich habe beschlossen, wieder herzuziehen. Der Aufenthalt hier hat eine Harmonie in mein Leben gebracht, die ich seit Jahren nicht empfunden habe. Als Teenager fand ich es schrecklich und konnte es kaum erwarten wegzugehen, aber vielleicht lag das mehr an der Vergangenheit, die ich nicht verarbeitet hatte.«

»Was, glaubst du, hat sich verändert?«, fragte Olivia, nachdem sie einen Bissen geschluckt hatte. Es interessierte sie wirklich.

»Viele Dinge, denke ich. Dass wir beide unseren Frieden gemacht haben, was Dad und Jane betrifft, hat schon mal sehr geholfen. Ich habe nicht mehr das Gefühl, dass wir so einen Eiertanz aufführen wie früher.«

Richard hatte recht. Viel zu lange waren sie nicht in der Lage gewesen, miteinander über die Vergangenheit zu sprechen, und irgendwann hatte diese Sprachlosigkeit die Gegenwart erstickt. Das hatte sich gewandelt. Jetzt genossen sie ihre gemeinsame Zeit, ohne dass ungesagte Worte zwischen ihnen standen. »Ich bin froh, dass du gekommen bist, um Tony zu vertreten. Das ist wirklich Hilfe zur rechten Zeit. Aber wenn du bleibst, was willst du dann tun? Im neuen Jahr wird Tony seine Arbeit wiederaufnehmen.«

Es gab zwar die Möglichkeit, dass Richard blieb und einfach in der Bar arbeitete, doch die Bezahlung würde nur ein Bruchteil dessen ausmachen, was ihm seine Kanzlei eintrug. Und Olivia konnte ihm nicht wie früher sein eigenes Zimmer als Unterkunft bieten. Momentan wohnte Richard im Hotelteil der »Ginhütte«, aber eine langfristige Lösung war das nicht, obgleich Tony Richard bestimmt gern so lange wie nötig dort hausen ließ.

»Ich weiß, dass ich nach Tonys Rückkehr nicht mehr das Lokal führen kann. Ich muss mit ihm besprechen, ob er froh wäre, wenn ich ein wenig länger bleibe. Es wird eine Zeitlang dauern, bis ich meine Wohnung und meinen Anteil an der Kanzlei verkauft habe, aber danach möchte ich mich gern hier niederlassen.«

»Das ist wunderbar.« Olivia war tatsächlich entzückt darüber, dass ihr Sohn endgültig zurückkehren wollte. Sie hatte sich in den vergangenen Monaten daran gewöhnt, ihn um sich zu haben. Zwar wünschte sie sich, dass Tony bald wieder fit genug für seine Arbeit war, aber gleichzeitig hoffte sie, Richard weiterhin hinter der Bar zu sehen, denn das verschaffte ihnen zusätzliche Zeit miteinander. Richards Entscheidung zu bleiben – in welcher Funktion auch immer – war so viel besser, als ihn wieder an die große Stadt zu verlieren.

»Ich glaube, in erster Linie ist Tony schuld.«

»Was hat er denn getan?«

»Eigentlich nichts. Aber ich habe ja aus der Ferne mitbekommen, was mit ihm passiert ist. Erstens einmal hat er aus einem erzwungenen Berufswechsel etwas Großartiges gemacht. Er hat ein Unternehmen auf die Beine gestellt, dem seine ganze Leidenschaft gilt und das ihm ermöglicht, zu tun, was ihm gefällt. Inzwischen gefällt es mir auch, und zwar weit mehr, als ich je für möglich gehalten hätte.«

Olivia schob die Gabel mit einem weiteren Bissen in den Mund. Zu gern hätte sie nach den anderen Gründen gefragt, wusste aber, dass sie auf Antworten wartete, die es vielleicht gar nicht gab.

»Und dann hat sein Herzinfarkt dazu geführt, dass ich mich wirklich gefragt habe, was ich mit meinem Leben anfange. Er ist bloß ein paar Jahre älter als ich. Ich bin noch nicht an dem Punkt, aus den Latschen zu kippen, aber mein Lebensstil ist viel stressiger und ungesünder als Tonys. In ein paar Jahren könnte es durchaus so weit sein, dass ich vorzeitig den Löffel abgebe.«

Olivia nahm Richards Hand. Gefühle überschwemmten sie. Tony war dem Tod so nahe gewesen, und den Gedanken, Richard könnte Ähnliches passieren, wollte sie gar nicht erst zulassen. Es war schlimm genug gewesen, ein Kind zu überleben, aber damals hatte sie Richard gehabt. Um seinetwillen hatte sie einen Weg gefunden zu überleben. Ob sie es ertragen hätte, das Gleiche noch einmal durchzumachen, bezweifelte sie. »Wir werden alles tun, damit das nicht passiert.« Laut auszusprechen, dass sie vor ihm sterben wollte, wäre ein bisschen zu morbide gewesen, aber sie war ziemlich sicher, dass Richard sie richtig verstand.

»Keine Sorge, Mum. Hier hatte ich genug Zeit, mir zu überlegen, was ich mit meinem Leben anfangen will. Der Tatendrang, der mich meine Kanzlei hat gründen lassen, war plötzlich weg, als sie so erfolgreich wurde, dass sie auch ohne mich lief. Ich gehe jetzt auf die Fünfzig zu. Es ist Zeit, dass etwas mehr Ruhe in mein Leben einkehrt, und dafür gibt es keinen besseren Ort als hier, in meiner Heimat.«

»Das kann ich nur unterschreiben. Ich glaube, darum geht es mir immer noch so gut. Meine kleine Hütte am Strand, das ist meine Heimat. Vielleicht ist es die Meeresluft, aber es gibt nichts Besseres, als sich dort unten am Strand eins mit der Welt zu fühlen.«

»Ich hätte auch gern eine Strandhütte.«

»Du wirst eine eigene pachten müssen. Ich liebe dich unendlich, aber diesen Ort brauche ich für mich. Den könnte ich wohl nicht gut teilen.«

»Keine Sorge, Mutter. Ich habe nicht vor, dich einzuengen, aber ich habe eine Geschäftsidee, die ich gern von dir absegnen lassen möchte.«

Olivia spitzte die Ohren. Kinder holen sich selten das Einverständnis ihrer Eltern – also war Richards Idee bestimmt interessant. Sie musste sich wirklich konzentrieren, um nicht bei jeder Gelegenheit die Hochzeitsglocken läuten zu hören. »Und was wäre das?«

»Na ja, ich wollte es nicht einfach weiterverfolgen, ohne deine Zustimmung zu haben.«

Ja, natürlich bin ich einverstanden, wenn du eine Beziehung zu Skylar aufbaust, schoss Olivia durch den Kopf. Aber hier ging es um ganz etwas anderes, um Geschäftliches. »Na dann, leg los.«

»Also, seit der Eröffnung der ›Ginhütte‹ habe ich sehr viel über Gin gelernt. Vieles habe ich nicht gewusst oder nicht verstanden, und es gibt etwas, das hier am Ort wirklich fehlt.«

»Was denn?« Hätte Richard jetzt gesagt ›eine Weinbar‹, hätte sie ihm wahrscheinlich eine verpasst.

»Es gibt weit und breit keine Brennerei. Räumlichkeiten müsste ich erst finden, aber mit Tony habe ich schon gesprochen. Er fände es gut, wenn wir eine eigene ›Ginhütten‹-Marke produzieren.«

»Ernsthaft?« Olivia spürte, wie ihre Augen vor Verwunderung hervortraten. »Das wäre ja grandios.« Dieses Wort benutzte sie nicht oft, aber der Gedanke war so phantastisch, dass ihr nichts anderes dazu einfiel.

»Ich hatte gehofft, dass du einverstanden bist.«

»Und ich hoffe, dass ich auch ein paar Ideen einbringen darf. Es gibt einige Geschmacksrichtungen, die ich zu gern auf dem Markt sehen würde und die es noch nicht gibt.« Olivia war davon überzeugt, dass die handwerkliche Ginproduktion erst ganz am Anfang stand und viele verschiedene Richtungen einschlagen konnte. Es wäre wunderbar, ein paar ihrer Ideen ausprobieren zu können.

»Ich verlasse mich sogar darauf. Dank dir und der restlichen ›Ginhütten‹-Crew wird es uns nicht an Ideen mangeln. Aber bevor es dazu kommt, ist noch viel zu organisieren. Es wird mindestens ein Jahr oder so dauern, bis wir am Start sind, und auch das nur, wenn ich ein geeignetes Gebäude finde.«

»Schön. Ich werde versuchen, meine Aufregung zu bezähmen, aber vielleicht bereite ich schon mal eine Mappe mit Ideen für dich vor. Und wenn unser Weihnachts-Retreat ein Erfolg wird, wäre die Brennerei auch eine Bereicherung für zukünftige solcher Wochenenden in der ›Ginhütte‹.« Wenn es überhaupt eine Möglichkeit gab, die Suche nach dem perfekten Gin Tonic abzuschließen, dann würde sie dem Geschmack, den sie zu finden hoffte, doch am ehesten nahekommen, wenn ihr Sohn eine Destillerie eröffnete. »Und wenn es nicht klappt? Was würdest du dann tun?«

»Dann findet sich ein anderes Projekt. Aber ich hoffe wirklich, dass es klappt.«

Olivia auch. Das würde ja aufregend werden! »Und ich erst.«

»Na gut, jetzt machen wir uns mal lieber auf den Weg zur Eröffnung. Wir wollen die anderen schließlich dort treffen.«

Ein bisschen zu spät zu kommen war sicher kein Schaden. Zu früh einzutreffen war total out. Sie waren beide fertig mit dem Essen, und Olivia bot an, abzuräumen, doch Richard als perfekter Gastgeber machte alles allein. Was auch ganz gut so war. Olivia hatte so lange nicht mehr abgespült, dass sie vielleicht gar nicht mehr wusste, wie das ging.

Stattdessen vergewisserte sie sich mit einem kurzen Blick in den Spiegel der Damentoilette, dass sie vorzeigbar aussah. Sie hatte sich keine übertriebene Mühe gegeben und trug – natürlich – einen ihrer Weihnachtspullover. Diesmal ein schickeres Modell, besetzt mit goldenen Pailletten in Schneemannform, und ohne Glöckchen. Perfekt für eine Bareröffnung.

Beim Hinausgehen sah sie sich im Spiegel lächeln. Ein glückliches Lächeln, das auch die Augen erfasste. Diesen Ausdruck konnte man nicht kaufen. Weder Perlen noch Diamanten konnten ihn auf ein Gesicht zaubern. Er kam dadurch zustande, dass sie ein Leben lang, so gut sie es eben konnte, auf ihren Sohn gesetzt hatte und nun erlebte, dass es richtig gewesen war und sie dafür belohnt wurde.

»Startklar?«, fragte Richard, als sie wieder zu ihm stieß.

»Ja, du auch?«, bestätigte Olivia und holte ihren Segway.

Es war seltsam, die Bar menschenleer zurückzulassen. Normalerweise war hier so viel los, aber durch Mundpropaganda und ein paar Aushänge wusste jeder, dass die »Ginhütte« an diesem Abend wegen der Eröffnung des »Bottoms Up« geschlossen blieb.

»Ach ja, und Skylar und ich sind jetzt zusammen, aber das weißt du ja schon«, sagte Richard beiläufig, als sie die Royal Esplanade überquerten.

»Wie bitte?« Olivia wäre mit ihrem Gefährt fast an einer gefährlichen Stelle stehengeblieben, als ihr Sohn ihr endlich eröffnete, was sie sich so sehnlich erhofft hatte.

»Ich dachte, Tony hat es dir bestimmt schon verraten. Ist das für dich in Ordnung?«

Als sie den sicheren Gehweg erreicht hatten, war Olivia danach, ihm eine runterzuhauen. »Natürlich ist das für mich in Ordnung. Warum hast du es mir nicht eher erzählt?«

»Keine Ahnung. Ich wollte es nur mit Skylars Einverständnis tun. Sie hat vorgeschlagen, dass wir es dir heute Abend sagen, und ich hatte eigentlich vor zu warten, bis sie auch da ist, aber ich habe so eine Ahnung, dass du es schon seit einer Weile kapiert hast.«

Olivia schnitt ihr unschuldigstes Gesicht. Geheimnisse bleiben in einer so engen Gemeinschaft nicht lange geheim. »Ich wusste von nichts.«

»Das kannst du anderen weismachen, Mutter. Also, freust du dich?«

»Natürlich, nichts könnte mich mehr freuen. Bloß …« Olivia wollte ihm keinen Dämpfer verpassen. Schließlich war das ihr größter Wunsch gewesen. »Zieh nur hierher, wenn du das wirklich willst, und nicht wegen der Geschichte zwischen dir und Skylar.«

Der größte Fehler, den er machen konnte, war umzuziehen, weil er hoffte, es werde mit Skylar klappen – schließlich konnte es ja auch schiefgehen. Wenn er es aber aus freien Stücken tat, war es genau richtig.

»Westbrook ist meine Heimat. Meine Seele gehört hierher.«

Dieses Gefühl konnte Olivia mühelos nachvollziehen. Und es war eine große Beruhigung, dass ihr Sohn sich am selben Ort zu Hause fühlte wie sie.

Jetzt musste sie nur noch ihr Lächeln in den Griff kriegen – angesichts der Nachricht strahlte sie über das ganze Gesicht. Ihr Sohn blieb nicht nur, er war zudem mit der Frau zusammen, die Olivia praktisch als ihre Tochter betrachtete. Nun hoffte sie um ihrer aller willen, dass es gut lief.

Denn in ihrer freudigen Erregung hatte sie sich gar keine Gedanken darüber gemacht, was passieren würde, wenn alles schiefging.

18

Olivia bekam keine Gelegenheit, Skylar zu umarmen, wie sie es gehofft hatte. Es war merkwürdig. Wenn sie früher eine Freundin von Richard kennengelernt hatte, war das immer eine etwas förmlichere Angelegenheit gewesen, das Paar war sonntags zum Essen gekommen oder Olivia war nach London gefahren und sie waren in irgendein Nobelrestaurant gegangen. Die längste Beziehung in seinem Leben, die er mit Ende dreißig hatte, dauerte sechs Jahre und ging zu Ende, als die beiden feststellten, dass sie unterschiedliche Vorstellungen vom Leben hatten. Olivia vermutete, es ging um einen Kinderwunsch, der nicht geteilt wurde, aber sie hatte nicht genauer nachgefragt. Sie dachte sich, Richard würde ihr schon erzählen, was er erzählen wollte, und wenn er sie mit der Kurzversion abspeiste, musste sie sich eben damit abfinden.

Es war also irgendwie seltsam, dass die formelle Vorstellung ebenso entfallen konnte wie das peinliche Dinner, bei dem Olivia versuchte, der neuen Frau im Leben ihres Sohnes auf den Zahn zu fühlen. Skylar war ihre Freundin. Olivia hatte die beiden überhaupt erst miteinander bekannt gemacht. Und wenn sie sich recht entsann, war Richard damals noch ständig mit Anzug und Krawatte herumgelaufen. Die beiden hätten gegensätzlicher nicht sein können – dass es zwischen ihnen gefunkt hatte, war also in vieler Hinsicht eine Überraschung, aber Olivia war aufgefallen, wie fürsorglich beide miteinander umgingen, und nun war aus dieser Freundschaft mehr geworden.

Wie sich herausstellte, war in der Bar so viel los, dass sie Skylar erst einmal gar nicht entdeckten. Stattdessen machte sich Olivia auf die Suche nach Randy und Veronica, während Richard mit einigen Stammgästen der »Ginhütte« plauderte.

In dem Lokal war ein Durchkommen gar nicht so einfach. So geräumig wie die »Ginhütte« war es jedenfalls nicht. Im alten Café hatte es innen nur begrenzt Sitzplätze gegeben, und weil sich das Geschäft auf die Sommermonate konzentrierte, hatten Tische und Stühle hauptsächlich draußen auf der Promenade gestanden. Jetzt gab es anstelle der alten Möbel kleinere runde Stehtische mit entsprechend hohen Hockern. Für Menschen wie Olivia waren die sicherlich nicht vorgesehen. Eher für langbeinige Schickimickis. Die Bar selbst befand sich, wo früher die Fritteusen gewesen waren, Fish & Chips würde es also wohl nicht mehr geben.

Die Wände waren in Weinrot und Silber gehalten, und das Interieur war so gestaltet, dass der Raum gut genutzt wurde, wirkte aber nicht gerade einladend. Während die »Ginhütte« alle Altersstufen ansprach, wie Olivia fand, zielte man hier eher auf die junge Generation, wahrscheinlich weil sich niemand die Mühe gemacht hatte, das tatsächliche Durchschnittsalter der Bevölkerung in der Gegend zu recherchieren.

Olivia erspähte Randy und Veronica, die sich in eine Ecke zurückgezogen hatten, wo sie auf ihren Barhockern nur mühsam, das Gleichgewicht hielten. Wenn sie sich wirklich so unbehaglich fühlten, wie es den Anschein hatte, dann würde wohl kaum ein Bewohner von Oakley West öfter als einmal hier einkehren. Für Stehkneipen konnte sich bestimmt keiner von ihnen erwärmen. Jedenfalls waren die Sitzgelegenheiten nicht gerade komfortabel.

Veronica, die einen freien Hocker für Olivia gesichert hatte, winkte ihr. Wenn man bedachte, dass sich in der neuen Bar nicht viel tat, außer dass Menschen um jeden freien Quadratzentimeter rangelten, wirkte ein Sitzplatz attraktiv, auch wenn sie dafür Anlauf nehmen und hochspringen müsste.

Wie vermutet, war es kaum möglich, beim Besteigen des Hockers die Würde zu wahren. Sie war eben nicht groß genug, um sich ganz locker darauf niederzulassen. Vielmehr musste sie einen Fuß auf die Querverstrebung des Hockers stellen und sich dann mit einer Hand auf dem Tisch und der anderen auf der Sitzfläche hochhieven. Aber so einfach, wie es klingt, war das natürlich nicht. Es kostete sie drei Anläufe, ehe sie es schnaufend und keuchend und unter den mitleidigen Blicken der jungen Leute rundum geschafft hatte. Nur um dann festzustellen, dass ihre Beine zu kurz waren, um auf der Querverstrebung Halt zu finden.

»Groß zu sein hat auch seine Vorteile, nicht wahr?« Randy versuchte offensichtlich, ein Lachen zu unterdrücken.

»Fang bloß nicht so an. Sonst werde ich dir bei Gelegenheit die Vorteile vermitteln, die es hat, kleiner zu sein.« Zum Beispiel bestand die Möglichkeit, ihm den Ellbogen in die Eier zu rammen, wenn er sie ernsthaft ärgerte. Allerdings war sie bisher noch nicht so tief gesunken, auf solche Mittel zurückzugreifen, und würde hoffentlich auch nie damit anfangen. »Was wird denn nun hier geboten?«

Viel war es nicht. Zwar war Olivia keine Expertin für die

Eröffnung von Bars, aber sie stellte sich vor, dass es wenigstens ein paar Häppchen und vielleicht eine kleine Weinverkostung geben sollte. Ein wenig Musik hätte auch zur Verbesserung der Atmosphäre beigetragen, aber im Moment hatten sich lediglich sehr viele Leute auf engem Raum zusammengefunden.

Neben dem Eingang erspähte sie Richard und Skylar. Dass sie mit ihrer Vermutung richtig gelegen hatte, löste bei ihr ein warmes, angenehmes Kribbeln aus. Sie waren das perfekte nichtperfekte Paar. Zwei, die nicht zusammenpassten, aber zusammenhielten. Jedenfalls hoffte Olivia das.

Am liebsten wäre sie hingegangen und hätte Hallo gesagt. Damit wäre der formell-informelle Teil erledigt gewesen. Sie wollte ohne jede Peinlichkeit die Beziehung der beiden anerkennen. Aber nachdem es sie eine gefühlte Viertelstunde gekostet hatte, den Hocker zu erklimmen, war sie noch nicht bereit, wieder herunterzuklettern.

Stattdessen versuchte Olivia, die beiden herzuwinken. Hocker waren zwar nicht mehr aufzutreiben, aber immerhin gab es an ihrem Tisch noch Stehplätze. Noch während sie winkte, ertönte ein lauter Gong, als würde die Ankunft des Maharadschas angekündigt.

Richard und Skylar hatten ihr Winken nicht bemerkt, als es – was immer *es* sein mochte – losging. In der kleinen Bar, wo alle schon so lange warteten, machte sich Unruhe breit.

Olivia wollte nicht unfair sein, aber die Eröffnung der »Ginhütte« war doch sehr viel netter gewesen. Vielleicht lag es daran, dass so viele Leute mitgemacht hatten und ein richtiger Gemeinschaftsgeist geherrscht hatte. Hier fühlte sich die ganze

Sache eher gekünstelt an. Als würde man bei allem, was man tat, nur auf geschäftsfördernde Schlagzeilen spekulieren.

»Ohne größeres Brimborium erkläre ich das ›Bottoms Up‹ für eröffnet.«

Olivia konnte nicht sehen, wer da sprach. Vielleicht war es der Inhaber, der nicht einmal den Anstand besessen hatte, sich irgendjemandem von der »Ginhütten«-Crew vorzustellen.

Auf die kurze Ankündigung folgte ohrenbetäubende Musik, vom Stil her ganz ähnlich wie auf dem Notting Hill Carnival, und dazu passend zog eine Parade tanzender Mädchen ein, die im Rhythmus der Klänge mit dem Hintern wackelten und es dabei sogar schafften, die Tabletts mit den Gläsern, die sie trugen, nicht fallen zu lassen.

Olivia hatte den Eindruck, als drehte sich das ganze Spektakel um das »Motiv« Hintern. Und nach ihrer unmaßgeblichen Meinung war das nicht nur derb, sondern auch dämlich. Nachdem die Pappmaché-Hintern versagt hatten, holte man sich ein paar tanzende Mädchen ins Haus, warum nicht? Jedenfalls war sie froh, dass die Publicity, die sie für die »Ginhütte« gekriegt hatten, gänzlich unbeabsichtigt gewesen war.

Unterdessen näherten sich zwei schwänzeltanzende Mädchen dem Tisch des Oakley-West-Trios. Dass sie unterwegs gleichzeitig mit ihren Federboas die Leute kitzelten und ihnen Getränke anboten, zeugte von einigem Geschick. Aber es machte weder Olivias Hocker bequemer, noch trug es dazu bei, die klaustrophische Enge erträglicher zu gestalten. Eher wurde dadurch alles noch schlimmer.

Natürlich ließ sich Randy durch diese Mätzchen beeindrucken. Das war ja klar. Veronica hingegen hielt, nach ihrem Gesichtsausdruck zu schließen, von der Vorführung genauso viel wie Olivia, nämlich nichts. Und wenn Randy nicht bald den Mund zumachte, würde Veronica ein wenig nachhelfen, da war Olivia sicher.

In der Hoffnung, dass die Kitzelei dann aufhören würde, nahm Olivia ein Glas entgegen, und beobachtete weiterhin von ihrem unbequemen Hochsitz aus die Menschen. Glücklicherweise wandte sich die Tanzmaus nun dem nächsten Gast zu, und Olivia hatte ihre Ruhe.

Na ja, relative Ruhe. Wenn man davon reden konnte angesichts der megalauten Musik. Um kein Spielverderber zu sein, beschloss Olivia, den Wein zu probieren. Er war rot, mehr konnte sie darüber nicht sagen. Sie erfuhr weder, welche Marke serviert wurde, noch woher der gute Tropfen stammte, ihre Kenntnisse über das Getränk hielten sich also in Grenzen.

Der Wein schmeckte herb wie dunkle Schokolade – mit einem höheren Alkoholgehalt, als sie es gewohnt war. Er hatte reichlich Säure und hätte alles sein können, vom Hauswein bis zur teuersten Flasche eines Weinguts. Aber wozu Wein servieren, wenn keine Einzelheiten zu dem Produkt mitgeliefert wurden? Wie sollte Olivia wissen, was sie verlangen sollte, wenn sie ihn noch einmal bestellen wollte? Es sei denn, die Inhaber würden das System der »Ginhütte« kopieren und jede Woche spezielle Weine anbieten.

Aber Olivia konnte dem Wein ohnehin nicht viel abgewinnen. Nicht dass er so schrecklich geschmeckt hätte, er war nur einfach nicht ihr Ding. Er lag zu schwer auf ihrem Gaumen und hätte sich wohl besser als Begleiter zu einem schönen Steak gemacht, statt separat getrunken zu werden.

Als könnte er Gedanken lesen, erschien ein Kellner (Gott sei Dank ohne Federn) und bot ein Tablett mit Mini-Burgern an. Es war zwar nicht gerade die Traumkombination, aber der sperrige Snack machte wenigstens den Alkohol trinkbar.

Olivia überlegte, dass es hier, da ja ein Imbiss serviert wurde, wohl doch noch eine Küche geben musste. Vielleicht war sie ausgelagert worden, um im Lokal selbst mehr Platz zu schaffen. Aber natürlich war es auch denkbar, dass für den Anlass ein externer Caterer beauftragt worden war. So oder so war der Burger trocken und der Rotwein immer noch sauer. Meine Güte, sie war wirklich eine Spielverderberin. Wenigstens sprach sie ihre Meinung nicht laut aus. Sie war ganz unvoreingenommen hier erschienen. Es war nur so … na ja, bisher war das Ereignis alles andere als gelungen. Wahrscheinlich würde auch nichts mehr kommen, was den Abend für sie rettete, es sei denn, es tauchte jemand auf, der ihren großen Gesäßmuskel chirurgisch von dem Barhocker trennte. Was vermutlich die einzige Möglichkeit darstellte, sich von hier wegzubewegen.

Nachdem ihre Lage extrem ungemütlich war und sich daran wohl auch nichts ändern würde, beschloss Olivia, es sei an der Zeit, sich auf die Suche nach Richard und Skylar zu machen. Die hielten sich zumindest näher am Eingang auf, falls sie die Flucht ergreifen wollte.

»Könntest du mir beim Absteigen helfen?«, bat Olivia Randy.

Randy und Veronica kauten auf ihren Burgern herum wie Kühe, die sich ein Maulvoll Gras zu Gemüte führen. So zäh, wie die Dinger waren, dauerte der Verzehr fünfmal so lang wie im nationalen Durchschnitt.

Randy reichte ihr die Hand, die sie dankbar ergriff, obwohl sie ziemlich sicher war, dass ihre Bergung von dem Hocker eine Aufgabe für ein geschultes Rettungsteam gewesen wäre. Die Bergwacht hätte sich bestimmt nicht unterfordert gefühlt.

Natürlich glitt Olivia, nachdem Randy mit einem unterstützenden Ruck nachgeholfen hatte, ein wenig zu schnell von ihrem Sitz. Und das veranlasste den Hocker, der sich nicht gleich von ihrer Hose lösen wollte, nach hinten zu kippen.

Ihr Aufschrei reichte, um die tanzenden Mädchen aus dem Rhythmus zu bringen. Auf das Crescendo folgte eine Welle des Schweigens.

Und dann kippte nicht nur der Hocker um, sondern auch – völlig frei von Anmut und Würde – Olivia.

19

Olivia glaubte nicht an Heldinnen, die sich von Helden retten lassen. Sie glaubte an Frauen, die sich selber helfen. Sie war Feministin. Ihrer Meinung nach hatte es keinen Sinn, auf den Helden zu warten und die Geschichte von seinem Auftauchen abhängig zu machen.

Aber in diesem Fall, in dieser kleinen Episode, musste sie einräumen, dass es einen Helden gibt. Denn indem dieser ihren Absturz bremste, rettete er gleichzeitig ihre Würde.

Statt mit einem Rums unten zu landen, wurde sie von einem großen, dunkelhaarigen, italienisch aussehenden Mann sanft abgefangen. Danach saß sie zwar auch auf dem Boden, aber wenigstens hatte sie sich auf dem Weg dorthin weder die Hüfte noch das Nasenbein gebrochen.

»Alles in Ordnung, Schätzchen?«, fragte der Mann mit einem ganz unitalienischen Akzent. Unverkennbar stammte er aus Thanet, und er war auch nicht der Adonis, der Olivias Vorstellung von einem Helden entsprach.

Egal. Keine Knochenbrüche. Sie war vollkommen intakt. Dass ihr Retter kein Sexgott war, sollte seinem Heldenstatus keinen Abbruch tun.

»Der verdammte Hocker. Kein normaler Mensch über fünfundzwanzig und unter eins sechzig kommt da wieder runter, ohne seinen Hals zu riskieren.« Olivia wollte nicht nörgeln, aber es stimmte, und weil ihr die Situation etwas peinlich war, musste sie etwas sagen, um von dieser Tatsache abzulenken.

»Bitte schön.« Der nicht ganz adonishafte Held reichte ihr, ebenso wie ein anderer Gast, die Hand. Normalerweise wäre ihr Randy beigesprungen, aber wie Olivia sah, fiel auch Randy und Veronica der Abstieg vom Hocker nicht leicht und sie benötigten die Hilfe ihrer Mitmenschen.

Glücklicherweise kam Olivia relativ mühelos wieder auf die Beine.

»Die Dinger sind tödlich«, stellte Randy fest. »Dafür sollten sie Sturzhelme verteilen. Wo stehen denn die bequemen Sitzmöbel?«

Olivia prüfte, ob sich ihre Kleider und ihr Schmuck noch dort befanden, wo sie hingehörten. Sie fühlte sich wie ein Kartenspiel, das allzu heftig durchgemischt worden ist.

»Ich fürchte, heute stehen nur diese Sitzgelegenheiten zur Verfügung«, erwiderte Olivias Held. Es klang nicht nach einer Entschuldigung.

»Werden Sie denn noch andere Stühle anschaffen?«

Wenn das der Inhaber war, dann benötigte er auf jeden Fall noch anderes Mobiliar, um den Bedürfnissen seiner Gäste gerecht zu werden.

»Mal sehen. Das dürfte kein Problem sein, wenn die Bar nicht mehr gerammelt voller Leute ist, die kostenlos essen und trinken wollen.« Der Held brachte das ganz gelassen vor, und urplötzlich war sein Heldenstatus dahin. Falls er der Wirt war, dann hatte er Olivia nur aufgefangen, um keinen Prozess an den Hals zu kriegen.

»Alles in Ordnung?« Richard gesellte sich zu der Schar, die sich um seine Mutter versammelt hatte.

Wenn jemand fähig war, einen Prozess anzustrengen, dann Richard. Im Moment mochte er der entspannte Manager der »Ginhütte« sein, aber im Herzen würde er immer Jurist bleiben.

»Alles gut«, erwiderte der Möchtegernheld.

Olivia fand, dass nur sie zu so einem Urteil berechtigt war. »Ich habe das Gleichgewicht verloren, als ich versucht habe, von dem Barhocker zu steigen. Aber ich glaube kaum, dass ich verletzt bin.« Ganz sicher war sie nicht, weil sie immer noch mindestens zu 30 Prozent durcheinander war.

»Hast du schon versucht zu laufen?«, erkundigte sich Richard.

Das hatte sie, ehrlich gesagt, nicht getan, sie nahm aber an, dass nichts gebrochen war, sonst hätte sie doch starke Schmerzen gehabt. Und glücklicherweise war ihre Landung viel sanfter ausgefallen als befürchtet. Dennoch schien es ratsam auszuprobieren, ob noch alles funktionierte.

Richard bot ihr die Hand, die sie dankbar nahm.

Linker Fuß vorwärts, auf dieser Seite schien alles intakt zu sein.

»Skylar … wie schön, dich hier zu sehen«, sagte der Möchtegernheld zu Olivias Strandhüttennachbarin, die sich hinter Olivias Sohn versteckte.

Rechter Fuß vorwärts. Kein akuter Schmerz. Kein Ziehen oder Reißen. Nur ein ganz kurzer Blick auf ein Kaninchen im Scheinwerferlicht.

Skylar verschwand, noch bevor Olivia Gelegenheit hatte, mit einem kleinen Ententanz ihre Beweglichkeit zu testen.

Ohne sich weiter den Kopf über mögliche Verletzungen zu zerbrechen, beschlossen Olivia und Richard, ihr zu folgen.

Denn als sie sahen, wie ihre Freundin die Promenade entlangrannte, wurde klar, dass Olivia nicht die Einzige war, die der Abend aus dem Gleichgewicht gebracht hatte.

20

Für Olivia stand fest, dass der Möchtegernheld, wer immer er sein mochte, der Grund für Skylars überstürzte Flucht in die Nacht war.

Um sicherzugehen, dass dieser Kerl nicht hinter ihr herjagte, vergewisserte sich Olivia, dass ihnen niemand sonst gefolgt war. Außer ihr standen nur Richard sowie der Rest des Oakley-West-Trios, also Randy und Veronica, vor dem Lokal.

»Geh rein und finde heraus, wer das ist«, wies Olivia Richard an, der mit offenem Mund dastand.

»Aber was ist mit Skylar? Ich will mal sehen, was passiert ist.«

»Ich hole sie schneller ein.« Olivia barg den Segway aus seinem Versteck. »Und ich glaube, in diesem Fall ist ihr ein Gespräch von Frau zu Frau vielleicht lieber.«

Olivia hatte mit sanftem Nachdruck gesprochen. Sie war ja nicht unbedingt besser gerüstet, um mit der Situation umzugehen. Eher hatte sie das Gefühl, dass es jetzt darum ging, die richtige Unterstützung anzubieten. Und ihr Bauchgefühl sagte, es sei besser, wenn sie Skylar als Erste aufspürte.

Olivia war mittlerweile so geübt im Umgang mit ihrem Segway, dass sie auch schnelle Richtungswechsel hinbekam. Zuerst dachte sie, Skylar wäre den Hang hinaufgelaufen (glücklicherweise nicht über die Treppe), aber als sie auf halbem Weg nach oben war, hörte sie von den Strandhütten her ein unverkennbares Schluchzen. Mit einer eleganten Kehrtwendung steuerte Olivia das mutmaßliche Versteck ihrer Freundin an.

»Ich mache dir einen Gin Tonic. Dann kannst du mir erzählen, was dich so umgeworfen hat. Denn ich meine, der Wein war zwar nicht toll, aber auch wieder nicht so schlecht, dass er einem die Tränen in die Augen treibt.« Olivia schloss ihre Hütte auf, um einen Drink für sich und Skylar zu mixen. In Olivias Welt war ein Tässchen Tee zur Problemlösung entbehrlich, solange man Gin zur Hand hatte. Der bot, zur rechten Zeit im rechten Maß genossen, viel mehr Trost, fand sie.

Skylar kam zu Olivia herüber. Das war immerhin ein gutes Zeichen. Sie war bereit, ihren Schlupfwinkel zu verlassen.

»Ich komme mir vor wie eine Idiotin. Wie konnte ich nur so überreagieren?«

»Kommt wohl ganz darauf an.« Olivia hob, in der Hoffnung, ihr bestes Zuhörergesicht zu präsentieren, eine Augenbraue. Sie erwartete nicht, dass Skylar ihr etwas erzählte, aber wenn ihre Freundin das wollte, war sie bereit zuzuhören.

»Es ist so blöd.« Skylar schüttelte den Kopf und wischte sich eine Träne von der Wange.

»Eine vergossene Träne ist niemals blöd.« Weinen war, wie Olivia meinte, kein Zeichen von Schwäche. Eher ein Beweis von Stärke. Man gab damit zu, dass die Welt nicht ganz in Ordnung war, und gestand sich eine Niederlage ein, und wenn auch nur für einen Augenblick.

»Wahrscheinlich ist es der Schock. Ich habe einfach gedacht, ich würde ihn nie wiedersehen. Und schon gar nicht in nächster Nachbarschaft zu meiner Hütte.« Skylar wirkte etwas gefasster, nachdem sie ein Schlückchen Gin getrunken hatte.

»Wen wiedersehen?« Olivia wollte nicht neugierig erscheinen, aber wenn Skylar vorhatte, ihr das Herz auszuschütten, würde sie ihr hie und da ein Stichwort liefern.

»Pete. Den Vater von Lucas. Er ist vor langer Zeit aus unserem Leben verschwunden.« Skylar nippte an ihrem Gin Tonic.

Olivia hätte ihr einen Doppelten einschenken sollen. »Wusstest du, dass er hierher zieht?«

Skylar stand ganz klar unter Schock, das sah man daran, wie sie ihr Glas umklammerte. Statt zu antworten, schüttelte sie nur den Kopf.

»Also weiß Lucas nicht Bescheid.« Menschen konnten so grausam sein. Pete musste gewusst haben, dass Skylar hier lebte. Wäre es da nicht ein Gebot der Höflichkeit gewesen, sie vorzuwarnen?

»Pete hat ihn zuletzt gesehen, als er zwei Jahre alt war, und seither hat er zwar Unterhalt gezahlt, sich aber sonst nicht gekümmert. Kein regelmäßiger Kontakt. Nicht einmal eine Geburtstagskarte.«

»Wirklich?« Skylar erwähnte Lucas' Vater fast nie, und jetzt verstand Olivia, warum. »Weiß er, dass du hier wohnst?«

Dass dieser Mensch aus heiterem Himmel hier auftauchte, ging über Olivias Vorstellungsvermögen – es sei denn, er hätte wirklich nicht geahnt, wer ihm hier über den Weg laufen konnte.

»Er weiß es.« Skylar leerte ihr Glas. »Und ich bin mir sicher, dass es Absicht war.«

»Wie kommst du darauf?« Es gab so vieles in Skylars Geschichte, was Olivia nicht wusste, und sie verstand sich selbst allzu gut darauf, sich über die dunklen Ecken des Lebens auszuschweigen, denn auch in ihrer eigenen Vergangenheit gab es genug, worüber sie nicht gern sprach.

»Pete tut nie etwas zufällig. Was soll ich jetzt machen? Er kann doch nicht einfach so wieder in Lucas' Leben auftauchen? Und selbst wenn er das nicht vorhaben sollte, lässt es sich gar nicht vermeiden, dass wir ihm über den Weg laufen.«

Das lag auf der Hand. Ohne die Einzelheiten zu kennen, war für Olivia klar, dass Pete Skylar in eine unmögliche Lage gebracht hatte. Ohne Vorwarnung praktisch vor ihrer Haustür zu erscheinen war abscheulich, zumal auch noch ein Kind beteiligt war.

Und weil an manchen Tagen Worte nicht reichen, um auszudrücken, was gesagt werden muss, schenkte Olivia für Skylar und sich noch einen Gin Tonic ein.

21

Olivia hatte nicht gemerkt, wie spät es geworden war. Als sie in ihrer Strandhütte alles verstaut hatte, war es nach Mitternacht.

Sie hatte dafür gesorgt, dass Richard Skylar nach Hause begleitete, und erst einmal aufgeräumt, bevor sie sich selbst auf den Heimweg machte.

Es dauerte länger als sonst, denn der Sturz hatte sie offenbar stärker erschüttert, als sie zunächst gedacht hatte. Außerdem wartete sie vergebens darauf, dass sich ihre innere Unruhe legte.

Es hatte etwas unnötig Grausames an sich, wenn jemand Ärger machte, obwohl es nicht sein musste. Ein Anruf hätte genügt, um Skylar vorzuwarnen, dass der Vater ihres Kindes in ihre Gegend zog.

Stattdessen hatte sie es durch Zufall unter nicht gerade optimalen Bedingungen erfahren. Olivia ärgerte sich für sie. Niemand verdiente es, so behandelt zu werden, schon gar nicht von einer Person, die man einmal geliebt hatte.

Als Olivia die Gläser wieder in den Schrank und die Ginflaschen in ihre Truhe räumte, wurde ihr klar, dass sie etwas unternehmen wollte, um Skylar zu helfen. Am liebsten wäre sie zum »Bottoms Up« marschiert (oder gerollt) und hätte Pete richtig Bescheid gesagt.

Allerdings wäre mit dieser Aktion keinem geholfen gewesen, am wenigsten ihrer Freundin. Skylar hatte schon genügend Kummer, ohne dass Olivia das Problem verkomplizierte.

Vorerst musste sie sich mit der Rolle der Beobachterin begnügen. Sie würde Skylar nach besten Kräften unterstützen, wenn sie gebraucht wurde, und darauf achten, dass sie die Lage im Blick behielt. Dasselbe wollte sie auch für Lucas tun. Er hatte unlängst selber Ärger gehabt, und durch die neue Wendung der Ereignisse wurde es nicht besser. Für einen kleinen Jungen bedeutete ein Vater, der unvermutet auf der Bildfläche erscheint, nichts anderes als Stress.

Olivia streckte sich gähnend. Normalerweise hätte sie längst im Bett gelegen. Mittlerweile war sie nicht einmal mehr sicher, ob es in Oakley West noch irgendwelche Vorschriften gab, um welche Uhrzeit man spätestens zu Hause sein sollte. Früher hatte die Hausmutter ein so strenges Regiment geführt, dass man praktisch nur durch verdeckte Operationen das Haus verlassen und wieder zurückkommen konnte. Heutzutage musste man sich, bevor man abends ausging, lediglich ins Logbuch eintragen. Aber so lange war Olivia noch nie weggeblieben. Wenigstens wusste man, wo sie gewesen war und mit wem. Hoffentlich geriet niemand in Panik.

Als sie mit ihrer Arbeit zufrieden war, zwinkerte ihr in der Dunkelheit die Handtuchschublade zu. Natürlich konnten Möbel nicht zwinkern. Dennoch hatte sie das deutliche Gefühl, dass die Schublade nach ihr rief.

Einen konkreten Grund nachzusehen gab es nicht. Weder heute Abend noch im Lauf des Tages war ein Handtuch entnommen worden. Und gerade deshalb war sie neugierig. Wenn heute niemand hier gewesen war, dann sollte die Schublade so aussehen, wie Olivia sie hinterlassen hatte.

Um diese Uhrzeit nachzusehen war nicht gerade sinnvoll. Zur Geisterstunde konnte alles Mögliche passieren, wenn sie so dumm wäre, den Schub zu öffnen. Vielleicht entdeckte sie ja Kobolde, die doofe Falttechniken an den Handtüchern ausprobierten.

Olivia zog es unweigerlich zu der Schublade. Sie musste einfach nachsehen, was es zu entdecken gab.

Wenn sie sich etwas Aufregendes erhofft hatte, so fand sie in dem Schub weder einen Einhornschlafplatz noch hatten Elfen ihre Zelte aufgeschlagen. Stattdessen lagen die Handtücher darin, und zwar genau so, wie Olivia sie verstaut hatte. Gerollt.

Olivia wusste nicht recht, was sie erwartet hatte. Das Muster des Handtuchkuddelmuddels verlief ziemlich unvorhersehbar. Und seit sie jemanden hier »entdeckt« hatte, war es nur noch einmal vorgekommen.

Aber so wie ihr die Schublade zugezwinkert hatte, obwohl nichts geschehen war, hatte Olivia das Gefühl, dass etwas nicht stimmte. Sie hätte wetten können, dass demnächst wieder etwas passierte. Aber das war lächerlich. Außer ihrem sechsten Sinn gab es keinerlei Hinweise darauf. Vielleicht sagte ihr die veränderte Atmosphäre in der Hütte, sie solle aufpassen. Wahrscheinlicher war aber, dass sie sich zu so später Stunde einfach mehr Sorgen machte als sonst.

Womöglich lag es an den Ereignissen des vergangenen Tages. Die Teilnahme an der Eröffnung einer konkurrierenden Bar, ihr Sturz und die Entdeckung, dass Skylars Ex aus heiterem Himmel aufgetaucht war, reichten eigentlich für einen Abend. Verständlich, wenn sie sich ein wenig neben der Spur fühlte und sich Sachen einbildete. Wenigstens hatte sie keine Elfen oder Einhörner gesehen. Das wäre tatsächlich besorgniserregend gewesen.

Stattdessen fand sie makellos aufgerollte Handtücher vor. Warum bloß war sie dennoch beunruhigt?

Wahrscheinlich spielte die Müdigkeit ihren wirren Gedanken einen Streich. Es war höchste Zeit, nach Oakley West zurückzukehren. Im Grunde genommen, brauchte sie eine Begleitung. Richard hatte versprochen, wiederzukommen und sie nach Hause zu bringen, aber wenn er die Chance hatte, mit Skylar zu reden, sollte er sich nicht verpflichtet fühlen, noch einmal hier zu erscheinen. Außerdem hatte Olivia ja ihren Segway. Wenn jemand sie zu überfallen gedachte, würde sie den Übeltäter einfach über den Haufen fahren.

Doch als sie ihr Fahrzeug anschalten wollte, kam keine Reaktion. Es sprang nicht an wie sonst, und Olivia begriff bald, dass sie vergessen hatte, es auszuschalten. Nun war die Batterie leer.

Großartig. Sie würde es wohl kaum schaffen, dieses Ding allein den Hang hinaufzuzerren. Als sie die Steigung beäugte, um zu kalkulieren, ob sie eine Chance hatte, ihren Segway mitten in der Nacht dort hinaufzubugsieren, sah sie jemanden den Hang herunterkommen.

Und da meldete sich wieder dieser Instinkt, wie ein wilder Pinselstrich, chaotisch, gelenkt, aber fehlgeleitet. Dieses Bauchgefühl war gleichzeitig begründet und unbegründet. Olivia wusste, sie sollte sich verstecken. Für Flucht war es zu spät, und ein Fluchtfahrzeug fehlte ihr auch, also war es besser, so rasch wie möglich zu verschwinden. Und dafür stand ihr nur eine Option offen.

Auch wenn sie sich noch so sehr wünschte, ihr Körper wäre zu schnellen Entscheidungen und energischen Reflexen imstande, es blieb ihr nichts anderes übrig, als den Segway in die Hütte zu schieben und die Tür von innen abzuschließen.

In der Eile fiel der Segway um und machte einen Krach, den man zweifellos noch am Margate Beach hörte.

Wenn sie bisher noch nicht den Drang verspürt hatte, den Atem anzuhalten, dann tat sie es jetzt ganz unwillkürlich.

Und als jemand begann, an der Tür zu Olivias Strandhütte zu rütteln, brauchte sie ihre ganze Kraft, um nicht loszuschreien.

22

Bumm, bumm, bumm, bumm.

Nichts ist beängstigender, als laut und deutlich den eigenen Herzschlag zu hören. Olivias Herz hämmerte so laut, dass sie nichts anderes mehr wahrnahm. Und das Hämmern wurde mit jedem Rucken des Türgriffs lauter.

Als erneut an der Tür gerüttelt wurde, war das Geräusch, mit dem sich ihr Herz zusammenzog, so heftig, dass Olivia überlegte, ob es möglich sei, den eigenen Herzinfarkt zu hören – das Dröhnen in ihren Ohren legte jedenfalls die Vermutung nahe, dass er sich bereits anbahnte.

Olivia wartete auf den Augenblick. Auf den Augenblick, in dem sich ihr Herz so fest zusammenzurrte, dass es aufhörte zu schlagen. Auf den stechenden Schmerz, der ihrem Leben ein Ende setzte. Und wenn nicht, dann würde das womöglich die Stichwaffe des Eindringlings erledigen. So oder so bestand die reale Chance, dass sie in den nächsten Minuten jäh und unverhofft aus dem Leben scheiden würde. Wenigstens wäre es auf diese Weise schnell vorbei.

Der Horror ihrer Situation wurde durch die Tatsache verschärft, dass sie sich nicht verteidigen konnte. Es war nichts in Reichweite, was sie hätte packen können, und selbst wenn, dann würden ihre Arme ihr den Dienst wohl versagen.

Also blieb ihr nichts anderes übrig, als abzuwarten und ihrem Herz zu befehlen, auf einen Stillstand zu verzichten, sobald sie sich verteidigen musste.

Die Tür war abgesperrt, aber die Person hatte einen Schlüssel, den sie im Schloss drehte, dann folgte ein dumpfes Geräusch.

Und ein weiteres dumpfes Geräusch.

Es dauerte ein paar Sekunden, bis Olivia begriff, dass nur deshalb niemand hereinkam, weil die Tür von dem Segway blockiert wurde, der umgefallen war. Er hatte sich derart im Türriegel verhakt, dass man die Tür weder nach innen noch nach außen öffnen konnte.

Ohne ein Geräusch zu verursachen und dankbar, dass sie keinen klimpernden Weihnachtspullover trug, zog Olivia den Segway mit dem Fuß ein wenig näher heran und stemmte ihr Gewicht dagegen, damit der Übeltäter nicht unter Einsatz von Körperkraft eindringen konnte.

Nichts passierte.

Kein Geschiebe an der Tür, kein weiterer Versuch, sie zu öffnen. Keine Anzeichen dafür, was der Fremde tat.

Olivia wünschte, das Rauschen des Blutes in ihren Ohren würde nachlassen. Wenn irgendwelche Geräusche Aufschluss darüber gaben, was draußen vor sich ging, sie hätte sie nicht hören können. Es war verlockend, sich eine Waffe zu besorgen. Eine Ginflasche vielleicht? Eine Ladung Mince-Pie-Gin würde es auch tun, aber wenn sie sich rührte, würde der Einbrecher zweifellos im selben Moment die Tür aufdrücken.

Nachdem sie ein paar Minuten nichts gehört hatte, beschloss Olivia, sich auf dem Segway niederzulassen, bereute diese Entscheidung aber sofort. Der Roller war dafür vorgesehen, aufrecht zu stehen, und nicht auf der Seite zu liegen, geschweige denn in dieser Position Gewicht zu tragen.

Zum zweiten Mal in dieser Nacht verlor Olivia das Gleichgewicht. Auch diesmal tat sie es ohne jede Anmut und Würde und landete, eingeklemmt zwischen der Wand und dem Segway, auf dem Hintern.

Eine peinlichere Lage war kaum vorstellbar. Ihre angewinkelten Beine drückten sich gegen ihren Bauch. Eine solche Haltung nahmen sonst nur Turmspringer ein, und sie war ganz bestimmt kein Tom Daley.

Auch fehlte ihr der Sixpack, den man normalerweise benötigt, um diese Haltung einzunehmen. Also würde es ein Problem darstellen, sie wieder aufzulösen.

Erschwerend kam hinzu, dass nach wie vor jemand versuchte, sich Zutritt zur Strandhütte zu verschaffen. Wenn dieser Jemand noch draußen war, hatte er Olivia bestimmt gehört. Vielleicht sollte sie ihn einfach um Hilfe bitten. Und falls er sie um die Ecke bringen wollte, das würde sie auch selber hinkriegen.

Olivia warf nun alle Bedenken wegen des Lärms über Bord und versuchte, sich aus ihrer Falle zu winden. Es brachte ja nichts, wenn sie hier feststeckte und erst entdeckt wurde, nachdem die Totenstarre eingesetzt hatte. Wenn sie schon ihrem Ableben entgegenblickte, dann wollte sie dies in einer damenhafteren Haltung tun.

Obwohl sie nach Kräften ruckelte und wackelte (offen gestanden waren in dieser Hinsicht ihre besten Jahren vorbei), rührte sich der Segway nicht vom Fleck. Genauso wenig wie die Wand, und weil sie im Dunkeln auch fast nichts sah, war schwer zu beurteilen, wie sie sich aus dieser Situation befreien sollte.

Noch ein Ruckeln, und es tat sich ein Spalt auf.

Die Tür. Die verdammte Tür war offen.

Der Möchtegerneinbrecher hatte sich nicht die Mühe gemacht, sie abzuschließen. Daraus folgten zwei Dinge. Erstens … wenn jemand die Tür offen gelassen hatte, würde er wohl zurückkommen. Wer auch immer ihre Hütte benutzte, hatte die Angewohnheit, so wenig Spuren wie möglich zu hinterlassen, abgesehen von den Handtüchern. Und zweitens, das lag auf der Hand, war die Tür nun offen.

Was mühte sie sich mit dem Versuch ab, sich hochzuhieven, wo doch der Ausgang frei war?

Ohne noch einen Gedanken an mögliche Angreifer zu verschwenden, drückte Olivia gegen die Tür, die zu ihrer großen Erleichterung nach außen aufging. Das einzige Problem war, dass auch sie durch den Ausgang ins Freie plumpste. Das war nicht ideal, aber wenigstens konnte sie nun, da sie nicht mehr in der Embryostellung ausharren musste, wieder frei atmen.

Wo sollte das alles noch hinführen?

Allerdings war der Ausblick gar nicht schlecht. In letzter Zeit lag sie zu selten auf dem Boden, um den Himmel zu betrachten. Und schon gar nicht zu dieser nächtlichen Stunde, wenn die Erde ruhte und die Sterne als Juwelen auf einer dunklen Leinwand funkelten.

Wahrscheinlich war dies einer der schönsten surrealen Augenblicke in ihrem Leben. Die Ruhe der Welt rundum, die herrliche Aussicht, und das hatte sie alles ihrem beispiellosen Malheur zu verdanken.

Wenigstens war sie nun nicht mehr eingeklemmt, aber deswegen wusste sie noch lange nicht, wie sie wieder auf die Beine kommen sollte. In diesem Moment lag ihr jedoch gar nichts daran. Die Aussicht war zu perfekt, um sie nicht so lange wie möglich zu genießen. Ruhe und Frieden waren im Chaos des Lebens allzu seltene Gäste, und deshalb war es wichtig, jede Sekunde davon auszukosten.

»Was machen Sie hier?«

Das auf dem Kopf stehende Gesicht der Hausmutter setzte dem Zen-Erlebnis, das Olivia aus den Sternen schöpfte, ein jähes Ende.

Ohne große Mühe erkannte Olivia in ihr den Eindringling, der ihre Strandhütte okkupiert hatte. »Die Hütte gehört mir. Die Frage sollte also lauten: Was machen *Sie* hier?«

23

Es blieben nur noch ein paar Wochen bis Weihnachten, und allem Anschein nach hatte sich über die Westbrook Bay bereits der Geist der Versöhnung ausgebreitet. Denn erstaunlicherweise zankten sich Olivia und die Hausmutter in diesen frühen Morgenstunden nicht etwa, sondern waren nett zueinander.

Statt Olivia ihrem Schicksal zu überlassen, half ihr die Hausmutter auf die Beine und begleitete sie zurück nach Oakley West, damit sie auch sicher dort ankam. Und als die Hausmutter (die darauf bestand, Helen genannt zu werden) Olivia beichtete, dass sie gelegentlich auf dem Boden der Strandhütte schlief, wurde Olivia nicht wütend über die unerlaubte Benutzung ihrer Hütte, sondern schwor sich, Helen irgendwie zu helfen.

Darüber wollte sie mit Richard reden. Allerdings waren alle Türen der »Ginhütte« verschlossen, womöglich war er noch gar nicht aufgestanden.

Vielleicht war er ja gar nicht da?

Nach der ganzen Geschichte mit dem Eindringling in der Strandhütte, dem Aufenthalt in der Falle zwischen Segway und Wand und der Rettung durch die obdachlose Hausmutter, hatte sie den Vorfall, der zu Skylars Flucht geführt hatte, schon fast vergessen.

Richard hätte seine Mutter nach Hause gebracht, hätte sie nicht darauf bestanden, dass er Skylar begleitete. War es eine übertriebene Hoffnung, dass seine Abwesenheit an diesem Vormittag ein Anzeichen für eine positive Entwicklung in der Beziehung zwischen den beiden darstellte?

Allerdings wusste Olivia jetzt nicht recht, was sie machen sollte. Ihr Segway saß immer noch mit leerer Batterie in der Strandhütte fest. Sie brauchte jemanden, der fit genug war, um den Roller für sie den Hang hinaufzuschieben, damit sie ihn irgendwo wieder aufladen konnte. Der nächstgelegene Ort wäre das Strandcafé gewesen, und dafür hätte auch niemand das Gefährt bergauf schieben müssen, aber sie war nicht geneigt, den Ex ihrer Freundin um einen Gefallen zu bitten, von dem ja bereits feststand, dass er kein Benehmen hatte.

Das musste sie sich für einen anderen Tag vornehmen, denn im Moment hatte sie nicht die Energie, das Ladegerät zu holen, geschweige denn sonst irgendetwas. So müde, wie sie nach den nächtlichen Ereignissen war, hätte sie dreizehn Jahre lang schlafen können, und das war in ihrem Alter wirklich nicht ratsam.

In der Hoffnung, ihren Sohn aufzuspüren, schickte Olivia ein paar Nachrichten ab, und weil draußen noch keine Tische und Stühle standen, machte sie sich auf die Suche nach einer Sitzgelegenheit.

Da kam eigentlich nur ein einziger Ort in Frage, und sie war froh über den Vorwand, ihn aufzusuchen, denn sie vermisste den Platz, seit Tony krank war. Sie würde der Gedenkbank hin und wieder einen Besuch abstatten, bis die wöchentlichen Treffen dort wieder stattfanden. Das würde ja hoffentlich nicht mehr lange dauern. Wie es aussah, stammte der nächste Cocktail auf der Karte von Tony, er hatte sich für ein Glühweinthema entschieden. Olivia war nicht sicher, ob Wein und Gin harmonierten, falls das tatsächlich die Zutaten sein sollten. Bald würde Olivia alle Cocktailrezepte in der Hand halten. Die brauchte sie für das Gingle-Bells-Retreat, denn sie war für die Cocktail-Meisterklassen zuständig. Gemeinsam mit Esme hatte sie beschlossen, ein Seminar über weihnachtliche Cocktails anzubieten. Außerdem plante Esme ein großes Weihnachtsessen, und die Kurse würden davor und danach, also vormittags und nachmittags stattfinden.

Nachdem nun die Pläne für das Wochenende standen, freute sich Olivia darauf – eine willkommene Ablenkung von den anderen Ereignissen. Zum Beispiel der Eröffnung von Konkurrenzunternehmen durch wenig ersprießliche Zeitgenossen, auf die man in der Westbrook Bay gut verzichten konnte.

Olivia strich mit der Hand über die verwitterten Bretter der Bank ihres Mannes. Wie sehr sie sich wünschte, er wäre hier. So vieles hätte sie ihm zu erzählen. Und so viele Fragen zu stellen.

»Was würdest du von alldem halten?«, fragte Olivia laut, wobei sie tatsächlich hoffte, der Wind würde ihr eine Antwort bringen.

Es war niemand da. Keine Menschenseele war am Strand unterwegs – es war ja noch nicht einmal Zeit fürs Frühstück. Möglicherweise führten auf den Klippen Leute ihre Hunde aus, aber ob sie Olivia hörten, die von Büschen abgeschirmt war? Hoffentlich nicht.

»Warum mache ich mir immer noch Sorgen?« Nach Meinung der Ärztin war alles in Ordnung. Der Termin in der neurologischen Klinik hatte das Gleiche ergeben. Es war keine Krankheit, die ihr zu schaffen machte. Es waren die vielen Veränderungen mit ungewissem Ausgang, die alle gleichzeitig eintraten.

Natürlich konnte ihr John nicht antworten, aber wenn er auf einer anderen Ebene weilte, dann würde er seine Frau hoffentlich hören und über sie alle wachen. Schließlich lag es an ihrer gemeinsamen Liebe zum Gin, dass Olivia nach seinem Tod die Suche nach dem perfekten Gin Tonic fortgesetzt hatte, was letztlich überhaupt erst zur Eröffnung der »Ginhütte« geführt hatte. Sie war ziemlich sicher, dass John, wenn er noch (in welcher Form auch immer) hier war, dafür sorgen würde, dass es der ganzen »Ginhütten«-Crew gutging.

»Ich kann es nicht einmal erklären«, setzte Olivia ihr Selbstgespräch fort.

Die Tatsache, dass die Hausmutter ihre Strandhütte für eigene Zwecke benutzt hatte, hätte Olivias Sorgen eigentlich mildern müssen. Auf dem Weg nach Oakley West hatte Helen ihr erklärt, dass sie jetzt in einem Altersheim als Pflegerin in der Nachtschicht arbeitete. Sie konnte dort schlafen und musste nur aufstehen, wenn sie gerufen wurde, also hatte sie sich, um Geld zu sparen, keine neue Unterkunft gesucht, als sie ihre Anstellung und ihre Wohnung in Oakley West verlor. Hin und wieder kam es aber vor, dass sie an ihren freien Tagen kein billiges Zimmer in einer Pension fand, und dann hatte sie sich in Olivias Strandhütte zurückgezogen. Dort einzudringen war nicht schwer gewesen, weil sie aus der Zeit, als Oakley West die Strandhütte übernommen hatte, immer noch einen Ersatzschlüssel besaß. Olivias Handtücher hatte sie als Kopfkissen benutzt, und an dem Morgen, als Olivia den Eindringling bemerkte, war sie leicht entkommen, denn Olivia hatte nicht aufgepasst, als sie wenige Meter von ihrer Hütte entfernt auf Randy und Veronica wartete.

Das waren vollkommen logische Erklärungen. Sie konnte demnach sicher sein, dass sie noch alle Tassen im Schrank hatte, und dennoch blieb ein Rest von Unbehagen.

Teilweise war es der Gedanke, dass die Hausmutter – sorry, Helen – obdachlos war. Obwohl sich Helen als Leiterin von Oakley West so grauenhaft benommen hatte, war ihr Anliegen doch nur gewesen, ihre Familie zu schützen, und dafür hatte Olivia Verständnis. Wer würde das nicht für die Menschen tun, die er liebt, wenn er die Möglichkeit dazu hat? Jedenfalls hatte Helen es nicht verdient, deshalb obdachlos zu werden. Und Olivia war die Vorstellung zuwider, dass sie am Unglück der armen Frau mit schuld sein könnte.

Der Gedanke an die Familie führte Olivia zu der Erkenntnis, warum sie sich so unwohl fühlte. Es lag an dem Mann, der aus heiterem Himmel aufgetaucht war: Pete. Zweifellos war er verantwortlich für die Streiche mit den Pappmaché-Hintern, und wie herzlos war es, dass er die Mutter seines Kindes nicht über sein Kommen informiert hatte. So ein Verhalten hätte Olivia von einem anständigen Menschen nicht erwartet.

Was weiter passieren würde, blieb abzuwarten. Ein solches Benehmen war zu jeder Jahreszeit wenig willkommen, am wenigsten aber in der Vorweihnachtszeit. Bei der Vorstellung, dass jemand diese besondere Zeit im Jahr zu ruinieren versuchte, regte sich Olivia noch mehr auf. Am liebsten hätte sie das für Skylar und Lucas mit einer kleinen Überraschung wettgemacht, indem sie ihre Strandhütte in eine Weihnachtskrippe verwandelte, wie damals, als Richard noch klein war. Das hatte sie schon seit Jahren nicht mehr getan, und wenn sie die Zeit dafür fand, machte es bestimmt Spaß.

Seltsamerweise kam ihr beim Gedanken an ihre kleine Strandhütte die Erkenntnis, dass sie sich nicht nur wegen Pete unbehaglich fühlte. Es waren die drei Papierstreifen. Drei braune Krepppapierstreifen an ihrem Strandhüttenschild. Sie wollte wissen, wer sie angebracht hatte und warum. Die Hausmutter hatte geschworen, sie sei es nicht gewesen. Olivia strich erneut über das Holz der Bank, diesmal um sich zu beruhigen. Sie hatte keine konkreten Hinweise in der Hand, aber die Eröffnung des »Bottoms Up« verhieß nichts Gutes, und sie war sicher, dass die Papierstreifen etwas mit dem Lokal zu tun hatten. Sollte das zutreffen, war es ziemlich unsportlich. Und es hieß, dass Pete höchstwahrscheinlich wusste, wo sich Skylars Strandhütte befand. Wenn das der Fall war, konnte es kein Zufall sein, dass er seine Bar in der Bucht eröffnet hatte, in der Skylar den Großteil ihrer Zeit verbrachte.

24

Olivia kehrte zur »Ginhütte« zurück, nachdem ihr Richard geschrieben hatte, es sei jetzt offen. Sie verkniff es sich, neugierig nachzufragen, was passiert war. Stattdessen berichtete sie ihm, wie sie nun endlich herausgefunden hatte, wer der Eindringling in der Strandhütte war.

»Ich weiß, es ist viel verlangt, aber was meinst du, könnte sie hin und wieder hier übernachten? Mir ist es so unangenehm, dass ihr nichts anderes übriggeblieben ist, als in der Strandhütte zu schlafen.« Wenn man bedachte, dass diese Frau Olivia das Leben zur Hölle gemacht hatte, als sie nach Oakley West gezogen war, wirkte ihre Hilfsbereitschaft überraschend, aber Helen tat ihr einfach leid. Es war kurz vor Weihnachten, und wenn man von anderen Gesten der Nächstenliebe erwartete, sollte man mit gutem Beispiel vorangehen.

»Ich kann nichts versprechen, ohne Tony zu fragen. Ist das wirklich dein Ernst?«

Es hatte eine Zeit gegeben, da hatte Olivia gedacht, die Hausmutter stecke mit ihrem Sohn unter einer Decke, um ihr jede Lebensfreude auszutreiben. Damals war Richard die reinste Glucke gewesen und hatte nicht eingesehen, dass in seiner Mutter trotz ihres Alters noch eine Menge Lebensgeister steckten. Inzwischen entsprach seine Einstellung viel mehr der von Olivia. Und sie konnte sich nicht vorstellen, dass Helen einen ähnlichen Einfluss ausüben würde, wie sie ihn als Hausmutter gehabt hatte.

Es gab keinen vernünftigen Grund, sie nicht aufzunehmen, aber vielleicht wäre es klug, ihren Aufenthalt an bestimmte Bedingungen zu knüpfen. Jedenfalls sollte es nur eine vorübergehende Lösung sein, und nach den Feiertagen würde Helen hoffentlich eher in der Lage sein, ihr Leben wieder auf die Reihe zu kriegen. Olivia hatte in der Vergangenheit auch beobachtet, wie Helen mit ihrem Sohn flirtete, und wenn sie sich irgendwie komisch verhalten sollte, würde Olivia dafür sorgen, dass sie postwendend wieder auf der Straße stand. Vielleicht konnte Helen ja an der Bar aushelfen, wenn sie sich etwas dazuverdienen wollte. Wahrscheinlich war es ein bisschen zu nachsichtig, dass Olivia sich so für ihre alte Feindin einsetzte, aber irgendwie bewunderte sie, was Helen getan hatte, selbst wenn es gegen das Gesetz verstieß.

»Ich rede mit Tony, mal sehen, was er von der Idee hält.« Schließlich war es sein Lokal, und er vertrat immer vernünftige Ansichten. Olivia musste auch im Kopf behalten, dass das Gingle-Bells-Wochenende näher rückte. Womöglich konnte Helen ja dabei aushelfen.

»Wie findest du es, dass dieser Pete so plötzlich auftaucht?«, fragte Richard.

Olivia war froh, dass ihr Sohn das Thema von sich aus anschnitt. »Mir scheint das sehr …« Sie rang um das richtige Wort. Hinterlistig. Grausam. Unnötig. Alles passte irgendwie. »Von langer Hand vorbereitet.«

Für Olivia stand fest, dass Pete vorsätzlich gehandelt hatte. Sie wusste wenig über ihn und konnte nicht beurteilen, ob es an seinem Naturell lag, aber sein Verhalten sprach Bände.

»Skylar ist völlig aufgelöst.«

»Das wundert mich nicht. Bestimmt macht sie sich vor allem Sorgen wegen Lucas. Ich könnte mir vorstellen, dass ihn das ganz schön durcheinanderbringt. Sie braucht Unterstützung. Von uns allen.«

So etwas reichte, um gefestigte Beziehungen zu stören. Und der zwischen Skylar und Richard konnte es ein Ende setzen, bevor sie richtig angefangen hatte. Aber sosehr sich Olivia gefreut hätte, wenn aus Richard und Skylar etwas wurde – jetzt war es am wichtigsten, dass Lucas und seine Mutter alle Liebe und Hilfe erhielten, die sie brauchten, selbst wenn die Beziehung zu Richard damit erst einmal auf Eis gelegt wurde.

»Und die wird sie bekommen.« Richard nickte bekräftigend.

»Und du auch. Wir alle werden auch dich unterstützen.« Olivia hoffte, ihr Sohn wusste das, aber es konnte nicht schaden, es einmal laut auszusprechen.

Da wurde Olivia von ihrem Handy aus ihren sentimentalen Gedanken gerissen. Neuerdings riefen nicht mehr so viele Leute an, denn sie hatte sich total daran gewöhnt, per SMS zu kommunizieren. Es war der Teenager in ihr, der nun zum Zug kam, und dank Veronicas Hilfe kannte sie sich mit der modernen Technik inzwischen ganz gut aus. Anrufe waren jedenfalls für dringende Angelegenheiten reserviert.

Auf dem Bildschirm sah sie, dass es Tony war, und nahm sofort ab.

»Bist du bei Richard?«, wollte Tony wissen, noch bevor er guten Morgen sagte.

»Ja.«

»Ich denke, ihr beide solltet so schnell wie möglich zu den Strandhütten kommen.«

»Warum?«

»Kommt einfach, so schnell ihr könnt.«

25

Zwar hatte Olivia ohnehin vorgehabt, sich mit Tony und Esme zu treffen, um eine Einkaufsliste für die Cocktail-Meisterklassen zusammenzustellen, aber sie hatte auf ein Meeting in den nächsten Tagen gehofft. Dass sie und Richard nun dringend zu den Strandhütten beordert wurden, kam überraschend.

In diesem Moment hätte sie wirklich ihren Segway gebrauchen können, um rasch vor Ort zu sein. Leider stand er immer noch in ihrer Strandhütte. Vielleicht ging es ja darum. Ihr Fahrzeug hatte sie eine Stange Geld gekostet. Wenn jemand wusste, dass es sich dort befand, wäre es ein Kinderspiel gewesen, einzubrechen und es zu stehlen.

Aber jeder Ortsansässige hätte gewusst, dass es sich um Olivias Segway handelte. Der Roller war inzwischen so etwas wie ihr Markenzeichen.

Sie wanderten den Hang hinunter zu den Hütten, um herauszufinden, was es so Dringendes gab.

Tony und Esme saßen in ihren Liegestühlen, als wäre es ein Tag wie jeder andere. Auf dem Tisch lagen sogar vorbereitete Bacon-Sandwiches.

Olivia wusste nicht recht, was sie erwartet hatte. Womöglich eine weitere Vandalismusattacke. Aber offensichtlich war in keine der Hütten eingebrochen worden. Und es waren auch keine neuen Pappmaché-Hinterteile in Sicht. Alles sah friedlich und idyllisch aus. Ein Anblick, wie sie ihn in ihrem geliebten Refugium gewohnt war.

»Was gibt es denn?«, fragte Richard, als sie bei dem Paar ankamen.

Tony fuhr aus dem Halbschlaf hoch. Wenn wirklich ein Notfall vorlag, würde er doch nicht dösen?

»Freut mich, dass ihr hier seid. Setzt euch.«

Es standen zwei weitere Liegestühle für sie bereit.

»Was ist los?«, hakte Richard offensichtlich beunruhigt nach.

Ehe Olivia genau wusste, worum es ging, konnte sie sich unmöglich entspannen.

»Ehrlich … setzt euch erst mal, dann wird alles klar.« Tony unterstrich seine Einladung mit einer Geste.

Zu erschöpft, um zu widersprechen, sank Olivia auf den Stuhl und griff nach einem Sandwich. Ihr war gar nichts klar, außer dass sie einen Bärenhunger hatte. Das Frühstück in Oakley West hatte sie ausgelassen, weil sie gleich mit Richard hatte sprechen wollen. Also überstrahlte die Freude über die Sandwiches, die hier angeboten wurden, in diesem Augenblick alles andere. Ihr Hirn war mit ihrem Magen fest verdrahtet, sodass sie manchmal an nichts anderes denken konnte als ans Essen.

»Ernsthaft?«, sagte Richard, als er sich setzte.

Das war eine für Richard ganz untypische Äußerung, also hörte Olivia auf zu kauen.

»Also wirklich. Wie tief unter die Gürtellinie kann man eigentlich gehen?« Richard verschränkte die Arme wie ein missmutiger Teenager, der sich in die Schmollecke zurückzieht.

Olivia hatte keine Ahnung, warum er schmollte, sie kam einfach nicht mit. Nicht bevor sie noch einmal von ihrem Sandwich abgebissen hatte. Weder am Strand noch auf der Promenade erspähte sie etwas, das ihrem Sohn die Laune verderben konnte. Also blieb nur noch ein Ort, der Ärger machen konnte.

Am alten Strandcafé hing ein neues Transparent. Werbung war diesen Leuten wirklich eine verdammte Herzensangelegenheit. Olivia musste die Augen zusammenkneifen, um zu entziffern, was diesmal angekündigt wurde.

Da stand ein Wort, das sie mühelos lesen konnte. Drei perfekte Buchstaben, auf die Olivia einen gewissen Besitzanspruch anmeldete: GIN.

»Was?« Olivia setzte sich aufrecht hin, als könnte sie damit den Abstand so weit verringern, dass der Rest des Transparents lesbar wurde.

»WEIHNACHTS-GIN-FESTIVAL«, prangte in Großbuchstaben auf dem Banner. Die kleinere Schrift darunter konnte Olivia aus dieser Entfernung nicht entziffern, aber zweifellos handelte es sich um nähere Angaben zu dem Ereignis.

»Das können die doch nicht machen.« Olivia war drauf und dran, rüberzumarschieren und diesen Leuten gründlich die Meinung zu sagen. Sie hatten nicht so hart für die »Ginhütte« gearbeitet, damit jetzt ein dahergelaufener Kerl eine neue Bar eröffnete und eine Gin-Woche ausrief.

»Doch, können sie leider schon. Es gibt kein Gesetz, das sie daran hindern würde.« Richard war immer noch in Schmollpose. Sie kannte diese Haltung aus seiner Jugend.

»Na ja, ihr Gin kann jedenfalls nicht besser sein als unserer.« Esme nahm sich ein Sandwich.

»Darum geht es doch nicht.« Tony regte sich anscheinend

genauso auf wie Richard. »Es ist die Tatsache, dass die – oder vielmehr dieser Pete – uns ganz bewusst Konkurrenz machen will. Selbst wenn unser Gin um Welten besser ist, werden die versuchen, uns bei jeder Gelegenheit dazwischenzufunken. Ich bin sicher, das ist erst die Spitze des Eisbergs.«

»Glaubt ihr, das funktioniert? Es wirkt ein bisschen verzweifelt, und die haben ja gerade erst aufgemacht.« Esme war die Einzige, die noch die Ruhe weg hatte und einfach weiteraß.

»Wirkung zeigt das auf jeden Fall. Wir haben Gäste, die kommen mehr als einmal die Woche, obwohl unsere Spezialitäten nur einmal wöchentlich wechseln. Sie könnten die restlichen Abende hier verbringen, vor allem wenn so was läuft.« Tony wusste Bescheid. Obwohl er im Krankenstand war, hatte er alle Zahlen im Kopf.

»Was machen wir dagegen?« Olivia konnte sich nicht mit solchen Schikanen abfinden, zumal all die Papp-Graffiti offenbar nur ein Vorgeschmack auf das gewesen waren, was noch kommen würde. Mobbing stillschweigend zu dulden kam für sie nicht in Frage. Zwar würde sie nicht vorschlagen, in der Bar vorbeizuschauen und denen einzuheizen, aber es musste eine Möglichkeit geben, für faire Bedingungen zu sorgen.

»Wir machen weiter wie geplant. Wir präsentieren unsere Weihnachtscocktails, wir reichen den besten zum Wettbewerb ein, und wir veranstalten unser Gingle-Bells-Retreat. Wenn wir reagieren, weiß er, dass wir uns ärgern. Wir verhalten uns einfach, als wäre nichts passiert.« Anscheinend war Richard durchaus eine geeignete Besetzung für die Stimme der Vernunft.

Olivia wusste nicht, was sie sagen sollte. Irgendwie kam es

ihr vor, als würden sie sich, wenn sie nichts unternahmen, geschlagen geben.

Als ihr Magen knurrte, machte Olivia, was ihr im Augenblick wirklich guttat, nämlich ihr Sandwich aufessen und gleich noch ein zweites. Sobald ihr Hunger gestillt war, konnte sie wenigstens wieder klar denken.

Wenn der Gegner auf Werbung setzte, dann war es wohl an der Zeit, dass auch die »Ginhütte« die Werbetrommel rührte. Bisher hatten sie sich vor allem auf Mundpropaganda verlassen. Nur anfangs hatten sie ein paar Flyer in Umlauf gebracht, aber die Neuigkeit hatte sich wie ein Lauffeuer verbreitet, und am Ende hatten sie sogar Schlagzeilen in der überregionalen Presse gemacht. Auf diesen Erfolg bauten sie nach wie vor auf. Vielleicht war es nun an der Zeit, die Sache noch einmal anzugehen.

»Tut mir leid. Nichts tun kommt nicht in Frage. Das entspricht nicht der ›Ginhütten‹-Mentalität.« Olivia sagte das, ohne einen konkreten Plan im Kopf zu haben. Sie wusste nur, dass sie einen Plan brauchten. »Wir sollten wenigstens selber etwas Werbung machen.«

»Könnte Veronica nicht was in den sozialen Medien für uns in Umlauf bringen?« Tony war auf diesem Gebiet längst nicht so versiert wie Veronica.

»Das macht sie schon, zumindest für die Unterstützergruppe des Oakley-West-Trios. Wenn wir sie fragen, hilft sie uns bestimmt, aber können wir nicht etwas Spektakuläreres auf die Beine stellen?«

»Flyer?«, schlug Tony vor. »Die haben das letzte Mal doch funktioniert.«

Damit hatte Tony zwar recht, aber die Publicity, die darauf folgte, war doch eher dem Zufall zu verdanken gewesen.

Olivia fand es wichtig, klug vorzugehen. Was immer sie auch taten, dieser Pete würde versuchen, sie auszumanövrieren. Egal, was sie anstellten, er würde es darauf anlegen, sie zu übertrumpfen. Also sollten sie vielleicht von vornherein ordentlich Wirbel machen?

»Wer von uns versteht sich eigentlich auf Bastelarbeiten?«, fragte Esme mit einem breiten Grinsen.

»Jetzt wirst du albern«, meinte Tony. »Es hat keinen Sinn, dass wir jetzt ganz schnell einen Hintern oder sonst irgendein Werbeobjekt anfertigen. Sogar wenn wir eine Ginflasche machen, könnte sich das als Schuss nach hinten erweisen und der Konkurrenz Aufwind bringen.«

»Einfach nachmachen geht nicht. Wir müssen uns etwas Originelles ausdenken.« Das war leicht gesagt, aber eine zündende Idee fiel nicht vom Himmel. Vor allem wo sich doch Olivia und Esme darauf konzentrieren sollten, das Gingle-Bells-Wochenende vorzubereiten. Es mussten immer noch die endgültigen Rezepte für die Weihnachtscocktails ausgesucht und das Programm für die Gäste auf die Beine gestellt werden. Beim Nachdenken über all diese Ideen kam Olivia der rettende Gedanke. Und der entsprang aus einer Erinnerung, der sie vorhin nachgehangen war.

»Abgesehen von einer Anzeige in der Lokalzeitung weiß ich nicht recht, was wir machen könnten.« Immerhin wirkte Richard jetzt weniger brummig als zuvor, er verschränkte auch nicht mehr die Arme, sondern griff nach einer Stärkung.

»Ich glaube, ich hätte eine Idee.« Wenn im wirklichen Leben Animationen möglich gewesen wären, dann hätte jetzt über Olivias Kopf eine Glühbirne aufgeleuchtet.

»Sprich weiter«, sagte Esme, und alle beugten sich interessiert vor.

»Es klingt vielleicht ein bisschen verrückt, und ich bin mir nicht sicher, wie wir es organisieren sollen.« Olivia hatte das noch nicht richtig durchdacht. Sie wusste nicht einmal, ob es realisierbar war.

»Raus mit der Sprache!« Tony war wirklich gespannt auf Olivias mysteriöse Idee.

»Ihr wisst doch, dass ich Weihnachten liebe. Ich habe mir also überlegt, dass man die Strandhütten weihnachtlich umgestalten könnte.«

Um diese Jahreszeit wurden nur wenige Strandhütten genutzt, die weniger robusten wurden ohnehin nur über die Sommermonate vermietet. Aber ihre Hütten waren massiver und hatten eine Veranda. Olivia hatten sie schon immer ein wenig an Schweizer Berghütten oder Stände auf deutschen Weihnachtsmärkten erinnert. Man musste nicht viel Aufwand betreiben, um sie festlich herzurichten.

»Du willst sie zu Geburtsgrotten machen? Wie kann man das als Werbung für die ›Ginhütte‹ nutzen?« Tony sah ratlos drein.

»Weil ich sie nicht als Geburtsgrotten gestalten will, sondern als Gin-Grotten, in denen wir unsere Meisterklassen unterbringen. Für die Leute, die unser Wochenende buchen, wäre das ein netter Tapetenwechsel. Dann habe ich noch überlegt, dass wir Kostproben ausgeben könnten. Dass nicht nur die Teilnehmer die Rezepte ausprobieren können, sondern auch andere Interessierte. Wir könnten sie die Weihnachtscocktails verkosten lassen und ihnen einen Flyer mitgeben. Nachdem sie probiert haben, kommen sie hoffentlich auf den Geschmack und besuchen unsere Bar. Wir können sie auch über ihren Lieblingscocktail abstimmen lassen, als Entscheidungshilfe, welchen Cocktail wir für den Wettbewerb einreichen.«

Olivia fand die Idee gut. Aber ob sie den anderen auch einleuchtete? Sie hätte sich sogar als Elfe verkleidet, um sie von ihrem Plan zu überzeugen, aber hoffentlich reichte für diesen Zweck auch der Weihnachtspullover, den sie trug. Es gab Pläne, und es gab sagenhaft phantastische Pläne, und Olivia wünschte sich, dass ihrer an diesem Ende des Spektrums angesiedelt war.

»Gin-Weihnachtshütten, die Ginkostproben für die ›Ginhütte‹ ausgeben. Hmmmmm …« Tony versank in tiefes Nachdenken.

Womöglich war die Idee doch nur in ihrem Kopf sagenhaft phantastisch. Zunächst einmal musste man die Logistik klären – vielleicht war es viel zu kompliziert, sie umzusetzen.

»Alle Hütten?«, wollte Tony wissen.

Olivia zuckte mit den Schultern. »Wenn alle damit einverstanden sind, sie zu dekorieren. Wir müssen ja nicht unbedingt hinein. Es reicht, wenn der Verandabereich geschmückt ist und ein paar der Hütten für unsere Zwecke zugänglich sind.«

»Und wie lange soll das dann gehen? Es müsste auf jeden Fall jemand vor Ort sein.« Auch Richard überlegte. Vielleicht war die Idee doch nicht so doof.

»Ich denke, ein, zwei Stunden, bevor die ›Ginhütte‹ aufmacht. Damit die Touristen oder andere potentielle neue Gäste sich dann dort gleich einen richtigen Longdrink bestellen können. Ich stelle mir vor, dass ich einen Teil der Meisterklassen für unser Gin-und-Rauschgold-Wochenende hier durchführe, das könnte dann der Abschluss der Aktion sein.«

Tony strich sich übers Kinn. Seit er sich schonen musste, trug er einen Dreitagebart, der ihm gut stand. »Wir müssen die Kosten bedenken. Kostproben auszuteilen wird nicht billig. Und wir müssen aufpassen, dass wir damit nicht bloß Wiederholungstäter anziehen. Ich könnte mir vorstellen, dass unsere Hütten zum Sammelpunkt für Halbstarke werden, die aus dem Skatepark herausgewachsen sind. Die lassen sich auf unsere Kosten volllaufen, und wir gewinnen keinen einzigen neuen Gast.«

Diese Sorge verstand Olivia. Sie hatte nur gedacht, auf diese Weise könnten sie neue Gäste anlocken und deutlich signalisieren, dass sie sich nichts gefallen ließen. »Wenigstens sollten wir die Strandhütten weihnachtlich schmücken. Wir könnten auch ein Werbebanner für die ›Ginhütte‹ anbringen, wenn alle einverstanden sind.« Gewiss würden die anderen zustimmen, schließlich war die Bar doch ein Gemeinschaftsprojekt. Genau hier war die Idee entstanden. Es war der richtige Ort für eine Werbeaktion.

»Wir sollten es machen«, meinte Tony. »Wir sollten dekorieren und ein Transparent aufhängen und ein paar Weihnachts-Ginhütten-Veranstaltungen planen. Über die Einzelheiten muss ich noch nachdenken, aber einen Werbeeffekt hat es bestimmt. Solange wir dabei nicht pleitegehen.«

»Besteht die Gefahr?« Olivia hatte wenig Ahnung vom Geschäft, und die Vorstellung, dass ihre Aktion finanzielle Probleme aufwerfen könnte, gefiel ihr nicht

»Nein, war nur ein Scherz. Alles läuft gut, solange uns das ›Bottoms Up‹ nicht zu viele Gäste abspenstig macht, aber das werden wir hoffentlich verhindern.«

»Und wann fangen wir an?«, fragte Esme sichtlich begeistert. »Wir haben die Hütten noch nie für Weihnachten dekoriert. Das sieht sicher super aus.«

»Je eher, desto besser. Wir müssen schnellstens ein Banner besorgen. Sobald das erledigt ist, trommeln wir alle zusammen, damit sie hier mit anpacken. Und jeder kann Lametta und Rauschgold mitbringen – vielleicht besorgen wir auch noch etwas Schönes –, und dann machen wir alles so bald wie möglich fertig.« Tony nickte mit Nachdruck und vermittelte damit den Eindruck, dass nun alles entschieden war.

»Also morgen, wenn wir das Banner rechtzeitig bekommen?«, fragte Richard.

»Klingt gut. Wir müssen bloß schauen, ob alle mitziehen und uns helfen«, meinte Tony.

»Eins noch.«, wandte Olivia ein. »Glaubt ihr, wir kriegen das über Nacht hin? Ich denke, damit rechnet niemand, es wäre also schade, wenn wir uns in die Karten schauen lassen, bevor wir so weit sind.« Vielleicht würde ein gewisser Überraschungseffekt die Wirkung steigern.

»Das könnte ein bisschen knifflig werden. Wir müssen es gründlicher planen, aber wenn wir zwei, drei Nächte dafür ansetzen, sollten wir es hinbekommen.«

»Gut, dann fangen wir mal an.« Tony erhob sich aus seinem Liegestuhl. Schön, dass er wieder etwas Farbe hatte. Hoffentlich würde es nicht allzu lange dauern, bis er wieder hinter der Bar stand, wo er hingehörte.

»Ich schreibe den anderen und frage, ob sie alle einverstanden sind«, erbot sich Richard.

»Und ich gehe heim und suche die Weihnachtsdeko heraus. Wenn wir hier schmücken, dann muss ich dieses Jahr zu Hause nicht so einen Heckmeck machen«, sagte Esme.

»Ich denke, es ist am besten, wenn ich jetzt gleich das Banner bestelle.«

Olivia wollte nicht zurückstehen. »Ich werde jetzt endlich entscheiden, was in meinen vermaledeiten Cocktail kommt.« Tatsächlich hatte sie die Entscheidung über die Zutaten immer wieder hinausgeschoben. Sobald dieser Punkt auf ihrer To-do-Liste abgehakt war, hatte sie den Kopf frei für das Winter-Wonderland, das sie schaffen wollten.

Wenn der neue Inhaber des »Bottoms Up« den Geist der Vorweihnachtszeit nicht respektierte, dann würde sie ihm verdammt noch mal zeigen, wie man Weihnachten feiert. Und in Olivias Welt hieß das: Klunker in rauen Mengen.

26

Es war nett, mitten im Weihnachtschaos ein paar ruhige Tage zu haben. Die Vorbereitungen für die Weihnachts-Ginhütten waren in vollem Gang, und Olivia musste nicht viel tun, außer die Textnachrichten lesen, um auf dem Laufenden zu bleiben. Sie hatten sich für das Motto »Weiße Weihnacht« entschieden, aber Olivia hatte sich zusätzlich für Gold eingesetzt. Wenn sie schon Eindruck schinden wollten, dann sollte es auch glänzen und funkeln.

Statt ihre Zeit mit dem Aktivitätsprogramm von Oakley West zu verschwenden (das sie, wenn möglich, mied wie die Pest), hatte Olivia die Zutaten für ihren Cocktail festgelegt. Er enthielt Prosecco, braunen Zucker sowie ihr Gebräu aus Mince-Pie-Füllung und Gin. Der Mix schmeckte anheimelnd weihnachtlich, und mit dem fertigen Produkt war sie mehr als zufrieden. Sie hatte silbern glitzernde Gläser entdeckt, in denen ihr Cocktail kredenzt werden sollte, und zuletzt fertigte sie selbstgebackene Deckel an.

Sie mogelte allerdings mit tiefgefrorenem Blätterteig, weil das Leben zu kurz war, um ihn selber herzustellen. Mit einem der Gläser stach sie runde Stücke aus, bestrich sie mit Eigelb und bestreute sie mit braunem Zucker.

Bevor sie das Gebäck ins Rohr schob, versah sie jedes Stück mit einem Loch für den Strohhalm, falls gewünscht. Die Deckel sollten eigentlich nur als Blickfang dienen, konnten aber auch gegessen werden. Das Ergebnis war zwar nicht ganz perfekt, aber mit dem Deckel sah der Cocktail aus wie ein Mince Pie im Glas. Es wirkte schrullig und weihnachtlich, fast ein bisschen wie Olivias Persönlichkeit.

Sobald die nächtliche Aktion gelaufen war, würde sie den Cocktail von den anderen absegnen lassen. Hoffentlich mussten sie nicht die ganze Nacht arbeiten, sondern brauchten nur ein, zwei Stunden. Sie war endgültig über das Alter hinaus, wo man sich gern die halbe Nacht um die Ohren schlägt, und das wäre diese Woche schon das zweite Mal gewesen.

Zum vereinbarten Zeitpunkt erschienen alle Teilnehmer grüppchenweise. Skylar und Richard kamen von der »Ginhütte«, Olivia hatte sich mit Randy und Veronica von Oakley West aus auf den Weg gemacht, und die anderen hatten sich bei Tony und Esme zu Hause getroffen, um gemeinsam zu den Strandhütten zu wandern.

Wie immer waren Randy und Veronica besser organisiert, als Olivia es je geschafft hätte. Zweifellos hatten sie einen Imbiss und ein Taschenmesser im Gepäck. Und was man sonst so für ein nächtliches Abenteuer benötigt. Diesmal hatte Randy das Trio auch mit Stirnlampen ausgerüstet.

Olivia fühlte sich ein bisschen bekloppt, als sie ihre aufsetzte. Ihrem ohnehin widerspenstigen Haar tat es jedenfalls nicht gut. Aber es war schließlich mitten in der Nacht, und auf diese Weise konnten sie etwas sehen – mit ein bisschen Glück ohne selbst gesehen zu werden. Zu schurkischen »Minions«, die natürlich nur beste Absichten verfolgten, fehlten ihnen nur noch gelbe T-Shirts und blaue Latzhosen. Glücklicherweise mussten sie sonst nicht viel Zubehör aus Oakley West mitbringen. Alle hatten Weihnachtsdekoration beigesteuert, und Tony hatte das Material bereits in schwarze Säcke verpackt und in den Strandhütten deponiert. Hoffentlich hatte niemand bemerkt, dass sie etwas im Schilde führten.

Als sie alle am Strand eingetrudelt waren, versammelte Tony sie um sich und sprach, wenn auch sehr leise, einige aufmunternde Worte. Olivia musste sich anstrengen, um alles mitzubekommen.

»Schön, ihr wisst alle, was ihr zu tun habt. Ich schlage vor, dass wir uns jeweils als Gruppe eine Hütte nach der anderen vornehmen, sodass wir uns nicht gegenseitig behindern. Hoffentlich brauchen wir alle ungefähr gleich lang, sodass der Wechsel von einer Hütte zur nächsten reibungslos funktioniert. Wenn jeder bei der eigenen Hütte anfängt und sich dann die Reihe entlang vorarbeitet, müssten wir im Handumdrehen fertig sein. Na dann los!«

Olivia und das Team Minion steuerten ihre Strandhütte an. Als Rauschgoldbrigade waren sie dafür zuständig, die Geländer der Hüttenveranden mit glänzenden Girlanden zu versehen. Diese Arbeit war ihnen wohl deshalb zugeteilt worden, weil man dabei nicht auf Leitern steigen musste, und es war wünschenswert, dass keiner von ihnen im Krankenwagen abtransportiert wurde, statt nach Oakley West zurückzukehren.

Die anderen hatten unterschiedlichste Aufgaben. Paul und Mark verzierten die Dächer mit künstlichem Schnee und Eiszapfen. Alle Strandhütten erhielten Fensterattrappen mit weiteren Schneeeffekten. Skylar und ihre Mannschaft sorgten mithilfe von Schablonen für den Schriftzug, der sie als Weihnachts-

Ginhütten kenntlich machte. Lily dekorierte die Türen mit selbstgemachten Kränzen, und Esme und Tony hatten weihnachtliche Figuren besorgt, es wurden also Schneemänner, Elfen und Rentiere auf den Veranden platziert.

Die Goldgirlanden waren leicht anzubringen, zumal sie zu dritt werkelten. Man musste die Girlande nur an einem Ende festbinden, sie um das Geländer winden und am anderen Ende ebenfalls verzurren. Glücklicherweise sahen Goldgirlanden immer gut aus, dafür musste man nicht viel tun.

Da alle Hand in Hand arbeiteten, dauerte es nicht lange, bis sie mit den Hütten durch waren. Das Einzige, was etwas mehr Zeit in Anspruch nahm, war die Verzierung der Dächer, weil immer wieder die Leiter verrückt und bestiegen werden musste, um die Dekoration zu befestigen.

Als die erste Hütte fertig war, versammelten sich alle, die ihr Soll schon erfüllt hatten, um das Gemeinschaftswerk zu bewundern. Das Ergebnis sah perfekt aus – wie echte deutsche Weihnachtsmarkthütten. Es fehlten nur noch die Lebkuchenherzen, und niemand hätte geglaubt, dass sie sich in der verschlafenen Westbrook Bay befanden.

Während Mark und Paul die Dächer vervollständigten, holte Tony das Banner hervor, das für die »Ginhütte« warb – einschließlich Pfeilen als Wegweiser. Das Banner wurde zwischen den mittleren Hütten so aufgehängt, dass alle Hütten zugänglich blieben und vermittelte gut, worum es bei der Aktion ging. Schade, dass es hier unten keinen Strom gab, sonst hätten sie die Szene öffentlichkeitswirksam beleuchten können.

Das Ganze würde erst bei Tag zur vollen Geltung kommen,

aber auch im gedämpften Licht der Minion-Stirnlampen sah es schon fabelhaft aus.

»Hört alle her, ich finde, wir sollten die offizielle inoffizielle Eröffnung der Gin-Weihnachtshütten feiern«, verkündete Tony.

»Wo ist das Bändchen zum Durchschneiden?«, fragte Esme.

»Wir haben noch eine Girlande übrig, die wir aufdröseln können«, sagte Randy. »Und an meinem Taschenmesser gibt es eine Schere.«

»Moment mal«, schaltete sich Richard ein. »Ich habe etwas zu trinken mitgebracht, das wir uns nach getaner Arbeit zu Gemüte führen können. Und zwar den Weihnachtscocktail für nächste Woche.«

Aus seinem Rucksack förderte Richard Thermosflaschen und leicht eingedellte Plastikbecher zutage. Unterstützt von Skylar, servierte er jedem einen kleinen Drink. Im Dunkeln war schwer auszumachen, was der Cocktail enthielt, aber er schmeckte köstlich. Wenn sich Olivia nicht irrte, handelte es sich um den Glühweincocktail.

»Den wollen wir angewärmt, garniert mit Orangenscheiben, servieren, aber für heute Abend habe ich das noch nicht so perfekt vorbereitet. Wer bringt einen Toast aus?«, fragte Richard, als alle mit Getränken versorgt waren.

»Dafür ist Tony zuständig«, verkündete Olivia, bevor Tony sie vorschlagen konnte. Das hatte er sich so angewöhnt, und diesmal war sie ihm zuvorgekommen. Allmählich fand er zu seiner alten Form zurück. Das sah man an seiner Begeisterung und seiner Bereitschaft, bei all ihren Plänen mit anzupacken. Das war schön zu beobachten, und Olivia war überglücklich, dass ihr alter Freund wieder ganz gesund war.

»Ja, mach schon, Tony«, ermunterte ihn Mark, und alle anderen murmelten zustimmend.

»Wenn ihr darauf besteht.« Tony ließ sich nicht lange bitten. »Bist du so weit, Esme?«

»Ja, wenn du es bist.«

Die Girlande, die als Bändchen fungierte, war gespannt, und Tony hielt Randys Taschenmesser in der Hand.

»Bevor ich die Girlande durchschneide, möchte ich ein paar Worte sagen. Ohne Zweifel würde es mich ohne eure Liebe und Unterstützung und eure Wiederbelebungskünste heute nicht mehr geben, und das Gleiche gilt für die ›Ginhütte‹. Esme und ich haben ein paar harte Monate hinter uns, denn ich war krank und konnte nicht arbeiten. Aber ohne die Unterstützung von euch allen wäre es noch viel härter gewesen. Ich kann euch nicht genug danken für alles, was ihr getan habt, um die ›Ginhütte‹ weiterzuführen und meine Lebensgeister bei Laune zu halten. Und ich freue mich, dass wir auf diese Idee gekommen sind, um ein bisschen Licht …«

In diesem Moment leuchteten alle Figuren auf den Veranden auf.

»Und liebe Weihnachtsgrüße für alle in der Westbrook Bay zu verbreiten. Darum geht es uns, und hoffentlich können wir an dieser positiven Botschaft festhalten, egal, was noch kommt.« Tony hob seinen Becher. »Auf unsere Mini-Ginhütten, die prachtvollen Weihnachts-Ginhütten.«

Obwohl sie vorgehabt hatten, so diskret wie möglich zu agieren, brachten sie ein dreimaliges »Hipp, hipp, hurra!« zustande, gefolgt von mehreren La-Ola-Wellen, die für große Heiterkeit sorgten.

Es musste am Alkoholgehalt der Glühweincocktails liegen, dass sie sich aufführten, als wären sie ein wenig plemplem, denn sie hatten ja schon länger nichts gegessen und sich nun mitten in der Nacht ein Gläschen genehmigt.

Aber es war einer von diesen echten Wohlfühlmomenten. Und obwohl Olivia diese Idee eigentlich nur ausgebrütet hatte, um es einem gemeinsamen Feind zu zeigen, war daraus ein Gemeinschaftsgeist entstanden, der, wie sie hoffte, nie verloren gehen würde. Es erinnerte sie daran, warum die »Ginhütte« überhaupt entstanden war. Es war darum gegangen, gemeinsam mit den Menschen, die sie als ihre engsten Freunde und Verwandten ansah, die Freuden des Lebens zu genießen, und diese Freude hatte auf die gesamte Gemeinschaft übergegriffen.

Keine Schwachsinnsaktion mit Pappmaché-Hintern würde je gegen diesen Geist ankommen. Und um das zu beweisen, setzte Olivia eine weitere La-Ola-Welle in Gang, und das Lachen der Menschen wehte mit solcher Begeisterung aufs Meer hinaus, dass sich sogar die Möwen fragten, was hier los war.

27

Ein Zeitplan für die Weihnachts-Ginhütten stand schnell fest. Zwei Stunden, bevor die »Ginhütte« öffnete, würden sie immer zu zweit in den Hütten sein und Kostproben sowie Flugblätter an Passanten verteilen. Wenn irgendjemand Ärger machte, sollten sie Richard, Randy und Tony anrufen, die dann als die brutalen Kerle auftreten würden, die sie nicht waren.

Olivia teilte sich die Schicht diese Woche mit Skylar. Sie freute sich darauf, denn bei der Gelegenheit würde sie hoffentlich erfahren, was es Neues gab. Seit dem Abend, an dem sie herausgefunden hatten, dass Pete die neue Bar führte, war sie kaum dazu gekommen, mit Skylar zu sprechen. Sie kannte die ganze Geschichte nur von ihrem Sohn, also aus zweiter Hand, und es war gut möglich, dass Skylar ihm nicht alles erzählte, um ihn zu schonen. Wenn Olivia unter vier Augen mit ihr sprach, konnte sie zumindest die Fragen stellen, die Richard vielleicht nicht zu stellen wagte.

Bevor sie zu den Strandhütten hinunterging, wollte Olivia noch in der »Ginhütte« vorbeischauen. Sie musste Extra-Portionen ihres Mince-Pie-Gins mixen, um für die Woche vorbereitet zu sein, in der ihr Cocktail im Angebot war; auch musste genug da sein, um Kostproben auszuschenken.

»Helen hat gesagt, sie hilft dir«, sagte Richard, als Olivia eintraf.

»Super«, entgegnete Olivia. Ihr Ton strafte das Wort Lügen.

Obwohl Olivia maßgeblich daran mitgewirkt hatte, dass ihre

ehemalige Hausmutter hier war, erschien es ihr reichlich seltsam. Es war die erste Nacht, die sie dank der Großzügigkeit von Tony und Richard im Hotelteil der Bar verbringen würde.

»Was kann ich tun?«, fragte Helen lächelnd.

Olivia war es nicht gewohnt, diese Frau lächeln zu sehen. Es war im wahrsten Sinne des Wortes umwerfend. Helen wirkte dabei wie eine entlaufene Irre. Olivia jedenfalls hätte sich bei diesem Anblick am liebsten in Sicherheit gebracht.

»Richard wollte mir ein paar Einmachgläser besorgen, damit wir mehrere Chargen vorbereiten können.«

»Sie stehen in der Küche, Mum, ebenso wie die übrigen Zutaten, um die du gebeten hast. Ich bin dann in der Bar. Schrei einfach, wenn du mich brauchst.«

Richard war so schnell zur Tür hinaus, dass Olivia gar keine Zeit gehabt hätte zu schreien. Und das hätte sie beinah getan, als Helen sie so merkwürdig anlächelte. Wenn das Leben mit Untertiteln versehen wäre, dann hätte unter Helen gestanden: Psycho-Killer.

Das war sie natürlich nicht. In Wirklichkeit war sie eine Frau, die ihren Job und ihr Zuhause verloren hatte und deren Stieftochter im Gefängnis gelandet war. Keine besonders rosige Geschichte, und auch wenn sie es sich selbst eingebrockt hatte, verdiente sie es doch nicht, obdachlos zu sein. Also versuchte Olivia ihre Erinnerungen zu begraben und Helen auf neutralerem Boden neu zu begegnen.

»Dann legen wir mal los«, sagte Olivia und fragte sich, ob vielleicht ein Gläschen Gin angebracht wäre. Eine Tasse Tee reichte unter diesen Bedingungen möglicherweise nicht aus.

»Ich habe die Einmachgläser alle ausgewaschen, sie sind gebrauchsfertig«, sagte Helen, wieder mit jenem reizenden, fürsorglichen Lächeln im Gesicht.

Vielleicht gehörte dieses Lächeln ganz einfach zu Helen und sie war ein ganz anderer Mensch als die Hausmutter. Möglicherweise hatten die Umstände aus ihr die rüde Person gemacht, die sie gewesen war, und sie war nun, wo diese Probleme nicht mehr existierten, ein sehr viel netteres Wesen.

»Super«, sagte Olivia, wobei ihr Ton auch diesmal nicht ganz zur Aussage des Wortes passte.

Sie wusch sich die Hände und legte eine Schürze an. Helen machte es ihr nach.

»Wie bist du eigentlich auf diese Idee gekommen?«, erkundigte sie sich.

Olivia sah zur Sicherheit noch einmal in ihrem Notizbuch nach, welche Mengen der einzelnen Zutaten sie verwenden musste. In jedes Einmachglas kamen zwei gehäufte Teelöffel Mince-Pie-Füllung – zum Glück waren sie genauso groß wie Olivias eigene, sie musste also keine komplizierten Berechnungen anstellen.

»Für den Wettbewerb werden weihnachtliche Aromen gesucht, also habe ich einfach überlegt, was ich an Weihnachten am liebsten esse – und dazu gehört dieses Gebäck. Der erste Bissen Mince Pie eröffnet für mich immer die Weihnachtssaison.«

Olivia löffelte die Füllung (zur Sicherheit hatte sie die vegane Variante gewählt) in die Einmachgläser und forderte Helen auf, ihrem Beispiel zu folgen. Danach wurden die Gläser mit

Gin aufgefüllt. Sie mussten nun zwischen vierundzwanzig und achtundvierzig Stunden stehen und anschließend abgeseiht werden, damit der Gin den passenden Geschmack für die Cocktails annahm.

»Wie bist du darauf gekommen, dass man den Gin mit der Füllung durchziehen lassen kann?«, fragte Helen, während sie beide einen Behälter nach dem anderen füllten.

»Gin hat mich schon immer interessiert. Ich weiß wohl einiges mehr darüber als die meisten anderen.« Dieses Wissen qualifizierte sie auch, die Kurse zu übernehmen, obwohl sie selbst nie einen besucht hatte. Sie hatte sich über die Jahre eine Unmenge von Informationen angelesen und auf diese Weise gelernt. Außerdem war sie überzeugt, einen ausgezeichneten Geschmackssinn zu besitzen, der eine große Hilfe beim Kombinieren von Aromen war. Geschmackssinn besaß jeder, aber viele trainierten ihn nicht genug, um daraus etwas zu machen.

»Ich hoffe, du wirst solche Ginkenner-Workshops noch öfter anbieten. Ich möchte zu gern auch mal teilnehmen.«

Olivia war nicht sicher, wie sie das Kompliment aufnehmen sollte. Es kam ihr vor, als leide Helen an Amnesie und konne sich nicht mehr an ihre Zeit als Hausmutter erinnern. Dass Olivia Gin liebte, wusste sie seit damals. Vielleicht wollte Helen nur nett sein. »Vorerst gibt es nur dieses Gingle-Bells-Retreat. Je nachdem, wie das läuft, werde ich für die Zukunft planen.« Sie hoffte immer noch, dass Richard seine Idee, eine eigene Brennerei zu eröffnen, realisierte. Ihr einen Besuch abzustatten und dann in der »Ginhütte« weiterzumachen, wäre ein perfektes Tagesprogramm. Aber das war noch Zukunftsmusik.

»Sag mir Bescheid, wenn ich dich an dem Wochenende irgendwie unterstützen kann«, bat Helen, während sie die klare Flüssigkeit in den nächsten Behälter gluckern ließ.

Diesmal erwiderte Olivia Helens Lächeln. »Super. Das wäre super.« Diesmal gelang es ihr auch, das Wort klingen zu lassen, wie es klingen sollte. Angesichts all dessen, was momentan los war – die Weihnachts-Ginhütten und das geplante Retreat-Wochenende –, beschlich Olivia langsam das Gefühl, sie seien allesamt ein bisschen verrückt geworden und würden sich zu viel zumuten. Heute hatte sie dank Helens Hilfe nur halb so lang gebraucht, wie das sonst der Fall gewesen wäre. Jede Möglichkeit, Zeit einzusparen, war hilfreich. Sie musste nur den Eindruck abschütteln, dass Helens Lächeln, das sich nun so oft zeigte, die meiste Zeit die Augen nicht erreichte. Dinge, die nicht so zusammenpassten, wie sie sollten, beunruhigten Olivia immer ein wenig. Es war wie bei einem schlechten Cocktail, der einen üblen Nachgeschmack hinterlässt – und manchmal fand man nur mit Mühe heraus, welche der Zutaten daran schuld waren.

28

Diesen Nachgeschmack, dieses ungute Gefühl war Olivia noch nicht losgeworden, als sie zu Skylar stieß, um ihre Schicht anzutreten.

»Alles in Ordnung, Olivia? Du siehst aus, als wärst du in Gedanken ganz woanders«, meinte Skylar.

Das stimmte ohne jeden Zweifel. Ihre Gedanken nahmen sie so in Anspruch, dass sie ihre Umgebung kaum registrierte. »Entschuldige, Skylar, ich war tatsächlich weit weg. Aber jetzt bin ich da, Ehrenwort.« Sie schüttelte ihre Betrachtungen ab und konzentrierte sich wieder auf ihr Vorhaben.

Skylar hatte Liegestühle aufgestellt und Gläschen für die Kostproben der sechs Cocktails bereitgestellt.

»Was beschäftigt dich?«, erkundigte sich Skylar.

»Das müsste eigentlich ich dich fragen. Hast du was von Pete gehört?« Olivia installierte sich in einem Liegestuhl. Sie hatten bereits abgesprochen, dass Skylar das Verteilen der Flyer übernehmen würde.

»Kein Sterbenswörtchen.« Skylar schenkte ihnen beiden eine etwas größere Menge des ersten Cocktails in Campingbecher aus ihrer Strandhütte ein. Das würde ihnen ihre Aufgabe sehr versüßen.

»Überhaupt nichts? Er hat dich doch bestimmt kontaktiert?« Olivia war stellvertretend für Skylar wütend. Diesem Mann war wohl jeder Anstand chirurgisch entfernt worden.

»Normalerweise kommuniziert er per SMS, und er hat keine geschickt. Meine Nummer hat sich nicht geändert, also hat er nie die Absicht gehabt hat, mich zu informieren.« Skylar setzte sich ebenfalls hin, da momentan kein potentieller Gast in Sicht war.

»Bist du nicht sauer?« Olivia wäre in Skylars Lage nicht so ruhig und gelassen geblieben. Sie sollte wirklich meditieren lernen – dabei ertappte sie Skylar nämlich manchmal.

Skylar nippte an ihrem Emailbecher. »Ich bin sauer. Sogar sehr sauer. Dass ein Vater seinen Sohn derart vernachlässigt, übersteigt meine Vorstellungskraft. Pete sieht es wahrscheinlich so, dass er ja Unterhalt bezahlt, also seinen Anteil leistet. Mit meiner Wut darüber habe ich längst umgehen gelernt. Offenbar will er mit Lucas nichts zu tun haben, sonst hätte er sich bei mir gemeldet.«

Olivia schüttelte den Kopf und nahm ihrerseits einen großen Schluck. Es war zwar viele Jahre her, aber da sie selbst ein Kind verloren hatte, würde sie niemals nachvollziehen können, dass jemand am Leben seines Kindes keinerlei Anteil nahm. »Wie er deinem großartigen Sohn das hat antun können, werde ich nie begreifen. Er weiß gar nicht, was er verpasst.«

»Das Problem ist, dass wir ihm, wenn er sich hier aufhält, zwangsläufig irgendwann über den Weg laufen. Und ich habe keine Ahnung, wie ich damit umgehen soll. Lucas würde seinen Vater in einer Menschenmenge nicht erkennen. Wenn er also kommen und mit uns reden würde, dann wüsste ich nicht einmal, ob ich Lucas die Wahrheit sagen soll. Ich will nichts tun, das mehr schadet als nützt.«

Olivia war unschlüssig, ob sie einen guten Rat geben konnte.

Sie war zwar auch alleinerziehende Mutter eines Sohnes gewesen, aber unter ganz anderen Umständen. Die Möglichkeit, dass der Vater wieder auftauchte, hatte nie bestanden, sosehr sie es sich auch gewünscht hätte. »Siehst du eine Möglichkeit, mit Pete darüber zu sprechen? Gemeinsam zu entscheiden, was in einem solchen Fall zu tun ist?« Absolut kontraproduktiv wäre es, wenn Skylar beschließen würde, ihrem Sohn nichts zu sagen, dann aber der Vater sich selbst zu erkennen geben würde.

»Ich weiß nicht, ob er mir zuhören würde.« Skylar ließ den Kopf hängen und blickte in ihren Becher.

»Was ist passiert, Skylar? Warum seid ihr nicht mehr zusammen?«

Es gab Tausende von Trennungsgründen. Vielleicht hatten sie sich einfach nur auseinandergelebt, aber Olivia war überzeugt, dass mehr dahintersteckte.

Als Skylar nicht gleich antwortete, fragte sich Olivia, ob sie zu neugierig gewesen war. »Wenn es dir zu schwerfällt, darüber zu sprechen, macht das nichts. Ich sollte keine so intimen Fragen stellen.«

Skylar nahm noch einen Schluck. »Ist schon in Ordnung, ich rede bloß nicht gern darüber. Es ist eine dunkle Phase in meinem Leben, die ich lieber vergessen möchte.«

Über dunkle Phasen wusste Olivia Bescheid. Auch sie hatte eine Zeit, über die sie nicht sprach, und erst im letzten Jahr hatte sie es geschafft, wenigstens mit Richard offen zu reden. Dabei hatte sie gemerkt, dass Gespräche manchmal therapeutisch wirkten, so schwierig sie auch sein mochten. Und Olivia wollte Skylar vermitteln, dass sie in ihr eine Freundin hatte, zu der sie immer kommen konnte. »Ich bin für dich da, wenn du irgendwann darüber reden willst.« Vielleicht war Richard eher der richtige Ansprechpartner, aber egal, wie Skylar sich entschied, Olivia würde nicht beleidigt sein.

»Pete war – ist – ein extrem kontrollierender Mensch. Manchmal lief das ganz subtil ab, aber es war immer da. Erst als ich mich aus der Situation befreit hatte, wurde mir überhaupt klar, wie weit das ging. Lucas war ein Unfall. Wahrscheinlich sieht er ihn deshalb nicht als Teil seines Lebens. Aber mich hat die Geburt meines Kindes gerettet.«

»Hoffentlich hat er dir oder Lucas nie etwas angetan?« Wenn dieser Mann zur Gewalttätigkeit neigte, wollte sie das lieber wissen.

»Körperlich nicht. Aber emotional. Er hat so viele Aspekte meines Lebens manipuliert, ohne dass ich es auch nur gemerkt hatte. Wenn ich Lucas nicht bekommen hätte, hätte ich vielleicht nie begriffen, wie Pete wirklich ist.«

Olivia verzichtete darauf, nach weiteren Einzelheiten zu fragen. Wenn Skylar näher darauf eingehen wollte, würde sie zuhören, aber offenbar tat es ihr zu weh, darüber zu sprechen.

»Na, ich bin auch froh darüber. Du und Lucas, ihr zählt zu den größten Freuden in meinem Leben. Ihn heranwachsen zu sehen ist eine Wonne, und du bist eine phantastische Mutter. Du hast diesem Jungen alles gegeben, was du konntest.«

»Das hoffe ich.«

»Für mich besteht daran kein Zweifel. Und dir muss klar sein, dass dies jetzt bloß eine weitere subtile Manipulation ist. Dass er hier auftaucht und ein Lokal an dem Strand pachtet, den du oft besuchst, ist kein Zufall. Er tut es, um dich daran zu erinnern, dass er noch da ist. Ich an deiner Stelle würde hingehen und ihm sagen, welches Verhalten du von ihm gegenüber Lucas erwartest. Betrachte es nicht als Diskussion, denn sonst wird er wieder versuchen, seine Interessen durchzusetzen. Sag ihm einfach nur klar und deutlich, wie es laufen wird. Wenn du Bedenken hast, komme ich mit.« Olivia wollte Skylar zu nichts drängen, aber einem Mann, der sich so verhielt, musste man einfach den Marsch blasen.

»Ich werde darüber nachdenken«, sagte Skylar, bevor sie ihren Becher vollends leerte.

Olivia hätte gern noch mehr gesagt, aber nun kamen ein paar Leute vorbei und Skylar stand auf, um Flyer zu verteilen.

Skylar machte ihre Sache sehr gut. Sie erzählte von der »Ginhütte« mit den wöchentlich wechselnden Angeboten, und dass man gegenwärtig dabei war, einen Sieger-Cocktail zu ermitteln, der beim Wettbewerb eingereicht werden sollte. Die beiden älteren Paare – wahrscheinlich kurz vor dem Ruhestand – probierten die Kostproben mit Vergnügen. Das kurze Gespräch gab Hoffnung, und höchstwahrscheinlich hatten sie bereits die ersten neuen Gäste gewonnen. Besser gesagt, Skylar hatte es getan, während Olivia auf ihrem Hintern gesessen hatte. Sie war viel zu erschöpft, den Mince-Pie-Gin vorzubereiten hatte sie sehr angestrengt. In ihrem Alter sollte sie sich wirklich mehr Ruhe gönnen. Nachdem die Gruppe fröhlich weitergezogen war, setzte sich Skylar wieder hin. »Ich habe darüber nachgedacht. Ja, ich werde mit ihm reden, und ja, ich wäre froh, wenn du mitkommst.«

Olivia hätte fast den Rest ihres Bees-Knees-Cocktails wieder ausgespuckt, den sie gerade im Mund hatte. »Fühl dich nicht unter Druck gesetzt. Lass dir Zeit mit der Entscheidung.« Sie wollte ihrer Freundin auf keinen Fall das Gefühl geben, etwas tun zu müssen, nur weil sie es vorgeschlagen hatte. Skylar sollte sich nie wieder von jemandem manipuliert fühlen.

»Was du gesagt hast, leuchtet mir ein. Ich darf in dieser Situation nicht untätig bleiben. Genau das erwartet er von mir. Aber ich habe Lucas und mir selbst gegenüber die Verpflichtung, ihm klar zu vermitteln, dass ich mich nicht mehr behandeln lasse wie in der Vergangenheit. Ich muss mir nur noch überlegen, was er sagen soll, wenn Lucas und er sich einmal begegnen. Ich will meinen Sohn nicht anlügen, aber er soll auch nicht wissen, dass der Mensch, der sich sein Vater nennt, nichts mit ihm zu tun haben will.«

So formuliert war es eine knallharte Entscheidung. Und Olivia würde in keiner Weise Einfluss nehmen. Skylar fand bestimmt heraus, was für ihren Sohn das Beste war. Olivia brauchte nur parat zu sein, wenn der Zeitpunkt gekommen war.

29

Ende der Woche hatte Skylar immer noch keine Nachricht von Pete. Auch keiner von der »Ginhütten«-Belegschaft hatte ihn gesehen, aber es war auch keiner im »Bottoms Up« gewesen. Sie hatten nicht vor, der »Ginhütte« untreu zu werden.

Als Skylar Olivia schließlich wegen des Besuchs ansprach, versicherte diese sich erst noch einmal, dass Skylar die Idee wirklich gut fand und sie für die richtige Begleitung hielt.

Sie beschlossen, am besten am Sonntag tagsüber hinzugehen, damit ihr Gesprächsversuch nicht von Gästen gestört wurde.

Die Bar machte auf Olivia einen ganz anderen Eindruck als am Eröffnungsabend. Jetzt herrschte eine traurige, lieblose, schmuddelige Atmosphäre, wie sie für zwielichtige Nachtclubs typisch ist. Es hätte Olivia nicht gewundert, wenn ihre Schuhe am Boden kleben geblieben wären.

»Hallo?«, rief Skylar zögernd.

Sogar Olivia fühlte sich unsicher, wie musste es erst Skylar gehen. Sie sollte sich jetzt zusammenreißen, schließlich war sie als moralische Unterstützung mitgekommen. Das rief sie sich ins Gedächtnis. Sie war nicht zum Spaß hier.

Es kam keine Antwort. Also blieb ihnen nichts weiter übrig, als sich weiter in die düsteren Tiefen des Lokals vorzuwagen. Ohne die Menschenmenge, die beim letzten Mal hier gewesen war, sah man nun die hohen Tische und die lächerlichen Barhocker, die eher wie Turngeräte für tanzende Mädchen wirkten. Vielleicht war es ja so gedacht. Wenn die Idee mit der

Weinbar scheitert, probier es mit einem Gin-Festival. Wenn das nicht klappt, mach aus der Bar einen Lapdance-Club.

Olivia hoffte wirklich, dass es nicht dazu kommen würde. Das Café früher war hübsch gewesen, und sie war oft hier zu Gast gewesen. Irgendwie hatte der Strand verloren, seit es keinen Ort mehr gab, wo man Fish & Chips und Eis in der Waffel kaufen konnte.

In der Bar war es eng, und obwohl außer ihnen niemand da war, fand man sich schwer zurecht. Wo ging es bloß durch nach hinten? Wobei sie sich ungebeten eigentlich nicht dorthin vorwagen sollten. Sie mussten einfach laut genug rufen und hoffen, dass dann jemand kam und sie zu Pete brachte.

»Ist da wer?« Diesmal probierte es Olivia. Vielleicht tauchte Pete eher auf, wenn eine alte Schachtel sich in das Lokal verirrt hatte und nicht seine Ex, mit der er offensichtlich nicht sprechen wollte. »Haaaalllllloooo?« Olivia rief so laut sie konnte, ohne zu schreien.

»Einen Augenblick«, kam von irgendwoher eine Frauenstimme.

Ein paar Sekunden später tauchte eine Frau mit rauchgrauplatinblondem Haar auf. »Wir haben noch nicht geöffnet«, sagte sie in einem Ton, der unmissverständlich klarstellte, sie sollten abhauen. Olivia fühlte sich an die spitzzüngige Pat Butcher aus ihrer Lieblingsserie *EastEnders* erinnert.

»Das wissen wir. Wir möchten mit Pete Robinson sprechen. Ist er da?« Skylar hatte sich kerzengerade aufgerichtet. Wäre sie ein Pfau gewesen, hätte sie ein Rad geschlagen, um zu signalisieren: Dir werde ich's zeigen!

»Wen soll ich melden?« Die junge Pat Butcher kräuselte stilecht die Oberlippe und zeigte ein paar Zähne.

»Die Mutter seines Kindes. Ich gehe hier nicht weg, ehe ich nicht mit ihm gesprochen habe.«

Gut gemacht, Mädchen, hätte Olivia am liebsten skandiert, doch ihr war klar, dass sie damit einiges an Coolness eingebüßt hätte.

»Pete hat keine Kinder«, erwiderte Pat mit einem hämischen Grinsen.

Oh. Nun wurde es unangenehm. Olivia straffte ihrerseits die Schultern und fächerte imaginäre Pfauenfedern auf. Sie führte sich nicht gern auf wie der große Zampano, aber wenn es hart auf hart kam, konnte sie in die Trickkiste greifen. Sie wollte das nicht, doch da das Level an Feindseligkeit im Raum inzwischen um etwa dreihundertfünfundachtzig Prozent gestiegen war, musste sie sich bereithalten.

Doch statt sich für den Kampf zu rüsten, vergewisserte sich Olivia diskret, dass ihr Mobiltelefon griffbereit war. Veronica hatte mit ihr geübt, wie man im Notfall Anrufe tätigt.

»Holen Sie einfach Pete, ja?« Skylar wirkte angesichts der gespannten Atmosphäre äußerst gefasst. Immerhin war ja die Bar zwischen den beiden, sodass Pat sie nicht gleich niederschlagen konnte.

Olivia wäre jede Wette eingegangen, dass Pat irgendwie mit Pete liiert war. Das würde erklären, warum sie so aggressiv auf die Neuigkeit reagierte. Jede Frau wäre empört, wenn ihr Partner ihr so etwas verheimlicht hätte.

Ohne ein weiteres Wort verschwand Pat und ließ sie warten.

Sie warteten so lange, dass Olivia schon überlegte sich hinzusetzen, doch offenbar gab es keine anderen Sitzgelegenheiten als die lebensgefährlichen Barhocker. Wenn sie es schaffte, sich auf einen von ihnen zu hieven, war nicht garantiert, dass sie den Abstieg überlebte. Es sei denn die Feuerwehr kam, um sie zu retten.

Als fünf Minuten oder mehr vergangen waren, fragte sich Olivia, ob sie bis zum Sankt-Nimmerleins-Tag hier stehen sollten. Pat kannte Pete, das war klar, aber war sie auch willens, ihn zu holen? »Wenn keiner rauskommt, fange ich wieder an zu rufen.«

»Nur zu. Ich gehe hier nicht weg, bevor wir mit ihm gesprochen haben.«

»Peeeettttteeeeeeer.« Olivia ließ nicht so mit sich umspringen. Wenn es half, laut zu sein, dann war sie dabei. Sie wäre auch einfach losmarschiert hinter die Bar, wollte sich aber nicht wegen Hausfriedensbruch in Schwierigkeiten bringen. In letzter Zeit ging sie der Polizei lieber aus dem Weg. Eine Fahrt im Polizeiwagen reichte ihr für den Rest ihres Lebens.

Ihr fiel nichts ein, was sie sonst hätten unternehmen können, aber wenn sie einfach lange genug ausharrten, musste doch eine Reaktion kommen. Irgendwann würde die Bar ja auch offiziell öffnen, und es würden Gäste kommen. Allerdings wäre es schade, wenn sie ihr traditionelles Sonntagsvergnügen am Strand verpassten.

»Petttteeeerrrr, komm jetzt hier raus.« Olivia legte sich mächtig ins Zeug, damit ihr Rufen vermittelte »Du steckst ganz schön in der Patsche, also komm besser raus«.

Schließlich tauchte Pat wieder auf. »Können Sie aufhören, hier herumzuschreien? Er ist nicht da. Um drei wird er da sein. Dann können Sie wiederkommen.« Pat kreuzte die Arme, als wäre nun das letzte Wort gesprochen.

»Wir rühren uns nicht von der Stelle, bis wir mit ihm gesprochen haben.« Skylar klang äußerst entschlossen.

»Sie können nicht einfach da rumstehen.«

»Doch, können wir.«

»Ich rufe die Polizei.«

»Nur zu.«

»Die werden Sie rauswerfen.«

»Wohl kaum, wenn ich ihnen erzähle, warum wir hier sind.«

Olivia wusste nicht recht, welche Rolle sie gegenüber den beiden Frauen, die sich in den Haaren lagen, einnehmen sollte. Natürlich stand sie ganz und gar hinter Skylar, doch trotzdem fühlte sie sich irgendwie als Anstandswauwau und fragte sich, wann sie einschreiten musste. Außerdem war es genau genommen ein Kampf, den Skylar selbst führen musste. Es war daher gut, dass sie für sich einstand. Wenn sie jetzt gingen, war damit zu rechnen, dass die Bar zugesperrt wurde. Dann wäre es noch schwieriger, Skylars Ex zu fassen zu kriegen.

»Da bin ich«, meldete sich eine männliche Stimme. »Hils, warum hast du mir nicht gesagt, dass es Skylar ist?«

»Ich habe gesagt, es ist die Mutter deines Kindes. Ich dachte, das müsste genügen, damit du kapierst, wer da ist.« Pat, besser gesagt Hils, stürzte sichtlich aufgebracht davon in die hinteren Räume. Kein Wunder bei einem so widerwärtigen Mann.

»Sie hat es mir ein bisschen anders gesagt, aber egal. Was kann ich für dich tun?«

»Wir müssen reden«, sagte Skylar.

»Na klar. Tut mir wirklich leid, dass ich mich nicht gemeldet habe. Es war ein bisschen hektisch hier.« Pete ließ den Blick durch die Bar schweifen, als erklärte das, warum er nicht einmal eine simple SMS zustande gebracht hatte.

Olivia biss sich auf die Unterlippe. Gut, dass sie hier war. Als Skylar sagte, sie müssten reden, klang es, als gäbe es etwas zu verhandeln. Jetzt war es an der Zeit, ihm zu sagen, was sie von ihm erwartete. Offenbar waren ihm die Gefühle anderer Menschen egal. Sonst hätte er sich kaum in unmittelbarer Nähe seiner ehemaligen Partnerin, mit der er ein Kind hatte, niedergelassen, ohne seine mutmaßliche aktuelle Partnerin davon in Kenntnis zu setzen. Außerdem hätte er dann auch den Anstand besessen, sich bei Skylar zu melden. Gute Manieren zählten wohl nicht zu seinem Repertoire.

»Setzt euch.« Pete deutete auf einen der wenigen niedrigeren Tisch, die Olivia zuvor übersehen hatte.

Jetzt konnte sie sich immerhin hinsetzen und dieses Lokal ohne die Hilfe des Rettungsdiensts wieder verlassen.

»Wir müssen uns über Lucas unterhalten.« Skylar quetschte sich neben Olivia. Die Sitzbänke waren nicht gerade großzügig bemessen.

»Schieß los«, sagte Pete, anstatt ebenfalls Platz zu nehmen.

»Setzen Sie sich bitte. Sonst sieht der Raum so unordentlich aus.« Das war nicht der wahre Grund, warum Olivia ihn darum bat. Sie tat es, weil er, indem er stehen blieb, bereits Macht auszuüben versuchte, bevor auch nur das Thema auf dem Tisch war. Nach allem, was sie über ihn wusste, musste er begreifen, dass er nicht mehr über Skylars Leben zu bestimmen hatte. Pete kam der Aufforderung nach.

»Du hast dich bei mir nicht gemeldet, als du hierhergezogen bist – damit ist für mich klar, dass du keinen Kontakt zu deinem Sohn haben willst. Aber wenn du ihm zufällig begegnest, möchte ich nicht lügen müssen. Wenn ihr aufeinandertrefft, soll Lucas Bescheid wissen, aber ich will nicht, dass du es ihm sagst. Das werde ich selbst tun, wenn es je dazu kommt.« Skylar holte tief Luft, nachdem sie ihr Anliegen losgeworden war. Die Worte waren wohlgewählt, und sie hatte sich offensichtlich sehr genau überlegt, was sie sagen wollte.

»Moment mal. Ich habe nie gesagt, dass ich nichts mit ihm zu tun haben will. In dem Fall wäre ich nicht hierhergezogen.«

»Aber du hast nie angesprochen, dass du Kontakt mit ihm willst. Da hättest du erst mit mir reden müssen.«

Olivia wollte eigentlich etwas einwerfen. Ihm genau erklären, wie er sich unter den gegebenen Umständen hätte verhalten müssen. In dieselbe Stadt zu ziehen und einen Steinwurf von der Strandhütte entfernt, wo sein Sohn spielte, ein Lokal zu eröffnen, ohne die Mutter zu kontaktieren, war absolut daneben. Es kam ihr unnötig grausam vor, Skylar einen solchen Schock zu versetzen.

»Es tut mir wirklich leid. Die Gelegenheit, das Lokal zu übernehmen, hat sich ganz kurzfristig ergeben, und ich war so damit beschäftigt, es herzurichten, dass ich keine Möglichkeit sah, mich zu melden. Ich dachte, es würde dir nichts ausmachen. Im

Gegenteil, es sollte dein Leben einfacher machen, wenn ich wieder in der Nähe bin.«

Olivia hasste solche Ausreden: Man sagte zwar scheinbar zur richtigen Zeit die richtigen Worte, dahinter war aber keine Absicht spürbar, es beim nächsten Mal besser zu machen. Sich derart herauszureden war gar nicht nötig, wenn man im Vorfeld nur ein klein wenig besonnener handelte.

»Inwiefern sollte das für mich einfacher sein? Als du Lucas zuletzt gesehen hast, war er noch ein Kleinkind. Er würde dich bei einer polizeilichen Gegenüberstellung nicht identifizieren können. Wieso sollte es in irgendeiner Weise hilfreich sein, wenn du ohne Vorwarnung wieder in sein Leben trittst?«

»Ich weiß, dass ich nicht da war, und es tut mir leid, aber ich will Teil seines Lebens sein. Und bestimmt ist das besser jetzt, wo er noch klein ist. Wenn ich damit gewartet hätte bis zum Teenageralter, würde er garantiert nichts mit mir zu tun haben wollen.«

Einen Moment lang herrschte Stille, und Olivia musste es sich verkneifen, ihn wegen seiner leeren Worte zu rügen. Diese brachten sie ebenso auf die Palme wie die Tatsache, dass er Entscheidungen traf, ohne sie vorher mit Skylar zu besprechen.

»Du hättest mit mir reden und mir Zeit geben müssen, darüber nachzudenken.«

»Absolut richtig.« Olivia konnte nicht mehr an sich halten. »Und Ihnen war klar, dass Skylar herausfinden würde, dass Sie hier sind. Sich nicht selbst bei ihr zu melden ist einfach rüpelhaft.« Ihr Versuch, sich auf die Zunge zu beißen, war gescheitert. Sie war hier, um ihre Freundin zu unterstützen. Und sie musste sich einfach einschalten.

»Also, wie gesagt, es tut mir leid. Ich kann das nicht ständig wiederholen. Und ich kann die Vergangenheit nicht ändern. Jetzt müssen wir sehen, wie wir am besten weiter verfahren, denn ich möchte wieder eine Rolle in Lucas' Leben spielen und Verantwortung übernehmen.«

Das war nun wirklich viel verlangt. Unverhofft auftauchen, eine Immobilie pachten, ein neues Lokal eröffnen und erwarten, dass die andere Partei automatisch zustimmt. Außerdem zeigte Pete jetzt die manipulative Seite, von der Skylar gesprochen hatte. Denn wie sollte sie es ihm abschlagen, seine Pflichten wahrzunehmen?

Tat sie es, dann würde sie dem Kind seinen Vater vorenthalten, und einander aus dem Weg zu gehen würde angesichts seiner Machenschaften auch nicht funktionieren.

»Ich muss darüber nachdenken. Wenn du wieder in sein Leben trittst, dann werde ich die Bedingungen stellen. Ich will nicht, dass irgendwas passiert, das meinen Sohn verunsichert.«

»Ich auch nicht. Aber ich glaube kaum, dass es ihn in irgendeiner Weise verunsichern könnte, wieder einen Vater zu haben.«

»Doch, und zwar, wenn Sie seine Mutter verunsichern.« Olivias Zunge war schneller als ihr Hirn. Sie sollte eigentlich nichts zu dem Gespräch beitragen, konnte sich aber nicht verkneifen, das Offensichtliche klarzustellen.

»Wie kann ich dich am besten erreichen? Ich sage dir Bescheid, wenn ich bereit bin, ein Wiedersehen zwischen Lucas und dir zu akzeptieren.«

Olivia war froh, dass Skylar Herrin der Lage blieb, und während die beiden vereinbarten, sich per SMS in Verbindung zu setzen, schoss Olivia eine Frage durch den Kopf.

»Haben Sie eigentlich etwas mit den Hinterteilen an den Schildern zu tun?« Eine solche Frage zu stellen schien seltsam, da sie ja viel ernstere Themen diskutierten.

»Ha! Die Hinterteile! Waren die nicht toll? Die Idee stammte von meiner Partnerin. Ich hatte keine Ahnung, dass du mit der ›Ginhütte‹ zu tun hast. Also, auch das tut mir leid.«

Wenn Olivia noch einen Rest Respekt vor ihm gehabt hatte, so verflog er jetzt. Er war nicht dazu gekommen, Skylar über seinen Umzug in die Gegend zu informieren, hatte aber sehr wohl die Zeit gefunden, blöde Hinterteile aufzuhängen?

»Zeit zu gehen«, sagte Skylar.

Olivia war wirklich froh. Sie wollte keine Minute länger in Gesellschaft dieses Mannes verbringen.

Erst draußen fiel die Anspannung von ihr ab, und Olivia konnte erstmals seit Betreten des Lokals tief durchatmen. Nun merkte sie, wie beengt sie sich drinnen gefühlt hatte. Ob das am Raum lag oder an dem Menschen? Jedenfalls war sie froh, sich jetzt mit dem vertrauten wöchentlichen Picknick trösten zu können.

Lucas und die Salter-Jungs spielten wie gewohnt am Strand Kricket. Es war nicht richtig, dass Lucas' Vater sich in unmittelbarer Nähe angesiedelt hatte. Er brauchte an manchen Tagen nur aus dem Fenster des ehemaligen Cafés zu blicken, um seinen Sohn zu sehen.

Olivia wollte Skylar fragen, ob sie zufrieden war mit dem

Ablauf, doch es wäre eine alberne Frage gewesen, schließlich war sie ja dabei gewesen. Ihre Freundin würde schon mit ihr reden, wenn sie so weit war.

Stattdessen gingen sie schweigend weiter und kehrten in die Geborgenheit ihrer Gruppe zurück. Lily hatte einen großartigen Hühnchensalat mit Pesto gemacht, und es gab gefüllte Paprika, knuspriges Brot, Hummus und Dips. Es war ein Festessen auf und zwischen kunterbunten Tischen und Liegestühlen.

Olivia war noch nie so froh gewesen, ihren Teller füllen und es sich zwischen ihren Freunden gemütlich machen zu können. Sie hatte nämlich heute beim Blick über die herrliche Bucht zum ersten Mal das Gefühl, dass im flachen Wasser ein Hai schwamm.

30

In der folgenden Woche hatte Olivia permanent Weihnachtsduft in der Nase. Vielleicht war sie voreingenommen, aber sie war sicher, dass sie den besten Cocktail kreiert hatte. Möglicherweise litt sie an Selbstüberschätzung, denn sie war überzeugt, er würde den Anforderungen des Wettbewerbs am ehesten entsprechen. Und ihre Überzeugung war so stark, weil ihr in der »Ginhütte« in dieser Woche, wann immer sie die Bar betrat, ein so eindeutig weihnachtlicher Duft entgegenwehte, dass sie meinte, das Fest sei schon da.

Der Mince-Pie-Cocktail war der letzte, den sie vorstellten, bevor die Stimmen abgegeben wurden. Der Sieger sollte dann am Wettbewerb teilnehmen.

Heute traf sich die gesamte »Ginhütten«-Crew, um die Wahlzettel vorzubereiten. Esme hatte sie zu Hause ausgedruckt, doch sie mussten noch zurechtgeschnitten werden, und keiner von ihnen besaß eine Schneidemaschine, die den Prozess beschleunigt hätte. So hatten sie auch Gelegenheit, die letzten Einzelheiten zum Gingle-Bells-Retreat zu besprechen.

»Ist es eigentlich schon ausgebucht?«, fragte Skylar, während sie sich darauf konzentrierte, entlang der Markierung zu schneiden.

»Ja, das ging ziemlich schnell. Ein paar Leute haben abgesagt, aber die Plätze sind schon wieder vergeben.« Esme beklebte und dekorierte geschäftig zwei Kartons, in die die Stimmzettel eingeworfen werden konnten. Einer sollte auf der Bar stehen, der andere unten bei den Weihnachts-Ginhütten für Gäste, die dort ihr Votum abgeben wollten.

»Wie soll es denn ablaufen?«, wollte Lily wissen.

Die Planung des Wochenendes hatte hauptsächlich Esme übernommen, selbst Olivia wusste nicht genau Bescheid.

»Am Freitagabend treffen die Gäste ein. Für ihre Ankunft habe ich Canapés und Getränke organisiert. Am Samstag gibt es ein warmes Frühstück, dafür habe ich einen Koch bestellt. Die Kurse finden am Vor- und Nachmittag statt – wenn das Wetter mitspielt, in den Strandhütten. Zu Mittag gibt es ein Weihnachtsessen mit allen Schikanen, abends weitere Cocktails. Dann wird auch der Siegercocktail verkündet. Am Sonntag bereite ich einen späten Brunch zu; die Zimmer sollten bis zwölf geräumt sein, weil am Nachmittag schon die Jury von der Zeitung kommt. Wird ein hektisches Wochenende, aber ich glaube, wir haben alles berücksichtigt. Tony hat mir von daheim aus bei der Planung geholfen.«

Olivia wusste nicht, wie es den anderen ging, aber sie persönlich wünschte jetzt fast, sie hätte sich auch für das Wochenende angemeldet. Was sie vermutlich getan hätte, wenn sie gewusst hätte, dass ein richtiges Festmahl eingeplant war. Bei Würstchen im Schlafrock konnte sie einfach nicht nein sagen. Dazu noch Gins verkosten und lernen, wie man Cocktails mixt – das klang nach einem wirklich tollen Wochenende. Zum Kuckuck mit der Einkauferei in letzter Minute. Besser konnte man sich vor Weihnachten wohl kaum entspannen.

»Es war gut für mich mitzumachen. So war ich mit von der Partie, obwohl ich in letzter Zeit nicht so oft da sein konnte wie sonst. Und es hat mir richtig Lust gemacht, wiederzukommen. Im Neuen Jahr werde ich wohl wieder hinter der Bar stehen«, verkündete Tony.

»Das sind großartige Neuigkeiten! Aber heißt das, dass wir Richard verlieren?«, sagte Paul, immer der Direkteste der Truppe.

»Nein, zum Glück nicht. Ich werde zunächst Teilzeit arbeiten, und Richard hat eigene Pläne, aber das wird er euch selbst erzählen.« Tony stapelte die geschnittenen Abstimmungszettel säuberlich auf und bündelte sie mit Gummibändern.

Richard warf Skylar einen Seitenblick zu, bevor er sprach. Olivia hoffte, dass nicht auch er Pläne machte, ohne sie mit Skylar zu besprechen. Davon hatte sie für diese Woche schon genug. Tatsächlich hatte Olivia nicht einmal Gelegenheit gehabt, ihren Sohn zu fragen, ob zwischen ihm und Skylar noch alles okay war.

»Ähmmm, na ja, der Plan steckt noch ziemlich in den Kinderschuhen. Ich möchte ein passendes Gebäude finden, um eine Brennerei zu eröffnen. Es wird mein Unternehmen sein, aber zur Marke ›Ginhütte‹ gehören. Ich bleibe also und arbeite weiter hier, bis ich die geeigneten Räumlichkeiten gefunden habe, damit wir sozusagen expandieren können.«

Olivia war mehr damit beschäftigt, Skylars Reaktion einzuschätzen, als sich genau anzuhören, was sie bereits wusste. Zum Glück wirkte Skylar nicht überrascht. Dass sie sich allerdings nicht besonders zu freuen schien, war angesichts der Gesamtsituation kein Wunder.

»Das sind großartige Neuigkeiten«, sagte Mark, und alle anderen gerieten ebenfalls in Feierstimmung und diskutierten, welche Gins man kreieren konnte und was für den Anfang benötigt wurde.

Es war ein guter Moment, um auf die Toilette zu verschwinden. Nicht nur, weil sie das Bedürfnis verspürte. Sondern auch weil sie auf dem Rückweg Gelegenheit hätte, mit Skylar zu sprechen.

»Wie sieht's aus?« Olivia fragte leise, damit ihr Gespräch im allgemeinen Trubel unterging.

»Schwierig. Ich habe versucht, Lucas an die Idee zu gewöhnen, dass er einen Vater hat, und er hat es falsch aufgefasst und gedacht, ich rede von Richard. Er sagt sogar schon Dad zu ihm. Zumindest das ist positiv.«

Einen Augenblick lang hatte Olivia den sprichwörtlichen Kloß im Hals. Dass ihr Sohn einmal mit »Dad« angesprochen würde, hatte sie nicht mehr für möglich gehalten. Und dass der kleine Lucas jemandem so weit vertraute, um ihn so zu nennen, machte die Tatsache, dass nun sein echter Vater aufgetaucht war, noch herzzerreißender. »Hast du ihm helfen können, es besser zu verstehen?«

»Ich habe beschlossen, am besten zu warten, bis wir ihn treffen. Hast du morgen Zeit? Ich hatte gehofft, du kommst vielleicht mit. Es wäre für Lucas vielleicht eine Hilfe, wenn mehr als eine vertraute Person dabei ist. Und Richard würde in diesem Fall wohl Verwirrung stiften.«

»Natürlich habe ich Zeit. Wie du weißt, war es noch nie mein Ding, beim Beschäftigungsprogramm von Oakley West häkeln zu lernen.«

»Danke. Lucas wird sich freuen, dich zu sehen.«

»Ich mich auch. Ich schulde dem Jungen noch ein Eis. Und mir selber will ich auch eins kaufen.« Da es das Café nicht mehr gab, mussten sie warten, bis der Eiswagen kam.

»Ich schreibe dir noch die Einzelheiten. Danke.« Skylar drückte Olivias Hand, und dann widmete sich Olivia wieder dem Zuschneiden von Stimmzetteln.

Unvermittelt durchströmten Olivia ihre mütterlichen Gefühle, und ihre Haut begann vor Wärme zu kribbeln. Da draußen in der Welt gab es einen kleinen Jungen, der ihren Sohn Dad nannte. Und das bedeutete, dass morgen nicht Olivia Turner auftauchen würde, um die Interessen ihrer Freundin zu vertreten, sondern die Oma, die alles nur Mögliche tat, um ihren Enkel zu schützen. Und mit der Oma sollte sich bloß keiner anlegen.

31

Nichts auf der Welt ging über ein Eis am Strand. Mit bestimmten magischen Beigaben – Sonnenschein zum Beispiel – schmeckte es noch besser, aber selbst jetzt im Dezember und bei wenig einladendem Wetter sorgte es für einen jener fast vollkommenen Glücksmomente.

Es war zu kalt, um sich mit dem Eis hinzusetzen. Also ging Olivia mit Skylar und Lucas langsam auf der Promenade spazieren. Olivia hatte ganz jahreszeitgemäß ein Snowball-Eis gewählt, diese wunderbare Köstlichkeit aus Vanilleeis und Kokosflocken. Am Strand herrschte eine festliche Atmosphäre, da all die anderen Besitzer sich die Weihnachts-Ginhütten zum Vorbild genommen und ihre Hütten ebenfalls dekoriert hatten. Noch nie hatte Olivia diesen Teil der Westbrook Bay so weihnachtlich erlebt.

Angesichts des bevorstehenden Wochenendes freute sich Olivia wirklich auf Weihnachten. Sie würde es zum ersten Mal in Oakley West erleben, und vor ihrem Einzug hatte sie sich das als eine einsame, nüchterne Angelegenheit vorgestellt. Stattdessen war ihr Freundeskreis jetzt größer denn je, und so würde sie zunächst das Mittagessen mit ihren Oakley-West-Freunden genießen, um sich nachmittags mit ihrem Sohn und dem Rest der »Ginhütten«-Crew zu treffen. Auf ihr Nickerchen auf dem Sofa würde sie verzichten müssen, aber sie wollte das fröhliche Treiben auf keinen Fall verpassen.

Heute allerdings war ihr überhaupt nicht nach Feiern zumute. Sie hatten geplant, sich draußen vor dem ehemaligen Café mit Pete zu treffen. Olivia graute es vor der bevorstehenden halben Stunde, aber sie rief sich immer wieder in Erinnerung, dass es keinen Sinn hatte, sich Gedanken zu machen, solange es keinen konkreteren Anlass dafür gab. Sie war nur als moralische Unterstützung dabei, also war im Prinzip das Eisessen der schwierigste Part dieser Expedition.

»Mummy, ich brauche ein Taschentuch«, sagte Lucas, als sie an den Weihnachtshütten vorbeigingen.

Das war nicht zu leugnen, wenn man sich sein Gesicht ansah. Skylar wühlte in ihrer Handtasche und säuberte dann Lucas.

»Wer ist das gleich wieder, den wir besuchen, Mummy?«

Es war ein ruhiger Tag am Meer, und es herrschte Ebbe. Der breite Strand lud dazu ein, zwischen den Felsen nach Schätzen zu suchen.

»Mummys ehemaliger Freund, Pete.«

»Wird das laaaaangweilig?«

»Nein, wir gehen dann noch am Strand spazieren. Darum hast du ja Gummistiefel angezogen.«

»Können wir nicht gleich an den Strand?«

»Gehen wir erst mal zu ihm.«

Lucas hatte einen jener Tage, an denen man seine Aufmerksamkeit nur schwer fesseln konnte. Am Strand gab es ja auch so vieles, was Kindern Spaß machte. Krebse fangen, im Wasser planschen oder Schätze suchen, alles war unterhaltsam. Darum war es eine gute Idee gewesen, Pete hier zu treffen. Was immer Lucas von alledem halten mochte, es wäre jedenfalls Ablenkung da.

Als sie zum Café abbogen, wartete kein Pete vor der Tür.

»Welche Zeit hast du ihm genannt?«

»Zwei Uhr. Vielleicht ist er drinnen.«

Die Türen des »Bottoms Up« waren zu und, wie sich beim Versuch, sie zu öffnen, herausstellte, sogar abgeschlossen.

»Soll ich klopfen?«, fragte Skylar.

»Welchen Treffpunkt habt ihr ausgemacht?«

»Ich habe gesagt, draußen.«

Olivia blickte auf die Uhr. Es war zwei. Genauer gesagt, es war schon fünf Minuten nach zwei, und wenn er draußen gewesen wäre, hätten sie ihn gesehen. »Ob die es überhaupt hören, wenn wir klopfen? Na, wir müssen es wohl probieren.«

»Darf ich jetzt an den Strand, Mum?« Lucas war jetzt schon gelangweilt.

»Ja, geh nur, mein Schatz. Aber nicht zu weit von den Stufen weg. Wir warten hier.«

Bevor Skylar auch nur Luft holen konnte, war Lucas schon unten im Sand.

»Soll ich mitgehen und ihn im Auge behalten?« Olivia war immer nervös gewesen, wenn Richard sich als Kind ohne sie zu nah am Wasser aufhielt. Wahrscheinlich eine Überreaktion, nachdem sie ihre Tochter verloren hatte. Sie wollte kein Risiko eingehen, dass noch einmal ein Unglück passierte.

»Ist schon okay. Er hält sich ziemlich brav an das, was ich ihm sage.«

Skylar hatte recht, denn statt in der Ferne zu verschwinden, setzte sich Lucas hin und begann, eine Burg zu bauen.

Nachdem sie weitere fünf Minuten gewartet hatten, lehnten

sich Skylar und Olivia beide ans Geländer – Skylar mit Blick auf den Strand, während Olivia hinaufstarrte zum »Bottoms Up« und der Tür, die sich nicht öffnen wollte. Nach einer Viertelstunde stiegen sie auf den oberen Treppenabsatz und zogen die Jacken fester um sich, denn der Wind frischte auf. Nach zwanzig Minuten versuchte Skylar es noch einmal an der Tür und fragte Pete per SMS, wo er stecke.

Als eine halbe Stunde vergangen war, wurde Lucas kribbelig und wollte gehen.

»Machst du mit ihm einen Spaziergang? Ich will erst noch Pete anrufen.«

»Komm, Lucas.« Olivia bedeutete ihm, ihr zu folgen, und für kurze Zeit schob er seine rundliche Hand in ihre. Diese Art Vertrauen nahmen manche Menschen als selbstverständlich, sie hingegen niemals. Nicht, seit sie Jane verloren hatte. Damals hatte sie auf sehr schmerzvolle Weise zu schätzen gelernt, was kostbar war.

Diese Wertschätzung führte dazu, dass sie der Missbrauch solch besonderer Ehren umso mehr auf die Palme brachte. Olivia war froh, dass Lucas das Gespräch, das Skylar vielleicht mit Pete führte, nicht mitbekam. Wie konnte er es wagen, nicht aufzutauchen? Wenn er zugestimmt hatte, warum ließ er es dann so schlecht beginnen? Dadurch wurde die ohnehin schwierige Situation bestimmt nicht besser.

»Schau mal, was ich gefunden habe, Olivia.«

Lucas hielt ein Stück blaues Glas in der Hand, das die Wellen in weiß Gott wie langer Zeit ganz glatt geschliffen hatten.

»Darf ich zu Mum gehen und ihr das geben?«

Aus der Entfernung sah Olivia, dass Skylar telefonierte.

»Es ist wunderschön, aber lass uns sehen, ob wir noch mehr finden, bevor wir deine Mum unterbrechen. Sie wäre entzückt, wenn wir ein Geheimversteck voller Schätze finden.« Skylar las am Strand ständig Kostbarkeiten auf, die sie mitnahm, um etwas Tolles daraus zu machen. Sie würde sich auch über dieses eine Stück freuen, doch Olivia wollte ihr den Raum und die Zeit lassen, die sie brauchte.

Viel fanden sie nicht, aber Olivia gab trotzdem Laute von sich, die andeuteten, sie habe vielleicht etwas entdeckt. Lucas fand es lustig, obwohl es nur kleine Notlügen waren, die ihn beschäftigt halten sollten.

»Mir ist kalt«, sagte Lucas, nachdem sie eine Weile gesucht hatten.

Olivia fror ebenfalls. Die Dezemberwinde waren deutlich kühler als die milde Meeresluft, die sie gewohnt war.

»Gehen wir schnell in meine Hütte und machen das sauber? Da können wir uns aufwärmen und auf deine Mum warten.«

»Super«, erklärte Lucas, während er in einem Tempo auf die Strandhütte zusprang, mit dem Olivia unmöglich Schritt halten konnte.

Ein Glück, dass außer ihnen niemand am Strand war und Olivia ihn bedenkenlos vorausstürmen lassen konnte. Sie nutzte neuerdings wirklich nur noch einen einzigen Gang, die anderen schaltete sie nur ein, wenn es unbedingt notwendig war. Sie war froh, weiter schlendern zu können. Schlendern war die ideale Gangart im Leben.

In der Hütte angekommen, suchte Olivia in den Schränken nach einer Flasche Wasser. »Siehst du sie irgendwo, Lucas?«

»Was ist das?« Lucas deutete auf etwas im Schrank.

Olivia musste erst nachsehen, was er so interessant fand. »Ach, das. Das war ein Experiment.« Da stand noch eines der Einmachgläser aus der Zeit, als sie nach dem besten Mischungsverhältnis gesucht hatte.

Olivia bückte sich, fand die gesuchte Wasserflasche und holte sie zusammen mit dem Einmachglas heraus. Den Inhalt hätte sie längst entsorgen sollen, hatte es aber vergessen.

»Warum hast du experimentiert?«

»Ich habe versucht, einen tollen Cocktail zu erfinden, der ein bisschen nach weihnachtlicher Gebäckfüllung schmeckt. Das hier sieht zwar ein bisschen unappetitlich aus, aber inzwischen habe ich die perfekte Mischung gefunden, schau.« Olivia tippte auf ein Blatt Papier an der Wand, auf dem sie das meisterliche Rezept notiert hatte, obwohl sie es inzwischen längst auswendig kannte.

Olivia schüttete ein wenig Wasser in ihre leere Waschschüssel, damit Lucas sein Stückchen Meeresglas abwaschen konnte.

Lucas studierte den Zettel eine Weile, bevor er seine Aufmerksamkeit wieder dem Behälter zuwandte. »Sieht ein bisschen eklig aus.«

Es war eine der Mischungen mit besonders viel Gebäckfüllung, und vom langen Stehen hatte der Gin sich dunkelbraun verfärbt – ein ziemlich unappetitlicher Anblick. »Na ja, es ist ein bisschen braun.«

»Es sieht aus wie Kacke«, meinte Lucas in dem schüchtern-kecken Ton, den man nur Kindern durchgehen lässt.

»Stimmt. Ich werde es bald entsorgen, aber nicht, während du hier bist. Der Geruch könnte dir den Rest geben. Und du musst wissen, das Endprodukt sieht anders aus. Der Mince-Pie-Cocktail ist einfach köstlich – ein echter Knaller! So, und jetzt erzähl mal, ist in der Schule alles okay?« Olivia fiel auf, dass sie nach dem ersten Gespräch über das Thema keine Gelegenheit mehr gehabt hatte, mit Lucas darüber zu sprechen.

»Ja«, sagte Lucas. Es war offensichtlich, dass ihn das gerade wenig bis gar nicht interessierte, so vertieft war er in die Reinigung seines Schatzes.

Immerhin hatte er also an dieser Front nicht zu kämpfen. Olivia hoffte, dass der heutige Tag keine weiteren Belastungen für ihn brachte. »Gut, dann schrubben wir das mal.«

Olivia sah zu, wie Lucas den Sand abwusch. Sie würde das Gefäß mit ihrem Gin-Experiment keinesfalls in seiner Gegenwart öffnen. Der Geruch würde ihn vermutlich umhauen. Außerdem wollte sie, bevor sie den Inhalt entsorgte, noch probieren, ob man ihn trinken konnte. Einfach so wegwerfen, das ging nicht.

»Fertig.« Lucas hielt Olivia das gesäuberte Stück Glas entgegen.

»Super gemacht.« Olivia gab ihm ein Geschirrtuch zum Abtrocknen.

Zum Glück musste sich Olivia nicht noch andere Beschäftigungen für den Jungen ausdenken, denn Skylar gesellte sich zu ihnen.

»Schau mal, was ich für dich gefunden habe, Mum.« Lucas überreichte ihr die Glasscherbe, als sei sie ein heiliges Juwel.

Skylar tauschte einen Blick mit Olivia, der sagte, dass sie im Augenblick lieber nicht fragen sollte, was los war. Das musste bis später warten.

»Danke, mein Süßer. Das passt perfekt in unsere Sammlung.«

Da Olivia nicht gleich erfuhr, was vorgefallen war, produzierte ihr Hirn eine endlose Liste von Möglichkeiten, von denen mindestens die Hälfte vollkommen unwahrscheinlich war. Möglicherweise hatte Pete es einfach nur vergessen. Oder es hatte ein Missverständnis gegeben, was Zeit und Datum betraf. Vielleicht hatte er das Weite gesucht oder einen Unfall gehabt. Es konnte auch sein, dass er den Elfen begegnet war, die ihrer Meinung nach ihre Strandhütte heimgesucht hatten. Auch nachdem sie sich schon verabschiedet hatten, fielen Olivia noch immer neue Theorien ein, warum Pete nicht erschienen war. Denn um einen Vater davon abzuhalten, seinen Sohn zum ersten Mal seit Jahren wiederzusehen, musste etwas völlig Unvorhersehbares geschehen sein – vielleicht hatten Außerirdische ihn entführt?

Olivia verbrachte einen einsamen, stillen Abend in Oakley West. Sie hätte gern mit jemandem gesprochen. Mit Richard oder Randy oder Veronica, aber es gab ja nichts Konkretes zu berichten. Außerdem hätte sie das keinesfalls ohne das Einverständnis ihrer Freundin getan. Sie schrieb Skylar eine Nachricht, doch da keine Antwort kam, musste sie ihre Neugier bezähmen.

In dieser Nacht fand Olivia keinen Schlaf, sie wälzte sich nur herum und starrte an die Decke – bis sie schließlich aufstand, die Vorhänge öffnete, sich einen Gin Tonic einschenkte und ihn beim Anblick der in Mondlicht getauchten Bucht genoss.

Allerdings wurde die sonst so friedliche Szene von dem Licht gestört, das aus dem »Bottoms Up« drang und sie an die Ursache für ihre Schlaflosigkeit erinnerte. Es war ein schlimmes Gefühl, dass manchmal nichts auf der Welt das Fehlverhalten anderer ändern kann – selbst wenn man alles Menschenmögliche unternahm. Betrunkene Fahrer, die unbeabsichtigt halbe Familien umbringen. Volltrottel von Vätern, die nicht wissen, wie man seine Elternrolle erfüllt. Sie verursachten eine solche Finsternis, ohne je für ihr Handeln Verantwortung zu übernehmen. Manchmal könnte man fast an der Welt verzweifeln, aber das wollte Olivia keinesfalls. Skylar und Lucas sollten nie daran zweifeln müssen, dass es auch Gutes auf der Welt gab, was immer auch geschah. Dafür wollte sie sorgen. Denn für jeden Idioten gab es auch Engel, das wusste sie genau. Es musste welche geben – sie war von ihnen umringt.

Über diesen Gedanken schlief Olivia im Sessel ein und träumte von ihnen allen: denen in dieser Welt und denen in der nächsten.

32

Als Olivia am nächsten Morgen erwachte, musste sie sich beherrschen, um nicht sofort ins »Bottoms Up« hinunterzugehen und Pete eine Lektion zu erteilen.

Stattdessen hielt sie sich beschäftigt. Da die Strandhütten ohnehin weihnachtlich dekoriert waren, wollte sie auch ein spezielles Weihnachtsmann-Event arrangieren – vor allem Skylar und Lucas zuliebe, aber auch, damit der Rest der »Ginhütten«-Crew ein bisschen Spaß hatte.

Nachdem sie ihre Ideen dazu gesammelt hatte, ging sie all ihre Rezeptnotizen durch, um in den Kursen die Cocktails vorstellen zu können.

Beim Frühstück freute sie sich über die Gesellschaft von Randy und Veronica. Sie hatte das Zusammensein mit ihnen in den letzten Wochen vermisst, doch es war klar, dass die beiden jetzt, wo sie ein Paar waren, auch Zeit für sich brauchten, ohne Olivia als Anstandswauwau. Das nahm sie keineswegs übel, freute sich aber umso mehr, wenn sich die Gelegenheit ergab, ein wenig zu plaudern.

»Du bist so still heute, Olivia«, sagte Randy.

Das ließ sich nicht leugnen. Olivia fühlte sich unwohl, weil sie nicht über das sprechen konnte, was sie belastete. »Mir geht viel durch den Kopf.« Eine bessere Ausrede fiel ihr gerade nicht ein. »Würdet ihr beiden mich gern bei meinen Meisterklassen unterstützen?«

»Selbstverständlich«, antwortete Randy.

»Wir hatten gehofft, dass du uns fragst«, fügte Veronica hinzu.

»Oh, prima. Ein paar Rezepte sind komplizierter, als ich dachte. Es wäre gut, wenn ihr beiden bei den Vorbereitungen helfen und ein paar der Bestandteile vorführen könntet. Vielleicht übernimmt jeder von uns ein, zwei von den Rezepten?«

»Mensch, dann musst du aber auch Richard mit ins Boot nehmen. Er kann inzwischen mit einem Schüttelbecher raffinierte Sachen anstellen. Ich würde ihn mit meinen arthritischen Fingern wahrscheinlich fallen lassen«, meinte Randy.

»Er ist schon mit ihm Boot. Ein Sohn muss ja auch zu etwas nütze sein.« Olivia freute sich auf das Wochenende, oder zumindest würde die Freude kommen, sobald ihr Unbehagen sich gelegt hatte. Wenn sie ihre Freunde dabei hatte, machten ihr die Meisterklassen weniger Angst. »Wir müssen noch einiges besprechen. Am besten heute, geht das für euch?«

»Du kennst uns doch, Olivia. Wir können frei über unsere Zeit verfügen und uns ganz nach dir richten. Vielleicht gehen wir dazu runter in die Strandhütte, wenn es nicht so kalt ist wie gestern. Oder Richard öffnet für uns die ›Ginhütte‹ ein wenig früher.«

In diesem Augenblick summte Olivias Handy. Es war die langerwartete SMS. Sie griff zum Telefon und verlor den Faden des Gesprächs, das sie gerade führte.

Skylar fragte, ob sie sich um zehn bei der Strandhütte treffen könnten, um den Versuch von gestern zu wiederholen.

Einzelheiten zu den Ereignissen vom Vortag teilte sie nicht mit, und Olivia musste sich damit abfinden. Wenn Skylar sie nicht einweihen wollte, erfuhr sie es vielleicht nie. Aber zumindest war, was immer dazwischengekommen war, kein Hinderungsgrund für ein zukünftiges Treffen. Sie hoffte bloß, dass Pete sich solche Eskapaden nicht zur Gewohnheit machte.

»Erst einmal werde ich mich mit Skylar treffen. Darf ich euch eine Nachricht schicken, wenn ich fertig bin? Dann könnt ihr runterkommen in die Hütte.« Olivia fiel es schwer, ihren Freunden gegenüber zu flunkern, aber sie hatte das Gefühl, dass sie den Anlass bereits ahnten.

»Klingt gut, Olivia. Und wenn ich schon unten bin, werden wir versuchen, mit Richards Hilfe deinen Segway zurückzuholen«, versprach Randy.

»Ja, denn du wirst bis Weihnachten so viel unterwegs sein, dass du ohne dein Gefährt aufgeschmissen bist«, meinte Veronica.

Olivia wollte nicht verraten, dass sie sogar noch mehr geplant hatte – das würde sie erst tun, wenn alles unter Dach und Fach war. Aber darüber konnte sie sich später den Kopf zerbrechen. Jetzt musste sie erst einmal los, um ihre Freundin zu unterstützen.

Der Weg hinunter zur Bucht erinnerte Olivia daran, warum sie sich überhaupt den Segway zugelegt hatte. Sie kämpfte gegen einen Wind an, der ihr fast den Atem raubte – oder das, was davon noch übrig war.

Aber eigentlich gab es ja keinen Grund zur Eile, außer ihrer Entschlossenheit, rechtzeitig zur Stelle zu sein. Wenigstens ein Mensch in Skylars und Lucas' Leben sollte zuverlässig sein. Im

Leben kam und ging so vieles mit den Gezeiten. Da empfahl es sich, die Dinge – oder besser, die Menschen –, die blieben, festzuhalten.

Als sie bei der Hütte ankam, war sie natürlich zu früh dran, doch Skylar und Lucas waren bereits da. Sie würde endlich die Fragen stellen können, die sie bisher nicht stellen konnte.

»Wir haben Bacon-Sandwiches vorbereitet, für den Fall, dass du hungrig bist«, sagte Skylar.

Olivia sperrte ihre Hütte auf, um Luft hereinzulassen, setzte sich aber lieber in einen von Skylars Liegestühlen, anstatt Zeit damit zu vertrödeln, sich ihren eigenen zu holen. Und das Bacon-Sandwich war einfach zu verlockend. Zwar hatte sie gerade ein üppiges Englisches Frühstück verspeist, aber auf ihre Linie achtete sie schon seit ungefähr fünfzehn Jahren nicht mehr.

»Wie sieht's aus?«, fragte Olivia, während sie zugriff. Lucas spielte am Strand, offenbar suchte er Muscheln. Eine gute Gelegenheit zu reden.

»Für ihn wird Lucas nie an erster Stelle stehen.« Skylar blickte zu ihrem Sohn hinüber.

»Wieso ist er gestern nicht gekommen?«

»Welche Ausrede willst du zuerst hören?«

»Schieß los. Nein, nicht wörtlich bitte. Das würde weh tun.«

Skylar lächelte verhalten. »Zunächst sagte er, er hätte den richtigen Tag und die Uhrzeit vergessen. Dann, als ich andeutete, er hätte ja auch mit Verspätung noch auftauchen können, stellte sich heraus, dass er in Chichester war. Offensichtlich war für seine Freundin die Entdeckung, dass er einen Sohn hat, ziemlich erschütternd. Er ist ihr also nachgereist, um sie bei ihren Eltern aufzusuchen. Er wollte sie überreden, zurückzukommen. Am Ende habe ich ihm eine Gratis-Therapiestunde verpasst. Und er hat auch noch Mitgefühl von mir erwartet.«

»Ist ihm nicht klar, dass er selbst für all seine Probleme verantwortlich ist? Stell dir bloß vor, weder ihr noch dir etwas zu sagen. Und was zum Kuckuck zählt das alles, wenn er seinen Sohn treffen wird?« Bei diesem Mann waren die Prioritäten – oder besser der Blutfluss – ganz und gar an den falschen Stellen.

»Ich habe ihm gesagt, falls er heute nicht kommt, ist es vorbei. Dann ziehe ich vor Gericht, falls nötig, aber ich lasse mich von ihm nicht durcheinanderbringen. Ich bin nicht mehr wie früher, auch wenn er mich immer noch so behandelt.«

»Gut gemacht. Wenn er sich ein bisschen Respekt und Vertrauen verdienen will, wird er sich sehr anstrengen müssen.« Olivia hatte über die Jahre Skylars Entwicklung verfolgt und freute sich, dass sie sich nicht aus der Fassung bringen ließ. Jedenfalls deutete nichts darauf hin.

Offenbar hatte Pete begriffen, dass es Skylar ernst war, denn er kam nun über den Strand auf sie zu. Immerhin machte er sich diesmal die Mühe aufzutauchen.

»Ich verdrücke mich jetzt, aber ich bin da, falls du mich brauchst.«

»Danke, Olivia.«

Herumzuwerkeln fiel ihr wirklich nicht schwer, seit sie ein bestimmtes Alter erreicht hatte. Auch wenn Olivia es gar nicht vorhatte, vergaß sie oft, was sie eigentlich gerade hatte tun wollen, weil etwas Wichtigeres sie ablenkte. Und dann ertappte sie sich dabei, wie sie sich zehn verschiedene Sachen auf einmal vornahm, ohne auch nur eine davon zu Ende zu bringen.

Heute werkelte sie einfach so herum. Hauptsache, sie konnte nebenbei ein Auge auf die Vorgänge draußen haben.

Am Strand war keine Menschenseele sonst zu sehen. Es war knapp zwei Wochen vor Weihnachten, wahrscheinlich waren alle zu sehr mit Einkäufen in letzter Minute beschäftigt, um an Sport oder frische Luft auch nur zu denken. Olivia wollte in Bewegung bleiben und beschloss darum, die Dekorationen der Weihnachtshütten zu inspizieren. Den kleinen Schneemann auf ihrer Veranda mochte sie inzwischen richtig gern. Ihn nach den Feiertagen wegzupacken würde ihr schwerfallen.

Ihn nahm sie als Erstes unter die Lupe. Dann ging sie mit ihrem Geschirrtuch von Hütte zu Hütte, überprüfte die Dekoration und wischte Schmutz oder Vogelexkremente ab, sofern vorhanden. Zum Glück fand sie nichts, was sie jedoch nicht hinderte, ein wenig so zu tun als ob.

Zu gern hätte sie gehört, was gesprochen wurde, doch Pete bemühte sich, mit Lucas in Kontakt zu kommen, indem er mit ihm die Gezeitentümpel erkundete.

Das Rentier vor der Hütte der Salter-Jungs war in Ordnung, also staubte sie es bloß zum Schein ab, bevor sie weiterzog. Im Gehen bemerkte sie, dass sich etwas rührte … Pete stand auf, legte gleich darauf den Arm um Skylars Schultern und zog sie an sich.

Olivia blieb stehen wie vom Donner gerührt. Sie hatte gerade eine Elfe säubern wollen, doch stattdessen starrte sie mit offenem Mund das Schauspiel an, das sich ihr bot.

Jeder Unbeteiligte hätte es für eine richtige Familienidylle gehalten. Ein kleiner Junge, der spielte, während seine Mum und sein Dad sich umarmten. Nur dass es keine liebevolle Umarmung war, sondern eine einseitige.

Sehr zu Olivias Erleichterung (denn was hätte sie Richard erzählen sollen, wenn es anders gewesen wäre?) befreite sich Skylar so rasch wie möglich aus seinem Griff, und obwohl sie sich nicht in Hörweite befand, bekam Olivia mit, dass heftige Worte fielen.

Noch bevor Olivia sich der Elfe widmen konnte, kam Skylar wieder auf die Strandhütten zumarschiert.

»Dieser Mann ist unglaublich.«

»Was hat er jetzt angestellt?«

»Er hat davon geredet, wieder eine glückliche Familie zu werden. Er wollte mich küssen. Richtig küssen, als wäre das vor den Augen des Sohnes, den er seit Jahren nicht gesehen hat, angemessen.«

»Wie kommt Lucas mit ihm zurecht?«

»Ich habe ihm gesagt, er hat fünf Minuten, um sie mit seinem Sohn zu verbringen, und damit basta. Einen derart wankelmütigen Menschen möchte ich nicht im Leben meines Sohnes haben. Ich werde mit Richard sprechen, wenn ich irgendwann rechtlichen Beistand brauche.«

Seltsam, aber Olivia sah ihren Sohn gar nicht mehr als Anwalt. Dabei hatte ihn sein Beruf bis vor nicht allzu langer Zeit regelrecht aufgefressen. All seine Gedanken und Handlungen, alles bis hin zu seiner Kleidung, selbst wenn er seine alte Mutter besuchte, war durch seinen Beruf bestimmt gewesen. Doch die »Ginhütte« hatte ihn sehr verändert. Kaum zu glauben, dass es derselbe Mann war. Da Richard so viel entspannter wirkte, vergaß sie leicht, dass er sich nur in sein Anwaltsoutfit zu werfen brauchte, um einen wie Pete fertigzumachen.

Die fünf Minuten, die Lucas in Petes Obhut verbrachte, vergingen quälend langsam. Es war ein kurzer Austausch, der eine Ewigkeit dauerte. Und Olivia hoffte für Skylar und für Lucas, ja sogar für sich selbst und Richard, dass Pete dem Jungen nichts sagte, was ihm ein Leben lang zu schaffen machen würde.

Als Lucas wieder bei ihnen war, wusste einen peinlichen Moment lang keiner, was er sagen oder wie er dastehen sollte. Nach Petes Gesichtsausdruck zu schließen hätte er, da war Olivia ziemlich sicher, wortwörtlich den Schwanz eingezogen, wenn er einen gehabt hätte. Er wusste wohl, dass er es vermasselt hatte und sich keine Chancen mehr ausrechnen konnte.

Der Gedanke, dass ein erwachsener Mann erwartet, einfach so wieder in das Leben seines Sohnes zu spazieren, den er jahrelang vernachlässigt hat, war wirklich absurd. Und wie konnte er vor den Augen des Kindes, das er seit Jahren nicht gesehen hatte, um seine Ex werben? Sein Verhalten erschien Olivia nicht besonders verlässlich, und je weniger Zeit Lucas mit ihm verbrachte, desto besser.

»Ich melde mich nach Weihnachten«, sagte Skylar.

Bevor sie aufbrachen, mussten sie noch Skylars Tisch und Stühle wegräumen und die Hütten abschließen, aber Olivia hätte sogar darauf verzichtet, wenn es nötig gewesen wäre.

»Sei brav zu deiner Mum, Junge«, sagte Pete, der offenbar verstanden hatte, dass er unerwünscht war.

Olivia sperrte ihre Hütte so schnell ab wie noch nie. Sie würde für das Treffen mit Randy und Veronica umdisponieren müssen. Aber jetzt würde sie erst einmal Skylar und Lucas begleiten, ganz gleich, wo sie hingingen. Zu ihrer großen Erleichterung wollte Skylar zu Richard. Zugegebenermaßen war sie nicht nur froh, dass zwischen Skylar und Richard demnach wohl alles in Ordnung war, sondern auch, dass sie nicht so weit laufen musste. Sie war vieles, aber fit war sie nicht. Und es gab eben Dinge, die man in ihrem Alter nicht mehr ändern konnte. Olivia würde nie zum Fitnessfreak werden, ebenso wie Pete nie ein guter Vater sein würde. Sie hoffte bloß, dass keine dieser Tatsachen in Zukunft zu Problemen führen würde.

33

Nach dem Treffen mit Randy und Veronica hatten sie fieberhaft mit den organisatorischen Arbeiten begonnen. Sie besorgten alles, was sie für die beiden Meisterklassen brauchten, die sie zu dritt abhalten würden, und veranstalteten ein paar Probeläufe, bei denen die Bewohner von Oakley West bereitwillig die Schüler spielten.

Sobald Olivia erleichtert feststellte, dass es diesbezüglich keinen Grund zur Sorge mehr gab, begann sie mit den Vorbereitungen für ihre Weihnachtsüberraschung. Nach allem, was Skylar und Lucas in den vergangenen Wochen erlebt hatten, war Olivia entschlossener denn je, ihnen zu beweisen, dass es auf der Welt auch gute Menschen gab. Diesen Glauben zu bewahren war schwierig, wenn Personen, die eigentlich eine Hauptrolle in ihrem Leben spielen sollten, sie enttäuschten, doch schließlich gab es durchaus andere, die ihre Funktion übernehmen konnten. Ging es beim Weihnachtsgedanken nicht genau darum?

Die Möglichkeit, im Internet einzukaufen, half Olivia in ihrem Bestreben, Gutes zu tun. Es war erstaunlich, wie einfach man mit ein paar Klicks alles Erdenkliche bestellen konnte. Ob es für den Weihnachtsmann ebenso unkompliziert war? Sie hatte nie das Bedürfnis verspürt, eine neue Beziehung einzugehen, geschweige denn zu heiraten, aber dem Weihnachtsmann hätte sie vielleicht doch das Jawort gegeben. Den Job der Weihnachtsfrau stellte sie sich ziemlich angenehm vor.

Nicht berücksichtigt hatte sie die Einpackerei, denn sie hatte ja keine kleinen Elfen als Helfer. Es war natürlich ein bisschen vermessen, davon auszugehen, dass alle ihren großartigen Plan unterstützen würden, doch da es hauptsächlich um Lucas ging, war sie zuversichtlich. Fragen wollte sie aber erst nach dem Gingle-Bells-Wochenende. Es war besser, wenn sich die anderen zunächst darauf konzentrierten und nur sie selbst abgelenkt war.

Die Zeit bis zum Wochenende verging wie im Flug, sodass Olivia sich fragte, ob das Leben ihr ein Schleudertrauma verpassen wollte. Anstatt an der Willkommensparty teilzunehmen, entschieden sich Olivia und ihre Freunde für einen ruhigen Abend in Oakley West, bevor sie am nächsten Morgen zu den Weihnachts-Ginhütten aufbrachen.

Einige der Gäste waren vor allem gekommen, um das Oakley-West-Trio kennenzulernen. Der Gedanke erschien Olivia albern. Erstaunlich, was ein paar Zeitungsartikel bewirkten. Die Lokalzeitung hatte sogar darum gebeten, über das Retreat-Wochenende berichten zu dürfen. Olivia fand die Vorstellung, Reporter dabei zu haben, ganz seltsam. Also hatten die drei einander versprochen, ausnahmsweise einmal früh zu Bett zu gehen, um sich morgens auch ein bisschen herausputzen zu können. Schließlich wurden sie nicht jeden Tag mit der Aussicht fotografiert, ihr Konterfei in Tausenden Zeitungen veröffentlicht zu sehen. Oder sogar in deutlich mehr, falls das Thema wie beim letzten Mal von den überregionalen Blättern aufgegriffen wurde. Aber der Blitz schlägt nicht zweimal am selben Ort ein, also würde das wohl kaum passieren. Vorbereitet zu sein schadete trotzdem nicht.

Als der Tag anbrach, herrschte sehr gnädiges Wetter. Es war kalt, aber mit ein paar Schichten Kleidung angenehm draußen. Sie konnten also ihren Plan, die Meisterklassen bei den Strandhütten abzuhalten, umsetzen.

Dem Anlass entsprechend herausgeputzt machte sich das Oakley-West-Trio auf den Weg. Endlich hatte Olivia ihren Segway wieder! Wie schön, dass sie zum Strand hinunterfahren konnte – sonst wäre sie vielleicht schon erschöpft gewesen, bevor sie dort eintraf.

»Kleinen Moment mal«, sagte Randy, als sie ihren Roller von dem Platz in der Halle, wo sie ihn nun abstellen durfte, holen wollte.

»Es ist doch nichts kaputt, oder?« Da Olivia ihren fahrbaren Untersatz nicht mehr benutzt hatte, seitdem die Batterie leer gewesen war, befürchtete sie nun, er könnte gar nicht mehr funktionsfähig sein. Randy hatte gesagt, er habe ihn wieder flott gemacht, doch vielleicht war ihm das nicht gelungen – und er hatte ihn gegen ein Skateboard ausgetauscht …

»Bitte sehr, das ist deiner«, sagte Randy und rollte den Segway heraus.

Er sah nagelneu aus, von seinen Abenteuern war keine Spur zu sehen, und Olivia war froh, ihn wiederzuhaben – hoffentlich mit voll aufgeladener Batterie und funktionstüchtig.

Randy ging zurück zum Wandschrank. »Und die beiden gehören Veronica und mir.« An deren Gefährten prangten die Großbuchstaben V und R. »Ich habe auch ein O für Dich, wollte es aber nicht ohne Erlaubnis aufkleben.«

Olivia lachte. Wer hätte gedacht, dass sie noch mal zur Trendsetterin würde? Kaum zu glauben, dass ihre Freunde verrückt genug waren, sich ebenfalls Segways zuzulegen. »Natürlich will ich das O drauf. Ich kann mich doch nicht von euch in den Schatten stellen lassen!«

»Dann warte eine Minute.«

Es wurden einige Minuten daraus, doch dann fuhren sie hintereinander die Straße entlang, bis sie die Royal Esplanade überquert hatten. Anschließend konnten sie nebeneinander fahren.

Unterwegs vergnügten sie sich mit Überlegungen, wie sie mit ihren Initialen irgendein unanständiges Wort bilden könnten. Aber ORV oder ROV gaben nichts Aufregendes her, und sogar die Akronyme, die ihnen einfielen, waren eher langweilig: Organisierte Rote Vetteln oder Richtig Ordinäre Veganer. Sie hätten zwar Schlimmeres bilden können, weigerten sich aber, das V für Vögeln zu verwenden. Mit anderen Worten, sie amüsierten sich, wahrten aber den Anstand.

Vor lauter Kichern hätten sie, als sie den Hügel hinunterfuhren, beinahe übersehen, dass eine kleine Menschenmenge samt einem Fotografen auf sie wartete.

Olivia wäre nicht auf die Idee gekommen, dass sie der Anlass waren, wenn die Leute nicht skandiert hätten: »Hoch lebe das Oakley-West-Trio!«

Das übertraf all ihre Erwartungen: die jubelnden Menschen, die sie empfingen, und Paparazzi (wenn diese Bezeichnung für einen einzigen Fotografen passt), die haufenweise Fotos schossen. Das Trio wurde sogar gebeten, die Szene noch einmal nachzuspielen, damit Rory (der Journalist, der ihre Geschichte als

Erster publik gemacht hatte) möglichst gute Aufnahmen machen konnte.

Es war tatsächlich ziemlich komisch. Einige Fans von Veronicas Facebook-Seite wollten die Gelegenheit nutzen, das Oakley-West-Trio persönlich kennenzulernen – darunter drei junge Frauen aus Japan. Der Beginn der Meisterklassen verschob sich dadurch erheblich, doch das schien niemanden zu stören.

Irgendwann gelang es Richard, die Lage in den Griff zu bekommen und jeden an seinen Platz zu schicken. Da die Zubereitung von sechs Drinks auf dem Programm stand, hatten sie die Aufgaben aufgeteilt, sodass sie jeden Cocktail in kleineren Gruppen herstellen konnten. Dafür waren jeweils zwanzig Minuten angesetzt.

Zwar bedeutete es, dass jeder von ihnen dieselben Drinks dreimal erklären musste, aber die Teilnehmer hatten die Chance, alle Rezepte zu lernen, und da sie immer wieder den Platz wechseln mussten, würden sie hoffentlich auch nicht vor Langeweile einschlafen.

Olivias erste Gruppe bestand aus den japanischen Mädchen. Sie waren unglaublich nett, sprachen aber kaum ein Wort Englisch außer »Gin« – und das wiederholten sie lauthals und begeistert, wann immer davon die Rede war.

»Jetzt fehlt nur noch ein Teilnehmer. Hoffentlich kommt er noch vor Mittag«, stellte Richard fest, der die Organisation übernommen hatte und darauf achtete, dass alles nach Plan lief. Zum Glück hatten sie ihm mitgeteilt, was sie für die Kurse benötigten, sodass jetzt alles, was sie brauchten, in den Hütten zur Stelle war.

Olivia präsentierte ihr Mince-Pie-Rezept. Wie sich zeigte, war die japanische Kultur mit derartigen Aromen wenig vertraut. So geriet die Meisterklasse auch zu einer ganz neuen Geschmackserfahrung. Wenn Mince Pies nicht sowieso Bestandteil des Weihnachtsessens waren, musste Olivia unbedingt welche besorgen, damit die jungen Frauen das Gebäck probieren konnten.

Die Fans in der nächsten Gruppe waren Olivia altersmäßig sehr viel näher. Offenbar waren sie aus der Seniorenresidenz Sunny Days in Brighton angereist, die von denselben Betreibern geführt wurde wie Oakley West. Sie hatten die Geschichte des Trios im vierteljährlichen Infobrief gelesen und seither die Entwicklung mitverfolgt. Dieses Wochenende nun versprach der größte Spaß in der gesamten Vorweihnachtszeit zu werden.

Rory kam mit der Gruppe herein und machte diskret Aufnahmen, während Olivia ausführte, welche Vorbereitungen das Rezept erforderte. Als er mitzuschreiben begann, machte sie sich langsam Sorgen.

»Das bitte nicht abdrucken. Dies ist der Cocktail, der gewinnen wird.« Richard würde den Sieger erst am Abend verkünden, Olivia konnte sich dessen also nicht sicher sein, aber ihr Selbstvertrauen und die Blicke ihres Sohnes sagten ihr, dass die Chancen gut standen.

»Keine Sorge. Meine Notizen sind nur zur persönlichen Verwendung. Ich liebe Mince Pies.«

»Dann müssen Sie unbedingt mal probieren«, entgegnete Olivia. Sie selbst verzichtete aber darauf, bei jeder Vorführung einen Cocktail zu trinken, sonst wäre sie bald betrunken gewesen.

Die letzte Gruppe bestand aus ausgesprochen fröhlichen Rentnern. Sie hatten die Ankündigung entdeckt und befunden, dass dieses Wochenende genau der richtige Anlass für ihre allmonatliche Zusammenkunft sei. Sie wirkten sehr vergnügt, lachten gern und genossen das Leben. Vielleicht lag das auch daran, dass sie bereits beschwipst waren – aber wäre das nicht der Fall gewesen, hätte das Wochenende den Erwartungen auch nicht entsprochen.

Olivia hoffte, dass alle Gruppen gut miteinander auskamen, denn dann würde es beim Weihnachtsessen auch lustig zugehen.

Richard schaute herein und geleitete die Teilnehmer nach getaner Arbeit hinaus auf die Promenade und zurück zur »Ginhütte«. Natürlich baten die japanischen Mädchen vorher noch um Gruppenfotos vor den Strandhütten. Rory machte also mit verschiedensten Kameras und Handys Aufnahmen, darunter auch ein paar für die Zeitung, während alle riefen »WEIHNACHTS-GINHÜTTEN« und das Peace-Zeichen zeigten.

»Geschafft.«

Mit diesem Wort stieß Pete zu der versammelten Gruppe.

Olivia hätte am liebsten ihre Hand mit dem Peace-Zeichen nach innen gedreht – eine wenig damenhafte Geste.

»Was wollen Sie denn hier?«, fragte Richard.

Die meisten Anwesenden hatten natürlich keine Ahnung, wer da gerade gekommen war und warum die Begrüßung so unfreundlich ausfiel.

»Ich habe Ihnen doch telefonisch mitgeteilt, dass ich später komme.«

»Aber ich konnte nicht ahnen, dass Sie das sind.«

Olivia war ziemlich sicher, dass Rory weiter Fotos machte. Er wusste, dass die »Ginhütte« das Zeug für Titelseiten hatte, folglich würde er sich ein Drama nicht entgehen lassen.

»Hils hatte uns für das Wochenende angemeldet. Sie kommt vielleicht nicht, aber ich wollte trotzdem teilnehmen. Das ist doch wohl kein Problem?«

O doch, das war es! Und zwar aus unzähligen Gründen. Olivia kamen ganz spontan mindestens zehn in den Sinn. Hätte sie eine halbe Stunde Zeit gehabt, wären ihr noch weitere neunzig eingefallen.

»Nun, da bin ich mir nicht so sicher.« Richard wirkte ein bisschen ratlos. Bestimmt dachte er darüber nach, wie ein solcher Fall vor Gericht verhandelt werden würde. Dieser Mann hatte ein böses Spiel getrieben, Hinterteile an ihr Lokal gehängt und versucht, den Namen der »Ginhütte« zu diskreditieren. Aber, so fragte sich Richard wohl, hatten sie auch Beweise dafür?

»Ich bin mir sicher – nein, ich bin hundertprozentig überzeugt, dass Sie zu dieser Veranstaltung ebensowenig willkommen sind wie auf dem Gelände der ›Ginhütte‹. Richard wird Ihnen Ihr Geld zurückerstatten, aber ich werde nicht zulassen, dass ein Störenfried den anderen den Spaß verdirbt. Das haben Sie in den letzten Wochen reichlich getan, und ich dulde es nicht weiter.« Olivia war selbst überrascht über ihre klaren Worte.

»Ich auch nicht«, stärkte Veronica ihrer Freundin den Rücken, ohne auch nur zu wissen, worum es ging.

Und dann skandierten alle Anwesenden, obwohl sie die Vorgeschichte gar nicht kannten, im Chor: »Wir auch nicht – wir auch nicht!«

Die japanischen Mädchen wussten gewiss nicht, was sie da sagten, aber alle anderen unterstützten Olivia in ihrem Kampf gegen einen Mann, der so überraschend in Westbrook Bay aufgetaucht war und glaubte, dass alles nach seinem Kopf gehen würde.

»Ich will mein Geld zurück, und zwar dalli. Und ich stelle die Sache auf TripAdvisor.«

»Ach, super«, entgegnete Richard. »Sie versuchen also erneut, zu Ihren Gunsten unser Lokal zu sabotieren.«

»Sie sabotieren sich selbst, wenn Sie grundlos Gäste vergraulen.« Pete musste unbedingt das letzte Wort haben. Beim Verlassen der »Ginhütte« knallte er die Tür hinter sich zu.

Einen Augenblick lang herrschte Stille. Vielleicht war das Wochenende jetzt ruiniert, aber wenigstens war er weg. Hoffentlich endgültig.

Ein einziges Wort genügte, um Olivias Befürchtung, das Wochenende könnte damit gelaufen sein, schwinden zu lassen.

»WEIHNACHTS-GINHÜTTE« hallte es im Chor, und erneut wiederholten es alle, machten dazu das Peace-Zeichen, nahmen alberne Selfies auf und kicherten wie verrückt, wahrscheinlich weil sie sich schon reichlich Gin gegönnt hatten.

Es war ein wundervoller Augenblick, und Olivia freute sich im Stillen darüber, dass sie Pete in die Flucht geschlagen hatte. Niemand durfte einfach hier auftauchen, versuchen, eine Gemeinschaft zu stören, und ungestraft davonkommen. Jedenfalls nicht, solange die »Ginhütten«-Crew zusammenhielt.

34

Um das Weihnachtsessen brauchte sich das Oakley-West-Trio nicht zu kümmern. So konnten sich die drei ebenso wie Rory und Richard unter die Gäste mischen.

Ausgesprochen seltsam war allerdings, dass ausgerechnet die Hausmutter, besser gesagt Helen, Esme und dem Koch beim Servieren und Ausschenken zur Hand ging.

Olivia konnte sich nicht erinnern, dass Helen als Leiterin von Oakley West jemals eine gastfreundliche Ader gezeigt hatte. Entsprechend merkwürdig war es, jetzt von ihr bedient zu werden. Dieses Mal jedoch trug sie nicht das falsche Lächeln auf dem Gesicht, das Olivia an einen Serienmörder erinnerte. Vielmehr wirkte es echt, warmherzig und vergnügt, was vielleicht Esmes Verdienst war, die darauf bestanden hatte, dass Helen sich zwischen den Gängen mit an den Tisch setzte.

Es war Olivia vorher nicht aufgefallen, was für eine bemerkenswert tüchtige Geschäftsfrau Esme war – eine Teamplayerin, die dafür sorgte, dass die Gäste gern wiederkamen und die Angestellten gern für sie arbeiteten. Das waren außerordentlich nützliche Qualitäten, und wenn es sich finanziell rechnete, standen die Chancen gut, dass regelmäßig solche Wochenenden stattfanden. Natürlich würde es nicht immer einen saisonalen Aufhänger geben wie diesmal, aber es lohnte sich bestimmt, einfach das Geschmackserlebnis als Anlass zu nehmen oder Polterabende auszurichten. Schließlich war es nicht jedermanns Sache, sich in Malaga zu betrinken. Junggesellinnenabschiede, bei denen Gin die Hauptrolle spielte, waren womöglich eine Marktlücke.

Der Koch, den sie engagiert hatten, hatte großartige Arbeit geleistet. Das Essen war zwar nicht originell – schließlich sollten weihnachtliche Traditionen gepflegt werden –, aber alles war ausgesprochen schmackhaft und genau, wie es sein sollte. Nachdem Olivia ihren Krabbencocktail und den klassischen Truthahn verspeist hatte, war sie absolut satt, schaffte aber doch noch den Weihnachtspudding, denn dieser war zu gut, um auch nur einen Brösel davon stehen zu lassen.

Esme hatte nach dem Essen eine einstündige Pause eingeplant, in der sich fast alle Gäste auf ihren Zimmern ausruhten. Nur einige wenige zogen es vor, die Aktivitäten des Vormittags und das Festessen bei einem Spaziergang zu verdauen. Die freie Stunde gab den Organisatoren Gelegenheit, aufzuräumen und die Weihnachtshütten für die zweite Meisterklasse vorzubereiten.

Glücklicherweise brauchte Olivia dabei nicht mitzuhelfen. Sie war froh darüber, denn gerade war ihr nur nach einem Schläfchen in der gemütlichen Ecke der »Ginhütte«.

Um vier Uhr nachmittags trafen sich alle wieder, und die Gäste hatten Gelegenheit, die ganze Crew der »Ginhütte« kennenzulernen – alle waren ja ein wenig berühmt geworden. Olivia hatte die Vorahnung, dass für die jungen Japanerinnen besonders die Begegnung mit den Salter-Jungs aufregend sein könnte.

Außerdem würde Richard schon einmal vorab den Sieger-Cocktail verkünden – am Abend sollte das Abstimmungsergebnis dann öffentlich bekanntgemacht werden.

Randy weckte Olivia, als er von seinem Spaziergang mit Veronica zurückkam.

»Was habe ich verpasst?« Olivia war ziemlich sicher, dass sie gesabbert hatte.

»Nicht viel. Nur ein paar splitterfasernackte Butler«, scherzte Veronica.

»Ach, du meine Güte! Ein Glück, dass ich das verschlafen habe. Ich glaube, ich bin zu sensibel, um direkt nach dem Essen nackte Hintern zu verkraften.«

»Dann wird es dich trösten, dass du nichts dergleichen verpasst hast. Außer, Richard hat so etwas für das Buffet später organisiert. Aber jetzt trudeln langsam alle ein, und vielleicht willst du dich ja noch frischmachen.«

Bestimmt hatte Olivia gesabbert. So war das im Alter. Wobei ihr das mit dreißig wahrscheinlich auch hätte passieren können, wenn ihr Leben damals so aufregend gewesen wäre wie jetzt. Zum Glück brauchte sie sich nur übers Gesicht zu wischen, denn sie hatte keinen Spuckefleck auf dem Pullover. Sich so präsentieren zu wollen, war ihr schon vor Jahren vergangen, und sie wollte nicht, dass Rory sie unbeabsichtigt als eine Art Monster ablichtete.

Als Olivia aus dem Bad kam, war schon fast die gesamte »Ginhütten«-Crew versammelt. Die Salter-Jungs und Tony waren eingetroffen, Paul, Mark und Lily ebenfalls. Nur Skylar fehlte noch.

Helen, Esme und der Koch gingen herum und boten Mince Pies an, die der Koch zweifellos selbst gemacht hatte. Sie sahen göttlich aus.

»Mince Pies!«, riefen die jungen Touristinnen aus und machten Selfies mit dem Gebäck. Wie neuartig und wundervoll musste es sein, solche Feinschmeckerwunder zum ersten Mal zu entdecken! Olivia wünschte sich, in Zukunft mehr Abenteuer zu erleben.

Obwohl sie das Gefühl hatte, keinen einzigen Bissen mehr hinunterzubekommen, nahm sie von dem angebotenen Gebäck und schaffte irgendwie Platz dafür. Schließlich war Weihnachten!

Die jungen Japanerinnen kamen auf sie zu. »Wie Olivias Gin«, verkündeten sie und baten sie dann, sich zu ihnen zu stellen, wenn sie mit den Mince Pies posierten. Das tat sie nur zu gerne, noch einen zu essen hätte sie allerdings nicht geschafft, selbst wenn man sie inständig gebeten hätte.

Zwischen Peace-Zeichen und gespitzten Lippen (Olivia war nicht sicher, ob sie das so meisterhaft beherrschte) schlug jemand mit einem Löffel an ein Glas: Richard verschaffte sich die Aufmerksamkeit der Anwesenden.

Olivia war froh zu sehen, dass inzwischen auch Skylar mit Lucas unbemerkt hereingekommen war.

»Ich möchte die Gelegenheit nutzen, all unsere Gäste von fern und nah zu begrüßen. Wir bieten erstmals ein Gin-Wochenende an, und Sie alle haben dazu beigetragen, dass es ein Riesenspaß ist. Ich freue mich, Ihnen sagen zu können, dass die Festlichkeiten den ganzen Tag über weitergehen. Aber jetzt möchte ich eine besondere Ankündigung machen: nämlich, welcher Cocktail – und damit auch welche Person – unseren kleinen Cocktail-Wettbewerb gewonnen hat. Das Siegergetränk werden wir beim Wettbewerb der Lokalzeitung einreichen.«

Der Applaus, der einsetzte, glich einem Trommelwirbel.

»Wie Sie alle wissen, haben wir uns mehrere Wochen lang den Cocktails gewidmet. Wir haben sie in den Weihnachtshütten zum Probieren ausgeschenkt, und alle unsere Gäste hatten Gelegenheit, ihren Favoriten zu wählen.«

»Nun mach schon!«

Olivia war ziemlich sicher, dass es Paul war, der dazwischenrief, konnte ihn aber nicht sehen.

»Ich erkläre es nur, damit alle hier wissen, worum es geht. Also, bitte noch einen Trommelwirbel.«

Alle, Olivia eingeschlossen, klatschten entweder in die Hände oder stampften mit den Füßen.

»Ich freue mich zu verkünden, dass der Sieger Olivias Mince-Pie-Cocktail ist. Gut gemacht, Mum!«

Der Applaus war überwältigend. So überzeugt sie von ihrer Idee auch gewesen war, hatte sie, da ja öffentlich darüber abgestimmt wurde, nicht sicher sein können, dass ihr Cocktail wirklich das Rennen machte.

»Hoch lebe der Mince Pie!«, riefen die drei Japanerinnen, und alle übrigen Anwesenden stimmten mit ein.

Jetzt hieß es also Daumen drücken, dass der Cocktail den Wettbewerb der Zeitung gewann und sie dadurch zur preisgekrönten »Ginhütte« wurden.

35

In der zweiten Meisterklassen-Runde baute Olivia ziemlich ab. Zwei Unterrichtsblöcke à zwei Stunden waren ihnen in der Planungsphase sinnvoll erschienen, doch damals hatte Olivia nicht bedacht, dass dazwischen ein sehr schweres Mittagessen und einiges an Alkohol lag. Immerhin hatte sie ein Schläfchen gehalten und nicht so viel getrunken, dass sie ihren Segway nicht mehr hätte benutzen können. Aber wenn sie sich auch nur einen weiteren Probierschluck gönnte, würde sie zum Zurückfahren nicht mehr in der Lage sein.

Zum Glück befanden sich sämtliche Gäste in einem ähnlichen Tief – es schadete also nichts, wenn die Kurseinheit ein bisschen entspannter und weniger detailliert ausfiel. Olivia bot den Teilnehmern ihre Liegestühle an. So konnten sie sich, anstatt aktiv mitzumachen, ganz entspannt anhören, wie sie die verschiedenen Bestandteile des Schokoladen-Orangen-Cocktails schilderte, den sie gerade in Arbeit hatte.

Die Gäste nahmen freudestrahlend ihre Drinks entgegen und genossen die großartige Aussicht über die Bucht. Es war definitiv kühler als zuvor, und Olivia verteilte an alle Fröstelnden Decken.

Rory arbeitete immer noch wie besessen. Wenn so allerdings sein normaler Arbeitsalltag aussah, hätte Olivia gern noch einmal ihr Berufsleben begonnen.

Als die letzte Gruppe bei ihr eintraf, war Olivia überzeugt, dass sie schon genug getrunken hatte, und nachdem sie die

Weihnachtsbeleuchtung eingeschaltet hatte, war sie fast sicher. Die Lämpchen sahen jetzt, wo das Tageslicht rasch abnahm, sehr hübsch aus.

Glücklicherweise gab es keinen freien Liegestuhl, denn sonst hätte Olivia sich bestimmt hineingesetzt. Müde wie sie war, wäre sie eingeschlafen und erst morgens wieder aufgewacht.

Rory, der vielleicht ein Viertel so alt war wie sie, schien hingegen glockenwach und sprang voller Energie herum, um ein Foto nach dem anderen zu schießen.

»Können wir uns kurz unter vier Augen unterhalten?«

Olivia blickte um sich – der junge Journalist meinte doch bestimmt nicht sie. »Worüber denn?«, erkundigte sie sich, als sie merkte, dass seine Frage doch ihr galt.

»Also, können wir?« Rory deutete hinter die Strandhütte, wo sie von den anderen abgeschirmt waren.

Ganz wohl war ihr nicht bei der Sache. Möglicherweise wollte er ja etwas von ihr als Frau, und sie hätte niemals etwas mit einem so viel jüngeren Mann angefangen, auch wenn sie nachvollziehen konnte, dass er sich von ihr angezogen fühlte. Das war doch klar, schließlich sabberte sie so gekonnt und flitzte so cool auf ihrem Segway herum. Aber natürlich ging es um nichts dergleichen. Sie hatte allerdings auch keinen blassen Schimmer, was es sonst sein könnte, außer er bat sie für seine Mutter um die Rezepte. Das war noch das Wahrscheinlichste.

Richard begann die Gruppen zusammenzutreiben, um ins Basislager zurückzukehren.

Eigentlich hätte Olivia mitgehen müssen, aber irgendwie

war sie doch neugierig genug, um sich nicht von der Stelle zu rühren.

»Was läuft?«, fragte Olivia, als wäre sie ebenso jung wie er.

Die Gruppe, die sie unterrichtet hatte, folgte bereits Richard, es war also niemand mehr in Hörweite.

»Ich könnte deswegen in Schwierigkeiten kommen, du musst mir also versprechen, niemandem etwas zu verraten.«

Plötzlich war Olivia nicht mehr sicher, ob es richtig war, die Gruppe ziehen zu lassen, um sich hier ein Geständnis anzuhören. Was wollte Rory bloß bekennen? »Kommt darauf an, um was es geht.«

Der junge Mann spähte um die Ecke von Olivias Hütte, als wäre eine Verschwörung gegen sie beide im Gange. »Egal, was du sagst, du darfst nur nicht verraten, dass du es von mir weißt.«

»Okaaaayyyy.« Olivia hatte wirklich nicht die geringste Ahnung, in was sie da hineingezogen werden sollte.

»Ich wollte dich warnen, dass bei dem Wettbewerb zwei Rezepte für Mince-Pie-Cocktails eingereicht wurden.«

»Oh. Na, sie haben ja nach weihnachtlichen Geschmacksrichtungen gesucht. Da ist es wohl normal, wenn es Parallelen gibt.« Der Gedanke, dass ihre Idee nicht einzigartig war, enttäuschte sie trotzdem. Besonders, weil sie so hart daran gearbeitet hatte, es genau richtig hinzukriegen.

»Nicht nur der Name ist gleich. Es wurde ein identisches Rezept eingereicht.« Rory riss die Augen auf, um diese Tatsache zu betonen.

»Identisch? Wie bitte? So, als hätte man es kopiert?« Zwar waren die Cocktails in der »Ginhütte« getestet worden, doch sie hatte niemals das Rezept herausgerückt. Es stand nur für den Fall zur Verfügung, dass jemand, der an Allergien litt, die gesamte Zutatenliste sehen musste, doch das war, soweit Olivia wusste, nicht vorgekommen. »Wer hat es denn eingereicht?«

»Ich habe schon zu viel ausgeplaudert, aber wenn du es sofort errätst, sage ich dir, ob du recht hast.«

Um das herauszufinden, brauchte man kein Genie zu sein. Schließlich gab es einen Spezialisten für Foulspiel in der Bucht. »Beginnt der Name mit Bottoms?«

»Erraten.« Rory hob beim Sprechen die Augenbrauen. »Und vergiss nicht, von mir hast du nichts erfahren.«

»Kommst du mit zurück in die ›Ginhütte‹?« Olivia musste sich überlegen, was nun zu tun war.

»Ja, kann ich machen.«

»Gut, dann kannst du mich raufbegleiten. Ich glaube, wir brauchen noch einen Drink.« Von dem Schokoladen-Orangen-Cocktail war genug für sie beide übrig. Den Rest wegzuwerfen wäre schade gewesen. Außerdem half es ihr beim Nachdenken. »Ich verstehe bloß nicht, wie jemand an das Rezept gekommen sein kann, um es zu kopieren.«

Rory zuckte die Schultern, während er den Drink entgegennahm, den Olivia ihm anbot. »Ein paar Leute musst du ja eingeweiht haben, sonst könnte ihn ja niemand in der ›Ginhütte‹ herstellen.«

»Aber keiner aus der ›Ginhütten‹-Crew würde ein solches Doppelspiel treiben. In unserem Lager gibt es keine Spione. Außer …« Der Gedanke schoss Olivia plötzlich durch den Kopf und schien vollkommen logisch.

»Was? Weißt du, wer es ausgeplaudert hat?« Jetzt wirkte Rory auch schon etwas angesäuselt.

Es gab einfach keine plausible Erklärung. Nur ein einziger Mensch konnte möglicherweise mit dieser Aktion seine Rachegelüste gestillt haben. »Helen, oder sollte ich sagen, die Hausmutter, hat mir bei den Vorbereitungen assistiert. Wir haben ihr geholfen, indem wir sie ab und zu im Hotel wohnen lassen, weil sie eine Krise hatte. Sie ist die einzige, die Zugang zu dem Rezept hatte und einen Groll gegen uns hegen könnte.« Olivia war, seit Helen wieder aufgetaucht war, aus dieser Frau nicht schlau geworden. Das Oakley-West-Trio war vielleicht dafür verantwortlich, dass Helen geschnappt wurde, nicht aber dafür, dass sie in der Folge Schwierigkeiten mit der Polizei bekommen und ihr Zuhause sowie ihren Job verloren hatte. Daran war sie ganz allein schuld, und sie ganz allein war für ihr Handeln rechenschaftspflichtig, auch wenn sie damit ein Familienmitglied hatte schützen wollen.

»Aber warum sollte sie so etwas tun, wo ihr ihr doch geholfen habt?« Rory leerte sein Glas.

Irgendwann früher war das Leben einfacher gewesen. Es hatte Zeiten gegeben, in denen Olivia geglaubt hatte, die Beweggründe anderer Menschen nachvollziehen zu können. Lag es daran, dass das Begreifen mit zunehmendem Alter schwieriger wurde, oder wurde die Welt immer komplexer und anstrengender? So oder so, manchmal wusste sie einfach nicht, welchen Standpunkt sie im großen Ganzen einnehmen sollte. Konnte es sein, dass Helen auf die Gegenseite gewechselt hatte, um sich zu rächen, obwohl sie ihr in einer Lebenskrise geholfen hatten?

»Tja, das können wir nur herausfinden, indem wir sie selber fragen.«

36

Hügel (oder besser gesagt unbarmherzige Steigungen) waren so viel schwerer zu bewältigen, wenn man es eilig hatte und nicht mehr ganz nüchtern war. Selbst gestützt auf den Arm eines jungen Mannes, war Olivia nicht so schnell, wie sie wollte.

Wahrscheinlich war es ohnehin vergebliche Liebesmüh. Schließlich würde Helen es wohl kaum zugeben, wenn tatsächlich sie es war, die das Geheimrezept weitergegeben hatte. Sie verdiente ein wenig Geld damit, dass sie beim Gingle-Bells-Wochenende aushalf, wenn sie also das Vergehen eingestand, wäre sie ihren Job und ihr Bett im Hotel los.

Aber Olivia fiel beim besten Willen niemand ein, der es sonst gewesen sein konnte. Und die Tat zeugte von solcher Gemeinheit, dass sie nicht einfach resignieren und sich damit abfinden würde. Sie wollte unbedingt herausfinden, wer so viel Niedertracht besaß.

Die »Ginhütte« war rappelvoll, als sie ankamen, und Olivia machte sich auf die Suche nach Richard. Wegen der Retreat-Teilnehmer waren mehr Leute da als sonst, und nachdem Richard eigens ein Buffet für alle Gäste hatte auftischen lassen, um die Verkündung des Siegercocktails zu feiern, herrschte großes Gedränge.

Glücklicherweise war Olivia in der Lage, ihre geringe Körpergröße durch den Einsatz von Ellbogen und Stimme auszugleichen und sich bis hinter die Bar durchzukämpfen, wo sie hoffentlich in Ruhe mit Richard reden konnte. Allerdings waren heute Tony und seine Söhne für die Bedienung der Gäste zuständig.

»Alles in Ordnung, Olivia?«, fragte Tony.

Für einen Augenblick vergaß Olivia komplett, warum sie hier war. Tony wieder hinter der Bar zu sehen freute sie unbändig, es war wie ein vorzeitiges Weihnachtsgeschenk. Natürlich war einem jeden nur eine begrenzte Zeit auf diesem Planeten vergönnt, aber als Tonys Leben auf Messers Schneide stand, hatte sie erkannt, dass sie noch nicht bereit war, von ihm Abschied zu nehmen. Dass Tony nun wieder seinen angestammten Platz einnahm, empfand sie als echten Sieg. Olivia wurde derart von ihren Gefühlen überwältigt, dass ihr fast die Tränen kamen. »Wirklich schön, dass du hier bist«, brachte sie beinah sprachlos vor Rührung heraus.

»Ja, wirklich schön.« Tony schloss sie in die Arme. »Du bist sicher, dass mit dir alles okay ist?«

Olivia gab ungern zu, dass sie angesäuselt war. Normalerweise gönnte sie sich ihren Gin zum Vergnügen, und nie mehr als ein bis zwei Drinks am Abend. Dass sie vor dem Mittagessen angefangen hatte und es den ganzen Tag so weitergegangen war, stellte eine Ausnahme dar. Macht aber verdammten Spaß, dachte sie. Dann fiel ihr ein, dass sie aus einem bestimmten Grund hier war.

»Ich muss dringend mit Richard sprechen. Weißt du, wo er steckt?« Während sie sprach, fragte sie sich, ob sie lallte. Sie hoffte ernsthaft, dass sie nicht damit anfing, ohne es zu merken.

»Er ist in der Küche. Kann ich etwas für dich tun?«

Leicht benebelt von ihren Cocktails, versuchte Olivia zu überlegen, ob er das konnte. Selbst wenn Helen alles gestand – was hätte Olivia schon tun sollen? Ganz ähnlich wie das Anbringen von Pappmaché-Graffiti an Schildern war es wohl kaum ein Schwerverbrechen. Und Olivia wollte nicht die Polizei einschalten – dadurch hätte, wenn sie den Wettbewerb nicht gewannen, der Eindruck entstehen können, sie seien beleidigte Verlierer.

Aber vor Tony hatte sie keine Geheimnisse. Wenn jemand einen vernünftigen Rat in der Sache wusste, dann er. »Kommst du mal mit in die Küche?«

Dort trafen sie nicht nur Richard, sondern auch Esme, Skylar und Lucas an.

»Hallo, Schatz. Der Koch ist gerade gegangen. Bezahlt habe ich ihn schon. Alles in Ordnung?«, begrüßte Esme ihren Mann.

»Wo ist Helen?«, platzte Olivia heraus, ohne Tony Zeit zum Antworten zu lassen. Sie wollte mit ihren Freunden sprechen, ohne dass jemand mithörte, und schon gar nicht Helen.

»Sie ist auf ihr Zimmer gegangen, um sich auszuruhen. Später kommt sie wieder und hilft beim Aufräumen. Warum, was ist passiert?«

Skylar war im Begriff, Lucas in die Jacke zu helfen, hielt aber inne, um zu lauschen.

Olivia schaute sich um. Sie musste sichergehen, dass niemand hereinkam und keine Reporter in der Nähe waren, aber Rory hätte die Geschichte wohl nicht weiterverfolgen können, ohne Ärger zu kriegen. »Ich habe zuverlässige Informationen, dass unser Rezept für den Mince-Pie-Cocktail geklaut und durch das ›Bottoms Up‹ für den Wettbewerb eingereicht wurde.«

Abgesehen von dem Rascheln, das Lucas verursachte, als er in seine Jacke schlüpfte, breitete sich Stille aus.

»Wie sollte Pete an das Rezept kommen? Könnte es nicht Zufall sein?«, sagte Richard.

»Bei dem Mann gibt es keine Zufälle«, entgegnete Skylar rasch. »Wir müssen jetzt los. Erzählst du mir später mehr?« Sie gab Richard einen Kuss auf die Wange und verriet mit einem sehnsüchtigen Blick, dass sie lieber geblieben wäre. Wäre Olivia ganz fit gewesen, hätte sie angeboten, Lucas nach Hause zu begleiten, damit Richard und Skylar mehr Zeit miteinander verbringen konnten. Aber betrunkene alte Damen, die unterwegs mindestens einmal auf die Toilette müssen, gelten nun mal nicht als die perfekten Babysitter. Abgesehen davon hatte sie eine Frage zu stellen.

Nachdem Skylar und Lucas gegangen waren, brauchte niemand mehr ein Blatt vor den Mund nehmen.

»Wie bekloppt kann dieser Kerl sein? Was hat er davon, wenn er das gleiche Rezept einreicht wie wir?«, fragte Richard.

»Mag sein, dass er nichts davon hat, aber wir könnten beide disqualifiziert werden«, gab Esme zu bedenken. »Vielleicht will er einfach nur verhindern, dass wir gewinnen.«

»Ist es denn wirklich das gleiche Rezept? Wie hat er es in die Hände bekommen?«, warf Tony ein.

»Keiner von uns hätte es verraten. Die einzige vernünftige Erklärung, die mir einfällt, ist, dass die Hausmutter, ich meine Helen, versucht, sich zu rächen.«

»Wirklich? Das würde sie doch nicht tun? Ich habe gerade angefangen, sie zu mögen«, wandte Esme ein.

Selbst Olivia hatte inzwischen nette Seiten an Helen entdeckt, aber abgesehen von der »Ginhütten«-Crew, die ihr volles Vertrauen genoss, kannte niemand sonst das Rezept in allen Einzelheiten. Und abgesehen von den Teilnehmern des Gingle-Bells-Wochenendes. Sie hatten eine Anleitung zur Anfertigung des Cocktails bekommen. Da war es doch durchaus denkbar, dass jemand das Rezept geleakt hatte. »Moment. Wie dumm von mir. Jeder, der in den Meisterklassen gut aufgepasst hat, kann die Rezepte weitergeben. Es muss nicht unbedingt Helen gewesen sein.«

Wie gut, dass sie nicht sofort in Helens Zimmer hinaufmarschiert waren, als ginge es hier um eine Hexenjagd.

»Wie sollen wir herausfinden, ob das der Fall ist?«, wollte Richard wissen.

Olivia war wirklich keine begnadete Detektivin. Das wusste sie seit letztem Sommer, als sie mit ihrer verdeckten Operation trotz größter Mühe spektakulär gescheitert war – es sei denn, herauszufinden, wo Randy sich versteckt hielt, zählte auch etwas. »Könnten wir die Leute nicht einfach fragen?« Eine nicht gerade revolutionäre Idee, aber ehrlich gesagt war sie stinksauer. Und etwas Besseres fiel ihr gerade nicht ein.

»Das würde doch keiner zugeben, wenn er es gewesen wäre?«, gab Richard zu bedenken.

Olivias Hirnzellen feuerten eifrig, obwohl sie dringend einen halben Liter Wasser gebraucht hätte, um ihr physiologisches Gleichgewicht wiederherzustellen. Sie hatte sogar eine Antwort parat, die sich schlüssig anhörte. »Pete ist kein Mensch, der viele Freunde hat. Ich glaube kaum, dass jemand an unserem Wochenende teilnimmt, um für Pete zu spionieren. Schon gar nicht, wo Pete sich doch selber für das Wochenende angemeldet hatte. Ich könnte mir aber vorstellen, dass er, nachdem du ihn aus dem Kurs geworfen hast, heimlich einen Teilnehmer um die Rezepte gebeten hat. Irgendein netter Mensch hat das vielleicht einfach aus Freundlichkeit getan und nicht, weil er unsere Chancen beim Wettbewerb ruinieren wollte.« Sie schwafelte, ohne zu wissen, ob ihre Gedankengänge einigermaßen nachvollziehbar klangen. Es leuchtete irgendwie ein, aber irgendwie auch wieder nicht. Pete konnte das Rezept einem Teilnehmer aus den Rippen geleiert haben, das war eine Möglichkeit. Es war sogar denkbar, dass Rory ein doppeltes Spiel spielte.

»Fragen wir einfach. Wenn wir nichts rauskriegen, dann können wir auch nichts machen«, schlug Esme vor.

»Nein, nicht nichts«, wandte Olivia rasch ein. »Wir ändern unser Rezept ab, sodass sie nicht mehr identisch sind. Auf keinen Fall lassen wir uns unsere Chancen mit schmutzigen Tricks verhageln.«

»Dann mischen wir uns mal unter die Leute und sehen, ob wir etwas in Erfahrung bringen. Helen kommt bald wieder runter, dann fragen wir sie. In einer halben Stunde treffen wir uns wieder hier, bevor wir den Siegercocktail öffentlich bekanntgeben«, entschied Richard.

Obwohl Olivia am liebsten gleich losgelegt hätte, war sie vernünftig genug, erst einmal ein Glas Wasser zu trinken und die Toilette aufzusuchen. Für heute hatte sie sich genügend Leichtsinn geleistet.

Sie hatten es versäumt zu verabreden, wer mit wem sprechen

sollte, bevor sie die Küche verlassen hatten. Also hielt Olivia Ausschau, wer welche Richtung eingeschlagen hatte. Tony stand bei den jungen Japanerinnen, Esme unterhielt sich mit den fröhlichen Eheleuten, Richard plauderte mit Rory, also nahm sich Olivia die Pensionäre aus Brighton vor.

Es stellte sich heraus, dass Informationsbeschaffung harte Arbeit war. Zumal Olivia nicht ungastlich erscheinen wollte. Die unverblümte Frage »Haben Sie unsere Rezepte an irgendjemanden weitergegeben?« erschien ihr ein bisschen zu kaltschnäuzig.

Stattdessen fing sie ein allgemeines Gespräch darüber an, wie die Gäste das Wochenende fanden und was ihnen am besten gefallen hatte. Irgendwie gelang es ihr, daran mit der Frage anzuknüpfen, ob sie die Rezepte noch einmal ausprobieren oder Freunden empfehlen würden oder sie vielleicht schon weitergegeben hätten. Das war wohl ein etwas ausführlicheres Gespräch, als die Gäste es um diese späte Stunde erwarteten, aber sie plauderten offenbar nicht ungern über das Erlebte. Als Olivia schließlich auf den entscheidenden Punkt zu sprechen kam, erklärten sie einhellig, sie hätten noch keine Rezepte weitergegeben, würden es aber gerne tun, und auf jeden Fall würden sie all ihren Bekannten empfehlen, ein Wochenende in der »Ginhütte« zu buchen.

Damit waren diese Gäste von der Liste der Verdächtigen gestrichen, also entschuldigte sich Olivia und zog weiter, auch wenn nicht mehr viele Leute zu befragen waren.

Als sie sich umwandte, entdeckte sie Helen, die brav in einer Ecke stand. Bei den Gästen war es ihr gelungen, diskret vorzugehen, aber bei Helen würde sie einen anderen Ton anschlagen. Mit anderen Worten, sie würde jedes Taktgefühl über Bord werfen.

Nach einer höflichen Frage nach Helens Befinden, kam Olivia zielgenau auf den Punkt. »Hat Pete dich um das Mince-Pie-Rezept gebeten?«

»Wer ist Pete?«

So zielgenau war die Frage nun doch nicht gewesen, wenn Helen nicht einmal wusste, von wem sie sprach. »Hat jemand, der mit dem ›Bottoms Up‹ zu tun hat, dich nach dem Rezept gefragt? Oder überhaupt irgendjemand? Hat sich irgendein Fremder oder eine Person, die nicht zur ›Ginhütte‹ gehört, nach den genauen Zutaten erkundigt?«

»Nein, warum sollten sie?«, fragte Helen, als hätte sie etwas versäumt, was sie hätte tun sollen.

»Kein Problem«, erwiderte Olivia, die sich plötzlich schuldig fühlte, weil sie Helen so vorschnell abgestempelt hatte. Sie rief sich in Erinnerung, dass sie Helen eine zweite Chance gegeben hatte, weil ihr Leben wegen der Sorge um ihre Stieftochter durcheinandergeraten war. Sie hatte sich Schwierigkeiten eingehandelt, aber aus nachvollziehbaren Gründen. Das änderte nichts an den Ereignissen in der Vergangenheit, aber Olivia sollte ihr nicht einfach unterstellen, sie wäre zu solch einem Verrat imstande. »Hattest du schon einen Cocktail?« Wo doch heute niemand mehr nüchtern war, schien es nur gerecht, wenn Helen nun auch etwas zu trinken bekam.

In diesem Augenblick ertönte die Glocke lauter als je zuvor.

»Wir müssen doch noch nicht schließen?« Es war ein langer Tag gewesen, und Olivia verlor allmählich den Überblick. Wahrscheinlich war es Zeit, das Lokal dichtzumachen, und der Abend war verstrichen, ohne dass sie den Schuldigen gefunden hatten.

»Richard gibt bekannt, welcher Cocktail gewonnen hat.«

»Oh, ja.« Natürlich. Das hatte Olivia komplett vergessen. Obwohl die »Ginhütten«-Crew und die Wochenendgäste den Sieger schon kannten, musste er offiziell verkündet werden. Ehrlich gesagt, wurde ihr allmählich schwindelig. Sie wollten sich doch zuerst in der Küche treffen, aber vielleicht hatten sie das ja schon ohne sie getan.

»Ich bitte um Ihre Aufmerksamkeit.«

Olivia lächelte. Richard war ein fähiger Gastwirt und konnte das Interesse der Gäste ebenso wecken, wie Tony es vor seinem Herzinfarkt gekonnt hatte.

»Welcher Cocktail hat gewonnen?«, rief jemand dazwischen.

»Lucas wird vermisst. Er ist ein kleiner Junge, erst sieben Jahre alt, mit dunkelblondem Haar und blauen Augen. Am frühen Abend war er noch hier, aber jetzt ist er aus der elterlichen Wohnung verschwunden.« In Richards Stimme lag eine Panik, die Olivia bei ihm nicht kannte. »Er trägt dunkle Kleidung. Wir schließen jetzt, damit wir bei der Suche helfen können.«

Nach dieser Ankündigung war jeder beschwipste Besucher der Bar auf einen Schlag stocknüchtern.

37

Nie zuvor hatten sich sämtliche Gäste einer gut besuchten Bar so bereitwillig und höflich nach draußen begeben. Das fröhliche Geplauder war unruhigem Murmeln gewichen. Alle fragten sich, wo der Junge stecken mochte.

Am liebsten hätte sich Olivia ihrem Sohn angeschlossen, aber er telefonierte, zweifellos mit Skylar, und die brauchte ihn jetzt. Damit stellte sich die Frage, wer nun die Suche koordinierte. Olivia kam dafür bestimmt nicht in Frage, wo sie doch vor Sorge außer sich war. Hätte sie genauer nachforschen sollen, wie es Lucas in der Schule ging? War Lucas womöglich entführt worden? Die Panik griff mit eisigen Fingern nach ihrer Kehle und packte mit jedem »was, wenn?« fester zu.

Statt auf Richard steuerte Olivia auf Tony zu. Er behielt immer einen klaren Kopf. Er würde ihr helfen zu klären, was nun zu tun war, und verhindern, dass die Angst sie vollends lähmte. Niemand war schuld. Es ging nur darum, vernünftig vorzugehen und Lucas zu finden.

»Weißt du etwas Näheres?«, fragte sie ihn hoffnungsvoll.

»Skylar hat angerufen, die Polizei ist bei ihr. Die Haustür stand offen. Sieht so aus, als wäre er einfach hinausspaziert.«

»Wirklich?« Dem Lucas, den Olivia kannte, sah das gar nicht ähnlich. Er würde nie von zu Hause weglaufen. »Und Skylar weiß nicht, warum?«

»Sie hat keinen Schimmer. Ihr ist nur der Luftzug aufgefallen.«

Tony und Olivia schlossen sich nun den anderen an, die vorsichtig die Straße überquerten und sich drüben auf der Wiese sammelten. »Wo wollen wir anfangen zu suchen?«, ergriff Esme das Wort.

»Du kennst ihn am besten, Olivia. Wo würde er hingehen?«

Lucas war kein Ausreißer. Es wäre ihm nie in den Sinn gekommen, sich einfach so aus dem Staub zu machen. Es musste mit der Aufregung um Pete zusammenhängen.

Pete.

Womöglich hatte er etwas damit zu tun? Olivias Herz, das ohnehin hämmerte, als hätte sie das Laufband auf Maximum gestellt, pochte noch ein wenig heftiger. »Wir müssen erst einmal die Möglichkeit ausschließen, dass er von Pete gekidnappt wurde. Also muss jemand zum ›Bottoms Up‹ gehen und nachfragen.«

»Schön, wir werden die Mitglieder des ›Ginhütten‹-Teams mit Gruppen von je fünf bis zehn Leuten losschicken und einander dann auf dem Laufenden halten«, entschied Esme.

Wäre es ein vergnüglicherer Anlass gewesen, hätte Olivia Esme zu der Frauen-Power gratuliert, die sie an den Tag legte. Aber ihr war sicherlich, ebenso wie Olivia, sonnenklar, dass dies der schlimmste Albtraum aller Eltern war und sie alles tun mussten, damit die Sache gut ausging.

»Mark, geh mit fünf Leuten zum ›Bottoms Up‹. Seht zu, wo Pete steckt, und überprüft, ob Lucas irgendwo im Haus ist.« Esme gab klare, präzise Anweisungen. Eine gefasste, besonnene Mutter in Aktion. »Wo könnte er sonst noch hingegangen sein?«

»Wenn er alleine losgezogen ist, dann bestimmt in Richtung Strand, wir sollten also den Weg von Skylars Haus zum Meer abgehen.«

»Und in den Strandhütten nachsehen. Wahrscheinlich ist er dort.«

»Am besten suchen wir den ganzen Strand ab. Ein kleiner Junge hat bestimmt keine Vorstellung, wie gefährlich das Meer bei Dunkelheit sein kann.«

An jeden dieser Orte schickte Esme einen Suchtrupp.

»Was ist mit den Sunken Gardens?«, schlug Tony vor.

»Und mit den Klippen?«, fügte Olivia hinzu.

»Olivia, könntest du die Sunken Gardens übernehmen? Nimm fünf Helfer mit.«

»Randy und Veronica, könntet ihr ebenfalls mit je fünf Freiwilligen die Klippen Richtung Osten und Richtung Westen absuchen? Ich bleibe hier und koordiniere die Aktion. Wenn ich etwas höre, informiere ich euch alle.«

Ein Polizeiwagen kam die Promenade entlanggefahren und blieb in der Nähe der Gruppe stehen. Wie die von der Polizei geplante Suche aussehen sollte, wusste Olivia nicht, aber sie war sicher, dass Esme alles Nötige schon veranlasst hatte.

Ihre Freiwilligengruppe hinüber zu den Sunken Gardens zu führen war deprimierend. Vor vielen Jahren hatte sie ihren Mann und ihre Tochter verloren – ein absolut traumatisches Erlebnis –, aber hier ergriff sie ein ganz anderes Gefühl. Es war die Angst, dass alles, was sie unternahmen, vergeblich sein würde. Sie hatte derartige Suchaktionen schon im Fernsehen verfolgt, bei denen die Polizei ein riesiges Gebiet durchkämmte, um Hinweise aufzuspüren. Bei denen Minuten und Stunden und Tage verstrichen und allmählich die Chance schwand, dass alles gut ausgehen würde.

Olivia wünschte nichts sehnlicher, als dass es heute anders kommen würde. Dass sie im nächsten Augenblick die Mitteilung erhielt, Lucas ginge es gut. Dass sie wieder mit ihrem Sohn und seiner Freundin und dem kleinen Jungen zusammen sein konnte, den sie so gern ihren Enkel nennen würde. Aber als sie durch den Eingang in den Park traten, hatte ihr Handy immer noch keinen Mucks von sich gegeben. Abgesehen von den Schritten ihrer Begleiter war es gespenstisch still.

Der Weg zu den Sunken Gardens war nicht weit – wahrscheinlich hatte Esme sie deshalb hierher geschickt –, aber der Park bot eine Menge Schlupfwinkel und Verstecke. Er bestand aus zwei kreisförmigen Ebenen, die in einen kreuzförmig angelegten Ziergarten übergingen. Auf allen drei Ebenen gab es Sitzgelegenheiten, und jede Bank verbarg sich hinter Hecken und Büschen. Außerdem befand sich unterhalb von einem der Eingänge eine Art Lagerraum aus Beton. Er wurde kaum genutzt, war aber immer offen, und wenn sie, Olivia, jemals obdachlos werden sollte, dann würde sie hier Schutz suchen.

Allerdings stellte eine Suche spätnachts auf diesem schlecht beleuchteten Gelände eine echte Herausforderung dar. Glücklicherweise hatte einer der Herren in ihrem Team eine Taschenlampe dabei, die er stets für den Heimweg von der Bar einsteckte. Offenbar war er schon mehr als einmal auf dem Nachhauseweg hingefallen, und angeblich war daran das unebene Pflaster schuld.

Weil es nur eine Taschenlampe gab, teilten sie sich nicht auf, was sinnvoll gewesen wäre, sondern arbeiteten sich als Gruppe systematisch voran, nur um festzustellen, dass hier kein Junge zu finden war.

Hin und wieder rief Olivia seinen Namen. Und bald stimmten die anderen ein. Die beiden Silben des Namens wehten wie ein Gesang über die Bucht, der von all den Orten, wo die Leute suchten, gleichsam als Echo herüberhallte.

Das war schlimmer als jeder Hilferuf, den Olivia je gehört hatte, denn anders als der Schrei eines Einzelnen pflanzte dieser Ruf sich fort und trug die Sorge eines jeden Suchenden in sich.

Als sie den Garten durchkämmt hatten, kehrten sie auf die Klippen zurück, um zu sehen, was als Nächstes zu tun war.

Am Treffpunkt trafen sie nicht mehr nur Esme an, die ihre Teams instruierte, sondern noch weitere Polizeiautos und noch mehr Leute, und sogar ein Hubschrauber zog seine Kreise über Küste und Meer. Die ganze Situation schien noch schlimmer und bedrohlicher als zuvor.

»Wo ist Skylar?«, fragte Olivia.

Offenbar hatte Esme das Kommando an die Neuankömmlinge abgegeben, und ein Polizist mit Walkie-Talkie hatte die Koordination übernommen.

»Zu Hause, Richard ist bei ihr. Sie lassen sie nicht aus dem Haus, weil sie meinen, es sei besser, sie ist da, wenn Lucas zurückkommt. Und ich denke, für den Fall …« Esme beendete ihren Satz nicht, und Olivia brauchte nicht viel Phantasie, um sich vorzustellen, was ihre Freundin dachte.

Eine solche Situation war für jede Mutter traumatisch. Das wusste Olivia nur zu gut, nachdem sie selbst das Schlimmste erlebt hatte. Es war schon ein halbes Menschenleben her, aber dieses Gefühl vergaß sie niemals. Das Gefühl, absolut nichts tun zu können. Dieses Gefühl der Hilflosigkeit. So musste es Skylar jetzt ergehen. Dieser Gedanke verlieh Olivia neue Energie. So durfte es nicht enden.

»Welche Gebiete sind schon abgedeckt? Wo haben wir noch nicht gesucht?« Es musste einen Ort geben, den sie bisher außer Acht gelassen hatten.

»Alle Plätze, die wir vorgeschlagen haben, wurden überprüft. Auch die Leute aus dem ›Bottoms Up‹ beteiligen sich, und sie kämmen die Gegend entlang der Küste noch gründlicher durch, nur für den Fall, dass er einfach weitermarschiert ist.«

»Und er ist ganz sicher nicht bei Pete?«

»Nein, Pete hilft bei der Suche.«

»Sind alle Seitenstraßen und Gassen überprüft worden? Vielleicht hat er eine andere Route als sonst zum Strand genommen.« Westbrook bestand weitgehend aus Parallelstraßen, die zur Küste hinunterführten. Es war durchaus denkbar, dass er einen Umweg gemacht hatte, um nicht entdeckt zu werden. »Oder kann es sein, dass er zu seiner Schule gelaufen ist? An einen vertrauten Ort?«

Allmählich gingen Olivia die Ideen aus, aber da Lucas verschwunden blieb, mussten sie alle Eventualitäten bedenken.

»Ich werde mit Greg darüber reden, obwohl die Polizei anscheinend alles recht gut im Griff hat.« Offensichtlich redete Esme den Einsatzleiter bereits mit dem Vornamen an.

»Was sollen wir als Nächstes tun?«, wollte einer aus Olivias Gruppe von Esme wissen.

Bald würden alle Teams wieder irgendwo im Einsatz sein.

»Vielleicht möchten Sie Ihrem Sohn und Ihrer Schwiegertochter Gesellschaft leisten«, schlug Greg Olivia vor. »Skylar ist völlig aufgelöst. Ich könnte mir vorstellen, dass du sie gut unterstützen könntest.«

Olivia wusste nicht recht, wie Skylar so rasch zu ihrer Schwiegertochter geworden war, aber wenn harmlose Notlügen erzählt worden waren, damit Richard bei Skylar bleiben konnte, dann würde sie nicht widersprechen.

»Sind Sie sicher, dass ich nichts Praktischeres tun kann?« So gerne sie bei ihrem Sohn und ihrer Freundin gewesen wäre, sah Olivia keinen Sinn darin, dass mehr Menschen als nötig zu Hause festsaßen, anstatt bei der Suche zu helfen. Wahrscheinlich war Skylar deshalb so aufgelöst, weil ihr die Decke auf den Kopf fiel.

»Wir tun wirklich alles, was wir können. Wichtig ist, dass Skylar jetzt seelische Unterstützung bekommt.«

Olivia nickte. Dieser Greg hatte recht. Schließlich konnte sie wohl kaum mit den anderen Schritt halten, die im Eiltempo Westbrook durchkämmten. Auf den Klippen und unten am Strand waren so viele Leute im Einsatz, die die verborgensten Ecken absuchten und alle Möglichkeiten in Betracht zogen.

Bloß leuchteten ihr diese Möglichkeiten nicht recht ein. Lucas war zu klug, um mitten in der Nacht in den Wellen zu spielen. Auch war er kein Kind, das ohne Grund wegläuft. Er war der blonde Engel aus der Strandhütte nebenan, der Bacon-Sandwiches mochte, Sandburgen baute und Schätze für seine Mum suchte. So ein unkompliziertes Kind sah man nicht alle Tage. Skylar hatte sich bemüht, ihn, so gut es ging, von der Aufregung in den letzten Tagen abzuschirmen, aber konnte es trotzdem damit zusammenhängen? Olivia hätte gern die Zeit zurückgedreht und verhindert, dass Pete fünf Minuten allein mit seinem Sohn verbringen konnte. Denn da waren zweifellos Worte gefallen, die Lucas verstörten.

Aber womöglich waren sie selbst und ihr Sohn auch nicht unbeteiligt. Vielleicht war Richard doch keine solche Bereicherung im Leben von Skylar und Lucas, wie Olivia es sich erhoffte. Dass er seine Mutter mit einem anderen Mann teilen musste, nachdem er sie von klein auf für sich gehabt hatte, war vielleicht ziemlich schwer für ihn und weckte Eifersucht.

Unterwegs zu Skylars Haus war Olivia nicht so schnell, wie sie es gern gewesen wäre. Da kam einiges zusammen. Es war die Erschöpfung nach einem der anstrengendsten Tage, den sie seit langem erlebt hatte, und auch das Widerstreben, jetzt schon aufzugeben, obwohl es ja kein Aufgeben war, sie würde doch, sobald sie bei Skylar war, ihre Liebe und Unterstützung auf ganz andere Weise zeigen.

Da Olivia nun langsamer ging, spürte sie die Kälte deutlicher, oder sank einfach nur ihr Adrenalinspiegel? Niemand war für eine ausgedehnte nächtliche Suche gerüstet gewesen. Sie spielte mit dem Strandhüttenschlüssel in ihrer Jackentasche und überlegte, dass es ohne Lucas, der nebenan spielte, nie mehr so sein würde wie früher. Und was für einen Verlust das für ihre kleine Gemeinschaft bedeutet hätte. Lucas war

Skylars Sohn und gehörte einfach dazu. Wie eine Art Maskottchen, das alle gern hatten.

Als sie über die zackige Kante des Schlüssels fuhr, schoss ihr plötzlich ein Gedanke durch den Kopf. Sie schnappte nach Luft. Eigentlich konnte es nicht sein. Es wäre doch jemandem aufgefallen, wenn Lucas dort war, aber es gab ja außer Skylars noch fünf andere Strandhütten. Waren sie alle so gründlich durchsucht worden wie die Hütte seiner Mutter?

Das war für die meisten Menschen eine naheliegende Vermutung. Wenn Lucas irgendwo Zuflucht suchte, dann in der eigenen Strandhütte. Aber was, wenn er Zugang zu einer anderen Hütte hatte? Was, wenn er den Ersatzschlüssel an sich genommen hatte, den Skylar für Olivia aufbewahrte? Womöglich hatte er sich überlegt, dass man ihn in Skylars Hütte suchen, dass er aber in einer anderen Hütte unentdeckt bleiben würde?

Olivia hätte es sich leichtmachen und Richard anrufen können, um zu fragen, ob der Ersatzschlüssel noch da war. Aber sie wollte keine falsche Hoffnung wecken. Sie würde selbst nachsehen und feststellen, dass ihre Idee nur ein Strohhalm war, an den sie sich klammerte. Allerdings waren auch Strohhalme etwas wert, wenn sie dazu beitrugen, das Rätsel um Lucas' Verschwinden zu lösen.

Aber sie unterdrückte diesen Gedanken. Bei jedem Schritt, mit dem sie sich den Strandhütten näherte, sagte sie sich, sie dürfe sich keine falschen Hoffnungen machen.

38

Als Olivia bei den weihnachtlich geschmückten Ginhütten eintraf, regte sich nichts. Sogar die Schneemänner, Elfen und Rentiere schienen zu trauern, und sosehr Olivia wünschte, auf der richtigen Spur zu sein, es versteckte sich kein kleiner Junge hinter der Weihnachtsdekoration.

Skylars Hütte war offen. Angesichts der Ereignisse hatte es wohl keine hohe Priorität gehabt, Türen abzuschließen. Vielleicht war Skylar auch einem Rat der Polizei gefolgt, damit Lucas Zuflucht fand, falls er herkam. Doch angesichts der vielen Menschen, die den Strand, die Klippen und die Straßen des Orts absuchten, hätte er es wohl kaum geschafft, sich unbemerkt hierher durchzuschlagen.

Olivia betrat die Nachbarhütte, die ohne Mutter und Sohn irgendwie unheimlich und verloren wirkte – ohne Räucherstäbchen und ohne die schöne Skylar, die an einem kleinen Kunstprojekt bastelte, vor allem aber ohne Lucas, der im Sand spielte. Und wenn man bedachte, was für ein Glück Olivia hatte, dass ihre Freundin nun quasi zur Familie gehörte. Damals, als Skylar und Richard sich zum ersten Mal begegnet waren, hätte sie eine solche Entwicklung für fast unmöglich gehalten. Richard hatte darauf gedrängt, dass Olivia nicht nur ihr Zuhause, sondern auch ihre Strandhütte aufgab. Und all ihre Strandhüttenfreunde hatten sie in ihrem Protest unterstützt.

Als Richard eines Tages in aller Frühe aufgetaucht war und Olivia beim Nacktbaden ertappt hatte, war ihr Skylar zu Hilfe geeilt. Die Silhouetten der beiden, wie sie so am Ufer standen, hätten nicht gegensätzlicher sein können. Richard ganz steif in seinem Anzug mit dem Anwaltsköfferchen; Skylar mit ihrem langen dunklen Haar und dem bauschigen Rock. Nun ja, Gegensätze ziehen sich bekanntlich an, vielleicht funktionierte es deshalb. Außerdem war Richard mittlerweile viel weicher geworden. Er hatte den Panzer abgelegt, den er so lange herumgeschleppt hatte. Wenn Lucas etwas zustieß, dann wäre das ein schwerer Schlag. Für sie alle.

Olivia wollte gar nicht darüber nachdenken, was alles passiert sein konnte, aber die Sorge ließ sich nicht so leicht verdrängen. Es will schon etwas heißen, wenn einen die Vorstellung beruhigt, er könnte sich einen Knöchel gebrochen haben. Weil so viel geschehen sein konnte, das viel schlimmer, ja vollkommen unerträglich war.

Olivia gab es schließlich auf, in Skylars Hütte zu spähen, in der sie ohnehin nur Gespenster sah, und wandte sich ihrer eigenen Hütte zu.

Die Tür war abschlossen. Das war die erste Beobachtung, die ihre Hoffnung – die sie ja ohnehin unterdrücken wollte – schmälerte.

Als sie aufgesperrt hatte, erblickte sie nichts außer Finsternis. Alles war still.

In der Schublade bewahrte Olivia die alberne Stirnlampe auf, die Randy ihr gegeben hatte, als sie die Hütten zu Weihnachts-Ginhütten umgestalteten. Die konnte sie benutzen, um auch die anderen Hütten genauer zu inspizieren. Die Nischen an den Rück- und Seitenwänden boten genug Platz, dass sich ein kleiner Junge darin verstecken konnte, und vielleicht hatten ihre Vorgänger einfach nicht gründlich genug gesucht.

Ein weiterer Strohhalm, nach dem Olivia griff, zumal ein Hubschrauber mit Rettungskräften über dem Gebiet kreiste, und die hätten Lucas bestimmt entdeckt, wenn er hinter einer der Hütten kauerte.

Es passierte urplötzlich. Olivia hatte nicht aufgepasst und stürzte.

Es war kein eleganter Sturz, bei dem man mit einem blauen Auge davonkommt, wie sie es bisher hingekriegt hatte. Vielmehr fiel sie mit aller Wucht hin, und irgendetwas knirschte, war also womöglich gebrochen.

Eigentlich hätte sie einen jähen, überwältigenden Schmerz spüren müssen. Sie hätte aufschreien und um Hilfe rufen müssen und hoffen, dass irgendjemand aus den vielen Suchteams sie hörte.

Aber in diesem Augenblick hatte sie nur eins im Kopf – das Hindernis, über das sie gestolpert war: Lucas.

39

Neben Olivia auf dem Boden lag der Junge, nach dem sie alle suchten. Niemals im Leben war sie so erleichtert gewesen.

»Lucas.«

Er hatte die Augen geschlossen. Olivia berührte seine Wange. Gott sei Dank, sie fühlte sich warm an. Und glücklicherweise war Olivia nicht auf ihn gefallen. Es störte sie nicht, wenn sie sich die Hüfte gebrochen hatte, solange ihm nichts passiert war.

An die Schublade mit der Stirnlampe kam sie nicht heran, und in der finsteren Hütte konnte man kaum etwas sehen. Aber dann fiel ihr ein kleiner Trick ein, den sie von Veronica gelernt hatte, und tatsächlich schaffte sie es, in ihrer Jackentasche das Handy zu ertasten und dieses als Taschenlampe zu benutzen.

Lucas hatte all ihre Handtücher aus der Schublade geholt und sich daraus ein Bett gebaut. Ihr fiel ein Stein vom Herzen, denn das bedeutete, dass er schlief. Er war aus freien Stücken hierher gekommen, um zu übernachten.

»Lucas …« Olivia sagte seinen Namen nun mit festerer Stimme und rüttelte ihn sachte. Anscheinend hatte er so einen gesunden Schlaf, dass er von der ganzen Unruhe draußen nichts mitgekriegt hatte. Sie hoffte nur, dass er nicht etwa ihre Ginvorräte verkostet hatte und deshalb schlief wie ein Stein. »Wach auf, mein Schatz.«

Er schreckte regelrecht auf.

»Ich bin's, Olivia, mein Schatz. Alle suchen nach dir.«

»Ich habe mich versteckt.«

»Warum, mein Engel? Wie kommst du auf die Idee, dass du dich verstecken musst?«

»Damit ich keinen Ärger kriege.«

»Warum solltest du denn Ärger kriegen? Ganz gleich was es ist, es lohnt sich nicht, deswegen von zu Hause wegzulaufen.« Am liebsten hätte Olivia ihn in die Arme genommen, aber sie konnte sich nicht bewegen. Was immer ihm solche Sorgen machte, dass er einfach die Flucht ergriff, sie wollte ihm versichern, dass es gar nicht so schlimm sein konnte. Jeder, der ihn mochte und dem etwas an ihm lag, würde immer für ihn da sein. Er sollte nie das Gefühl haben, er müsste Reißaus nehmen.

»Aber ich habe alle geärgert.«

»Du hast bestimmt niemanden geärgert. Es ist sicher alles in Ordnung. Wenn du es mir sagen willst, müssen wir es niemandem sonst erzählen.« Olivia fand es wichtig, dass wenigstens sie erfuhr, was Lucas so bedrückte. Dann wüsste sie wenigstens, ob es einen Grund gab, sich ernsthaft Sorgen zu machen.

»Du erzählst es wirklich niemandem?« Lucas rückte näher heran, und so konnte Olivia ihm immerhin zum Trost eine Hand auf die Schulter legen.

»Nein. Nicht einmal deiner Mum.« Olivia hätte gern hinzugefügt, dazu sei eine Oma schließlich da – dazu und um ihm Süßigkeiten zu schenken –, aber dieser Titel war ihr noch nicht verliehen worden.

»Ich bin schuld. Ich bin schuld, dass das Rezept geklaut worden ist.«

Olivia brauchte einen Moment, um zu kapieren, wovon Lucas redete. Zu den Gründen, die sie erwartet hatte, gehörte das Mince-Pie-Cocktailrezept jedenfalls nicht. »Aber warum solltest du daran schuld sein?« Olivia begriff nicht, wie Lucas auf die Idee kam, er sei für den Diebstahl verantwortlich.

»Weil Pete mich danach gefragt hat.«

Olivia schnappte nach Luft wie ein Fisch auf dem Trockenen. Wie konnte es sein, dass ein Vater seinen Sohn um so etwas bat, dass er ihn zu einer Schachfigur in seinem miesen Spiel machte?

»Daran bist du nicht schuld. Du konntest doch nicht wissen, was er damit anstellen wollte.«

»Aber das ist noch nicht alles.«

Olivia fühlte sich plötzlich schwach und war kurz davor, loszuheulen. Wie viel Schaden konnte ein Mensch in einem Gespräch von fünf Minuten anrichten?

»Erzähl es mir ruhig«, sagte sie.

»Aber dann wirst du mich hassen.«

»Ich würde dich nie, nie, niemals hassen.« Olivia ging auf, dass sie nun wirklich Skylar und Richard Bescheid sagen musste. Also machte sie etwas, das sie bei Eltern ganz abscheulich fand, das heißt, sie beschäftigte sich mit ihrem Handy, wo sie sich doch eigentlich mit Lucas beschäftigen sollte. Aber das war nun wirklich eine Ausnahmesituation.

Hastig tippte Olivia eine Nachricht: *Lucas geht es gut. Wir sind in meiner Hütte.*

»Bist du sicher?«, fragte Lucas, als er wieder ihre ungeteilte Aufmerksamkeit hatte.

»Mein lieber Junge, ich habe deine Mutter so lieb, als wäre sie mein eigenes Kind, und damit bist du praktisch mein Enkel. Und eine Großmutter würde niemals ihren Enkel hassen. Ganz gleich, was passiert.« Auch wenn sie den Titel nicht offiziell führen durfte, nahm sie ihn für sich in Anspruch. Zugegeben, sie sollte sich vorher eine Genehmigung dafür einholen, aber es gab Tage, da waren alle Regeln außer Kraft gesetzt. Manchmal verlangte das Leben etwas von einem, und dann durfte man nicht herumsitzen und warten, bis es einem freundlicherweise erlaubt wurde. Schon längst hätte Olivia klar sein müssen, dass es in Ordnung war, ihre neue Familie schützend unter ihre Fittiche zu nehmen. Dazu reichte es nicht, auf die höfliche britische Art immer zur rechten Zeit zu nicken. Sie hätte es auf stürmische, herzliche Art tun sollen, damit dieser Junge merkte, wie viel er ihr bedeutete. Er sollte nicht mitten in der Nacht als Ausreißer auf dem Boden ihrer Hütte liegen, ohne zu wissen, wie sehr er geliebt wurde. Er sollte wissen, dass sie alle ihn so gern hatten, als wäre er ihr eigenes Kind. Sie würde dafür sorgen, dass er es von nun an täglich mitbekam.

»Pete hat mir gesagt, ich soll diese braunen Papierstreifen an dein Schild kleben. Er hat gesagt, es sei ein Scherz.« Lucas drückte sein Gesicht in das Handtuch.

Nun verstand Olivia gar nichts mehr. Das mit den Papierstreifen lag schon ein paar Wochen zurück, aber Lucas und Pete hatten sich doch gerade erst kennengelernt. Was sollte Lucas damit zu tun haben?

»Wann? Wann hat er gesagt, du solltest das machen?«

Olivia fröstelte, und sie wusste nicht, ob es am Wind lag oder an der Erkenntnis, dass Pete offenbar doch mehr Kontakt zu seinem Sohn gehabt hatte als die ihm zugestandenen fünf Minuten.

»Er hat gesagt, er sei Mummys Freund und das ›Bottoms Up‹ eine Überraschung für sie. Und dass ich ihr nichts verraten soll.«

Bei dieser Enthüllung verschlug es Olivia den Atem. Aber wie war es dazu gekommen?

»Wo hat er mit dir geredet?«

»Als Mummy mich mit dem Müll zu den Tonnen geschickt hat. Er hat gesagt, es sei eine große Überraschung für Mummy und ich könne dabei helfen.«

Olivia bibberte bereits, und doch durchfuhr sie jetzt ein Kälteschauer, der sich nach Minusgraden anfühlte. »Ach, Lucas.« Sie unterdrückte die Tränen.

»Jetzt hasst du mich, oder?«

Der Einzige, gegen den sich Olivias Zorn richtete, war Pete. Wie kam er dazu, einen kleinen Jungen so zu manipulieren und damit solchen Kummer und solche Angst auszulösen! Das war mies und heimtückisch. Kein Wunder, dass Olivia seit Wochen ihr Unbehagen nicht hatte abschütteln können, während sich diese Intrige in nächster Nähe abgespielt hatte.

Die Müllcontainer befanden sich direkt neben dem alten Café. Lucas war in Sichtweite der Strandhütten gewesen, als er das Eispapier wegwarf. Wer hätte gedacht, dass daraus solche Probleme entstehen konnten? Pete nutzte offensichtlich jede sich bietende Gelegenheit zu seinem Vorteil.

»Ach, mein Liebling. Er hätte das nie von dir verlangen dürfen. Gar nichts hätte er tun dürfen. Niemand hasst dich. Du kannst wirklich nichts dafür.«

Olivia mochte überhaupt nicht daran denken, wie oft über diese Papierstreifen in Anwesenheit von Lucas diskutiert worden war. Und dann war auch noch ihr »Siegerrezept« dazu gekommen, an dem sie seit Wochen arbeitete und das jetzt wohl aus dem Rennen war, weil Pete es mithilfe der Details kopiert hatte, die er seinem Sohn ablauschte. Kein Wunder, dass Lucas glaubte, alle würden ihn hassen, und nur noch weglaufen wollte.

»Es tut mir leid«, wagte sich Lucas vor. Seine Stimme klang nun ruhiger, vielleicht weil er sah, dass sie nicht ärgerlich war.

»Du musst dich überhaupt nicht entschuldigen. Und jetzt umarme deine Oma.« Was sollte sie sagen? Wie erklärte man einem Kind, dass es von jemandem aus niederträchtigen Gründen manipuliert worden war? Skylar hatte nicht übertrieben, als sie Petes Charakter beschrieb. Alles, was sie, Olivia, tun konnte, war, gemeinsam mit den anderen dafür zu sorgen, dass so etwas nicht wieder passierte.

Lucas schloss sie in die Arme. »Gehen wir jetzt heim?«

Das war eine phantastische Idee. Es gab nur ein Problem. »Ich glaube nicht, dass ich aufstehen kann.«

Da öffnete sich die Tür, unnatürlich helles Licht vertrieb die Dunkelheit, und als vorzeitiger Weihnachtsgruß wehte ein Schwall Schneeflocken herein.

»Mein Liebling.« Im nächsten Moment lag Skylar auf den Knien und hielt Lucas in den Armen. »Ich habe dich so lieb.«

Sicher hätte Skylar gern gesagt »Tu das nie wieder«, doch jetzt war nicht der Zeitpunkt für mahnende Worte. Jetzt gab es nichts anderes als grenzenlose Liebe und Glück, weil Lucas am Leben war.

»Alles okay? Du blutest ja?« Skylars Stimme klang nun panisch.

»Mir geht's gut.« Lucas betrachtete das Blut auf seiner Hand. »Das ist von Oma. Olivia hat sich weh getan.«

Es war schon komisch, wie der Verstand Empfindungen abschalten konnte, wenn es Wichtigeres zu tun gab. Kampf oder Flucht nannte man das doch? Bis zu diesem Augenblick hatte Olivia ignoriert, was mit ihr los war. Denn es zählte ausschließlich, dass Lucas nichts Schlimmes passiert war.

Aber jetzt, wo alles in Ordnung und das Kind in Sicherheit war, meldete sich der pochende Schmerz, und als sie sich an den Kopf fasste, wurde ihr klar, wo das Problem lag. Das Knirschen, das sie gehört hatte, war ihr Schädel gewesen, und ganz plötzlich ging das Licht aus.

40

»Vanillesauce.«

»Wie bitte?« Richard sah Olivia besorgt an.

»Vanillesauce. Das ist die perfekte Lösung.« Olivia wollte sich sofort an die Arbeit machen. Noch war es nicht zu spät, das Rezept zu ändern.

»Immer mit der Ruhe, Mum. Du kannst noch nicht aufstehen. Schwester, sie ist jetzt wach.«

Vielleicht hätte Olivia es befremdlich finden sollen, ganz woanders aufzuwachen, nachdem sie in der Strandhütte das Bewusstsein verloren hatte, aber sie war jetzt vollkommen klar im Kopf. Ja, sie war auf den Kopf gefallen. Ja, sie war im Krankenhaus gelandet. Aber was war ein Mince Pie ohne Vanillesauce? Mit dem Rezept war sie von Anfang an nicht wagemutig genug gewesen. Wenn sie ein paar Elemente optimierten, wäre es immer noch ein Mince-Pie-Rezept, aber es würde auf eine völlig andere Ebene gehoben.

»Welcher Tag ist heute?« Es war gut und schön, glänzende Ideen zu haben, aber sie würden nicht viel nützen, wenn sie gerade aus einem dreimonatigen Koma auftauchte.

»Sonntagmorgen«, sagte Richard und sah aus, als wüsste er nicht recht, ob der Schlag auf den Kopf seiner Mutter endgültig den Rest gegeben hatte.

»Ich habe also Lucas gestern Abend gefunden?«

»Ja.«

»Und der Wettbewerb ist noch nicht vorbei?«

»Nein.«

»Und wir wurden nicht disqualifiziert?«

»Niemand wurde disqualifiziert. Alles in Ordnung bei dir?«

»Mir ist es nie besser gegangen. Wie geht's Skylar und Lucas? Warum bist du nicht bei ihnen?«

»Keine Ahnung. Vielleicht weil meine Mutter, die Heldin, in der dritten Runde k. o. gegangen ist?«

»Hast du einen Stift und Papier?«

»Wofür? Du sollst dich ausruhen.«

»Ich habe nicht um meine Entlassung gebeten, oder? Hast du jetzt was zu schreiben?« Olivia wollte das Rezept festhalten, solange sie klar im Kopf war. Schließlich war sie ohnmächtig gewesen. Womöglich lag es an der Gehirnerschütterung, dass sie so eine tolle Idee hatte, also war es besser, sie aufzuschreiben, ehe sie alles wieder vergaß.

»Bitte sehr.« Die Schwester, die Richard gerufen hatte, war so freundlich, Papier und Kugelschreiber bereitzustellen, ehe sie Olivia untersuchte.

Während die Schwester Blutdruck und Puls maß, gelang es Olivia, die Zutaten niederzukritzeln. »Das ist er. *Das* ist der Siegercocktail.«

»Wunderbar, Mum, aber ich renne jetzt nicht weg und mixe Cocktails, während du hier bist. Wir müssen eben unsere Niederlage eingestehen. Schließlich gibt es noch andere Wettbewerbe. Bestimmt findet nächstes Jahr wieder einer statt.«

»Hast du überhaupt geschlafen?«

Richard hatte, soweit sich Olivia erinnern konnte, noch nie so müde ausgesehen.

»Nicht viel.«

»Na ja, ich hingegen habe schon lange nicht mehr so gut geschlafen, und ich sage dir, wir geben nicht auf – jetzt erst recht nicht! Wenn die Nacht am tiefsten, ist der Morgen am nächsten.« Anscheinend hatte die Ohnmacht Olivias philosophische Ader freigelegt, aber wenn ihr Sohn nicht einsah, dass man niemals die Mistkerle gewinnen lassen durfte, dann musste sie es ihm eben klarmachen. »Helen kennt alle Feinheiten des Rezepts für den Mince-Pie-Gin. Sie kann dieses Rezept ausprobieren und beurteilen, ob es etwas taugt. Sag Tony und Esme Bescheid, sie sollen es hier abholen und in die ›Ginhütte‹ bringen. Sie können den Cocktail verkosten und bereithalten, wenn die Preisrichter auftauchen. Noch ist es nicht zu spät.«

Richard seufzte. Als wäre ihm im Moment alles zu viel.

»Und ruf Skylar an. Sag ihr, dass es mir gutgeht und du so bald wie möglich bei ihr bist.«

»Ich kann dich nicht allein lassen.«

»Mir fehlt nichts. Geh zu der Frau und dem Kind, die dich brauchen. Sie haben in den letzten vierundzwanzig Stunden viel mehr durchgemacht als ich.«

Richard streckte die Waffen und nickte.

»Und, Richard …«

»Ja.«

»Könntest du um ihre Hand anhalten, bevor deine Mutter endgültig den Löffel abgibt?« Verdammt. Olivia hatte sich nicht einmischen wollen, aber dies gehörte zu dem neuen Ansatz, den sie nun verfolgte und bei dem man unverhohlen seine Zuneigung zeigt.

»Wer sagt denn, dass ich das nicht schon getan habe?« Richard lächelte verschämt wie ein Kind, und seine Mutter war ausnahmsweise einmal sprachlos.

»Wirklich?«, fiepte Olivia. Sie erkannte ihre eigene Stimme nicht wieder.

»Wer weiß? Jedenfalls wirst du die Erste sein, der wir Bescheid sagen, sobald und *wenn* ich es tue.«

»Da gibt es kein Wenn.«

»Na dann. Kann ich noch etwas für dich tun, bevor ich gehe?«

»Ja. Sieh zu, dass sie mich so bald wie möglich hier rauslassen. Am Sonntagnachmittag will ich beim Picknick nicht fehlen.«

Für nächsten Sonntag war das letzte Treffen des Jahres geplant, und sie wollte unbedingt dabei sein, zumal es auf den Heiligen Abend fiel.

»Warum? Was hast du vor, Mutter?«

»Und bitte schreib das, worum ich dich jetzt bitte, nicht meiner Kopfverletzung zu.«

»Ganz bestimmt nicht. Also, was willst du?«

»Ich möchte, dass du den Weihnachtsmann spielst. Geht das in Ordnung?«

Richard lachte. »Keine Ahnung, Mutter. Und ich hatte gedacht, ein Schlag auf den Kopf würde dich bremsen.«

»Keine Chance.« Schließlich lebt man nur einmal!

41

So ein Krankenhausaufenthalt war nicht nur schlecht. Am selben Tag wurde Olivia noch nicht entlassen, sondern zur Beobachtung dabehalten – immerhin war sie eine ganze Weile bewusstlos gewesen.

Keiner der Ärzte glaubte ihr, dass sie einfach nur Ruhe brauchte, wie sie immer wieder betonte. Offenbar war es kein Pappenstiel, wenn man infolge eines Sturzes mit zwölf Stichen genäht werden musste und ein blaues Auge davontrug.

Olivia fühlte sich aber wirklich ganz gut. Mit den farbenprächtigen Prellungen, die jetzt zutage traten, sah sie zwar nicht gerade toll aus, aber im Übrigen war sie topfit. Sie hatte sich weder die Knochen noch den Schädel gebrochen. Umherzuwandern stellte kein Problem dar, und sie war auch nicht gestürzt, weil ihr schummrig geworden war, sondern weil sie im Dunkeln über den Jungen gestolpert war, der auf dem Boden schlief. Da wäre jeder andere auch hingefallen, nur vielleicht nicht so hart gelandet, weil er schneller reagiert hätte.

An ihrem ersten Nachmittag im Krankenhaus bekam Olivia Besuch. Um wen es sich handelte war eine ebenso große Überraschung wie das Geschenk, das die Person mitbrachte.

»Sag bloß niemandem, was da wirklich drin ist«, wisperte Helen, als sie ihr eine Sporttrinkflasche reichte. »Es ist ein Milchshake«, erklärte sie augenzwinkernd.

»Wie ist es gelaufen?« Olivia würde sich einen Schluck genehmigen, sobald sich die Gelegenheit bot.

»Oh, Verzeihung, ich meinte, es ist der Sieger-Milchshake.«

»Wirklich? Wir haben gewonnen?«

»Na klar«, bestätigte Helen. »Natürlich. Das Gute siegt immer über das Böse.«

Es war ein Moment des Glücks. Die Frau, die ihr vor nicht allzu langer Zeit das Leben vergällt hatte, war jetzt die Überbringerin der guten Nachrichten. Und sie war eine andere geworden. Mit einem Mal war sie Olivias Freundin. Das war ein guter Lebensgrundsatz ... jeder, der bereit ist, verbotene Ware in ein Krankenhaus zu schmuggeln, sollte automatisch zum Freundschaftsstatus aufrücken. Ach, was soll's, wenn es sich bei der Ware um preisgekrönte Cocktails handelte, könnte die Person sogar in den Kreis der Freunde fürs Leben aufgenommen werden.

42

Von ihrem Krankenhausbett aus brachte Olivia ihren Messenger-Dienst beinah zum Kollabieren, so viele Anweisungen schickte sie los, um den Heiligen Abend vorzubereiten. Sie hatte sich nicht so lange auf das Fest gefreut, damit jetzt alles in die Hose ging, nur weil sie eine Bruchlandung gebaut hatte.

Und weil sie schließlich ein Team waren, sorgte Olivia dafür, dass alle mitarbeiteten. Wenn man die Last auf viele Schultern verteilte, brauchte niemand besonders viel zu tun, außer ja zu sagen und seine Sachen bei Richard abzuholen.

Der wichtigste Akteur in Olivias Plänen war Richard. Er musste ins Oakley West gehen und alles, was sie vorbereitet hatte, transportieren. Dann musste er jeden mit dem vorgesehenen Outfit versorgen und darauf achten, dass Skylar und Lucas nichts mitbekamen.

Die Einzige, mit der Olivia etwas weniger Kontakt hatte, war ihre Schwiegertochter. Na schön, ganz so weit war es noch nicht, aber meine Güte, ein altes Mädchen durfte ja wohl träumen, oder? Natürlich hatte sie mitfühlende Nachrichten geschrieben, und Skylar und Lucas hatten sie besucht, aber von der Geheimmission durften die beiden nichts erfahren, denn schließlich waren sie es, die überrascht werden sollten.

Als Olivia am 23. Dezember entlassen wurde, hätte sie beinah den ersten Luftsprung ihres Lebens gemacht. Das heißt, sie hätte es getan, wenn das Risiko, postwendend wieder eingeliefert zu werden, nicht so hoch gewesen wäre. So großartig die

Schwestern und Ärzte auch gewesen waren, Weihnachten wollte sie nicht mit ihnen verbringen, da gab es eine bessere Option.

Am folgenden Tag, eine halbe Stunde vor dem gewohnten Termin für das Treffen, holte Richard sie in Oakley West ab. Von einer Fahrt mit dem Segway nahm sie doch lieber Abstand. Sie war zwar fit, aber einen weiteren Unfall wollte sie vor Weihnachten keinesfalls riskieren.

Als sie Richard im Foyer traf, ernteten die beiden Applaus von den dort versammelten Bewohnern. Anscheinend war es das erste Mal, dass sich der Weihnachtsmann und seine Frau bei Tageslicht in der Öffentlichkeit zeigten. Als die beiden Rentiere dazu stießen, die ihre Segways zu etwas absurd wirkenden Schlitten umgemodelt hatten, lachte Olivia überrascht auf. Aber sie hatte ja stets das Motto »Wer A sagt, muss auch B sagen« hochgehalten, und ihre Freunde waren offenbar ihrem Beispiel gefolgt. Sie hoffte nur, die beiden fuhren vorsichtig.

Begleitet von Randy als Rudolph, das Rentier, und Veronica als Rudolphs Frau, bildeten sie auf dem Weg zu den Strandhütten einen kleinen Karnevalszug. Und als sie ankamen, waren schon alle anderen da und trugen ihre Kostüme zur Schau.

Die Elfen, die Schneemänner, die Rentiere. Sie waren nicht länger nur Statuen, die in den letzten Wochen die Weihnachts-Ginhütten geschmückt hatten, sondern lebendige Animationen.

Wie angeordnet, hatte Richard alle Geschenke in Olivias Strandhütte verstaut und diese als echte Weihnachtshütte ausstaffiert.

»Alle an ihre Plätze. Sie sind im Anmarsch«, kommandierte Richard.

Oben am Hang waren nun drei Personen zu sehen. Skylar und Lucas, beide mit verbundenen Augen, und Helen zwischen ihnen, die sie vorsichtig zu den Weihnachts-Ginhütten hinunterführte. Allerdings wurde heute kein Gin ausgeschenkt, vielmehr waren es richtige Weihnachtshütten für eine Mutter und ihren Sohn, die erfahren sollten, dass die Welt im Grunde gut war. Und dass sie auch an Tagen, an denen die Welt ihnen übel mitspielte, in der Westbrook Bay einen sicheren Hafen fanden. Die beiden hatten in den letzten Wochen wahrlich genug durchgemacht, aber sie alle würden dafür sorgen, dass so etwas nicht mehr vorkam.

»Nimm deinen Platz ein, Richard.« Ein mit Rauschgold aufgeputzter Campingstuhl war als Sitz für den Weihnachtsmann vorbereitet.

»Kommt nicht in Frage«, erwiderte Richard. »Du hast nicht so viel harte Arbeit investiert, damit ich jetzt den Ruhm einheimse. Außerdem weißt du, für wen die Geschenke sind.«

»Ich habe sie alle mit Kärtchen versehen. Um die Namen abzulesen, brauchst du mich nicht.«

»Ja, aber du hast sie besorgt. Und wir leben in modernen Zeiten. Da ist es nur gerecht, wenn endlich einmal eine Frau die Aufgaben des Weihnachtsmanns übernimmt.«

Olivia hätte zwar ein Problem damit gehabt, sich einen Bart wachsen zu lassen, aber dem Grundgedanken stimmte sie zu. Schließlich ging es bei der Idee des Weihnachtsmanns ums Geben.

»Jetzt setz dich. Sie sind gleich da.«

Daraufhin nahm Olivia auf dem festlich geschmückten Stuhl Platz, um die Geschenke zu verteilen.

Als die Augenbinden entfernt wurden, stieß Lucas Rufe des Erstaunens aus.

»Richard, warst du das etwa?« Skylar umarmte Richard und so wie es aussah, wischte sie sich eine Träne aus dem Auge.

»Nein, nicht ich. Die Weihnachtsfrau hat das von langer Hand geplant. Sie hat mich nur eingeschaltet, weil sie es geschafft hat, sich außer Gefecht zu setzen.«

»Ho, ho, ho.« Olivia hatte das schon immer rufen wollen, auch wenn es nicht so eindrucksvoll klang, wie sie es sich vorgestellt hatte. »Jetzt müssen sich nur noch alle braven Mädels und Jungs ordentlich in einer Reihe anstellen.«

Lucas war als Erster bei ihr. »Du bist die Beste, Oma Olivia«, sagte er, als sie ihm sein Päckchen gab, das er, ohne Zeit zu verlieren, aufriss.

Oma Olivia – das klang wirklich gut. Bei diesen Worten ging ihr das Herz auf. »Du bist als Nächste dran.« Sie winkte Skylar zu sich.

Alle schauten zu und machten Fotos, als Olivia die ersten Geschenke austeilte. Die Stimmung war prächtig.

»Wer ist der Nächste?«

»Es sind sonst keine Kinder hier, Olivia, außer du meinst die Jungs«, sagte Esme, während sie in ihre Kamera schaute.

»Sie meint euch alle. Die Weihnachtsfrau hat keines ihrer Kinder vergessen.« Richard winkte die gesamte »Ginhütten«-Crew heran.

Allerdings schlug Olivia Tonys Wunsch aus, auf ihrem Schoß zu sitzen. Aber es war ihr eine echte Freude, ihre Freunde zu beschenken. Normalerweise tauschten sie nur Weihnachtskarten aus, aber in diesem Jahr hatte sich für sie alle so viel verändert. Und Olivia wollte dafür Danke sagen. Danke für ihre Freundschaft. Für ihre Hilfe. Dafür, dass sie alle in einer Weise zusammengefunden hatten, wie sie es nie zu träumen gewagt hätte.

Auch das Picknick an jenem Tag war etwas Besonderes, denn das übliche Sammelsurium von Tischen bog sich förmlich unter den Festtagsspeisen. Hinzu kam noch etwas ganz Besonderes. Und damit waren nicht nur die Weihnachtscracker gemeint. Mitten auf dem Tisch prangte eine außerordentliche Trophäe. Denn sie waren nicht nur die »Ginhütten«-Crew, sie waren die preisgekrönte »Ginhütten«-Crew.

»Es gibt noch ein Geschenk«, sagte Richard, bevor Olivia das Buffet ansteuern konnte, um sich zu bedienen.

»Bitte schön.« Skylar überreichte ihr eine längliche, schmale Box, die aussah wie eine Schmuckschachtel. Zum Beispiel mit einer hübschen Kette darin.

»Das hättet ihr nicht tun sollen. Ich habe das für euch alle getan und erwarte kein Gegengeschenk.«

»Mach's auf«, sagte Richard.

Olivia gehorchte. Sie riss es auf wie ein kleines Kind, das es nicht erwarten kann, die Überraschung zu sehen.

»Nein. Bist du etwa …?«

»Wir wollten es dir morgen sagen. Und es gibt noch etwas, was ich morgen tun wollte, aber meine Mum liegt mir dauernd in den Ohren, dass es Dinge im Leben gibt, die man nicht auf die lange Bank schieben sollte. Man sollte seinen Traum beim Schopf packen, sobald man die Chance dazu hat.«

Skylar wackelte mit dem Ringfinger in Olivias Richtung. »Er hat mich heute früh gefragt. Und ich würde ja gern behaupten, die ganze Weihnachtsmanngeschichte sei eine Überraschung für mich gewesen, aber er hatte dabei schon sein Outfit an.«

»Ach, Richard.« Es gibt vieles, was eine Mutter ihrem Sohn mit auf den Weg geben will. Die Frage, wie man es anstellt, einen Heiratsantrag zu machen, hatte Olivia bisher nicht behandelt. Aber jetzt war es zu spät, aber immerhin war sie sicher, dass nicht viele Männer zu dem Zweck in ein Weihnachtsmannkostüm schlüpften.

»Wir wollten vermeiden, dass alle mitbekommen, welches Geschenk du kriegst. Es ist ja noch recht früh, und … du weißt schon.«

Olivia wusste schon. Sie wusste, dass das Leben kostbar ist. Und dass sie alles hatte, was sie brauchte. Diese besonders gute Nachricht war der Zuckerguss auf dem Kuchen oder vielmehr die Vanillesauce auf dem Mince Pie, und sie würde es ihrer Kopfverletzung zuschreiben, dass sie zum ersten Mal im Leben eine Freudenträne vergoss. Von denen hatte es in ihrem Leben zu wenige gegeben. Und nachdem sie ihrem Sohn einige Lektionen mit auf den Lebensweg gegeben hatte, war sie alt und klug genug, um zu wissen, dass es nie zu spät war, um selber noch dazuzulernen.

Sie hoffte nur, dass sie, wenn sie erneut lernte, wie man Windeln wechselt, nicht selbst kindisch werden würde.

EPILOG

Nach dem Weihnachtsessen machte sich Olivia auf den Weg zu den Sunken Gardens. Die dünne Schneedecke war inzwischen geschmolzen, also traute sie sich, den Segway zu nehmen, um sich nach all den Festlichkeiten des ersten Feiertags nicht zu sehr anzustrengen.

Ein Geschenk gab es noch, das Olivia abliefern musste. Sie ließ den Segway am Eingang stehen, wanderte zu Johns Bank und setzte sich. Im neuen Jahr wollten sie ihre Treffen hier wiederaufnehmen, um ganz wie früher Gin zu verkosten. Heute nahm sie sich nur ein wenig Zeit zum Nachdenken.

Nachdem Lucas jetzt wusste, dass ihm niemand böse war, schien es ihm gutzugehen. Er hatte sich einige Predigten des Inhalts anhören müssen, dass man nicht von zu Hause weglaufen und nicht mit Fremden reden darf, auch wenn sie behaupten, sie seien Freunde seiner Mutter. Hoffentlich blieb davon etwas hängen und er wusste, dass er sich bei Problemen jederzeit an seine Freunde und Angehörigen wenden konnte.

Während Olivia im Krankenhaus lag, hatte Pete seine Koffer gepackt und war abgereist. Sie glaubte, dass Richard ihn mit der Drohung in die Flucht geschlagen hatte, er werde die Polizei über sein Treiben informieren. Das »Bottoms Up« war seitdem geschlossen, und dabei würde es vermutlich bleiben.

Damit war der bedrohte Frieden der Westbrook Bay hoffentlich wiederhergestellt. Olivia fuhr mit der Hand über Johns

Bank – als wäre diese ein Glücksbringer, der ihren Sorgen gelauscht und alle, sie selbst eingeschlossen, beschützt hatte.

Die Blutergüsse in ihrem Gesicht waren mittlerweile hellgrün und gelb. Nicht gerade weihnachtliche Farben, aber sie trug ihren Pullover mit dem Weihnachtsbaum, passend zu ihrer Neuerwerbung ... Weihnachtsleggings. Wie cool war das denn?

Sie kramte in ihrer Handtasche und fischte das Geschenk heraus, das sie mitgebracht hatte. John war nicht mehr da, aber er hatte Weihnachten genauso gemocht wie Olivia. Normalerweise besorgte sie keine Geschenke mehr für ihn, aber irgendwie hatte sie den Einfall lustig gefunden.

Denn sie hatte zum ersten Mal seit langer Zeit an einem Oakley-West-Kurs teilgenommen. Als sie das Wort »Serviettentechnik« las, hatte sie nicht widerstehen können. Und es zeigte sich, dass auch eine alte Füchsin neue Tricks lernen kann.

Sie befestigte ihre Bastelarbeit an der Bank, trat ein Stück zurück und bewunderte ihr Werk. An beide Enden hatte sie Glöckchen gebunden, und dazwischen hing ein Banner, das die Gedenkplakette überdeckend verkündete: »Olivia und John wünschen euch Frohe Weihnachten.«

Es war albern, aber es entlockte Olivia ein Lächeln. Wenn Papp-Graffiti die neue Mode war, dann wollte sie etwas Hübsches machen, und nicht irgendwelche Schweinereien.

»Alles in Ordnung, Mum?«

Olivia fuhr zusammen. Richard stand am Eingang des Parks.

»Ich habe deinen Segway gesehen. Da dachte ich mir, ich schaue mal nach dem Rechten.«

»Komm und sieh dir das an.« Olivia winkte ihren Sohn zu sich.

Richard folgte ihrer Aufforderung und betrachtete die Bank seines Vaters. Olivia hoffte, dass es ihm gefiel. Sie hatte niemanden gefragt, ob er die Idee komisch fand.

»Mutter, das ist so absurd, einfach brillant. Frohe Weihnachten, Dad.« Richard legte den Arm um seine Mutter und drückte sie.

Olivia war froh, dass er einverstanden war. Eine Sekunde lang hatte sie gefürchtet, es sei irgendwie ungehörig, und sie war froh, dass ihr Sohn nur die freundliche Geste darin erkannte.

»Gehen wir in die ›Ginhütte‹?«, schlug Olivia vor. Es war zu frisch, um noch länger bei der Bank auszuharren.

»Auf jeden Fall. Da warten schon eine Menge Leute auf dich.«

»Ich kann es gar nicht erwarten.« Dieses Weihnachtsfest war wirklich einsame Spitze.

»Und ich habe Neuigkeiten«, sagte Richard.

»Davon hast du mir für den Rest meines Lebens schon genug geliefert.«

Die Tatsache, dass sie nicht nur von Lucas als Oma angesehen wurde, sondern dass auch noch ein zweites Enkelkind unterwegs war, überstieg Olivias kühnste Hoffnungen.

»Tja, wenn du noch ein wenig mehr verkraften kannst: Ich glaube, ich habe jetzt einen Platz für die Brennerei.«

»Wirklich? Wo denn?« Olivia war schleierhaft, wie Richard die Zeit gefunden hatte, geeignete Räumlichkeiten zu inspizieren.

Dann dämmerte es ihr. Natürlich. Es gab ein Gebäude ganz

in der Nähe, das nicht mehr genutzt wurde. »Sprichst du etwa vom Strandcafé?«

»Du meinst die ›Ginhütten‹-Brennerei?«

Wenn der Vortag nicht so wunderbare Neuigkeiten gebracht hätte, dann wäre das die beste Nachricht der letzten fünfzig Jahre gewesen. Und es gab nur eine Möglichkeit, so etwas zu feiern … mit einem Mince-Pie-Cocktail in Gesellschaft ihrer Freunde. Weihnachten mit der »Ginhütten«-Crew war einfach einsame Klasse

DANKSAGUNG

Während ich dieses Buch geschrieben habe, haben Snacks mein Überleben gesichert, ihnen muss ich danken. Seien Sie versichert, liebe Leserinnen und Leser, ich habe genug Schokolade und Ginkostproben konsumiert, um dieser Geschichte eine wirklich weihnachtliche Atmosphäre zu verleihen. Nur Mince Pie habe ich nicht gegessen, und das muss ich, obwohl jetzt erst September ist, schleunigst nachholen.

Mein besonderer Dank gilt meiner Agentin Hattie Grunewald sowie dem gesamten Team der Blake Friedmann Literary Agency. Ihr Glaube an Olivia und die »Ginhütte« hat mir öfter, als ich je zu hoffen gewagt hätte, ein »O mein Gott!« entlockt.

Ein spezielles Dankeschön auch an Clio Cornish, die Lektorin, die mich ermutigt hat, diese Serie zu schreiben, und mit der ich bei diesem zweiten Band zusammenarbeiten durfte. Ich kann es kaum erwarten, darauf bald mit einem Weihnachtscocktail anzustoßen.

Und schließlich möchte ich noch all den Olivias (und Randys) in meinem Leben danken. Ich glaube wirklich, dass jeder von uns etwas von Olivia in sich trägt, und ich bin so glücklich über die Zuneigung und Unterstützung, die ich von so vielen tollen Frauen wie ihr bekomme. Ohne sie wären die letzten paar Monate sehr viel härter gewesen … Mum, Oma, Amber,

Eden, Brian, Sarah, Kat, Chrissie, Laura, Barbara, Pat, Lesley, Rosie, Jen, Wendy, Bea, The Romaniacs (Sue, Laura, Lucie, Debbie, Celia, Jan, Vanessa), Stacey, Steve, Gemma, Michelle, Abi, Leah, Diane. Ich könnte die Liste noch lange fortsetzen, aber da ich sowieso einige Namen vergessen würde, möchte ich auch einigen der Gruppen danken, mit denen ich glücklicherweise zu tun habe: Twinmums, Southampton Competition Club, SW friends, Mumsnet Get Published FB Group, Romantic Novelists' Association, sowie all den hilfreichen Bloggern und Leserinnen. Ich schätze mich glücklich, so viele wunderbare Menschen in meinem Leben zu haben. Und ich wünschte mir von Herzen, sie alle an denselben Strand zaubern zu können, um ein fabelhaftes Weihnachtstänzchen aufzuführen.

Das Glück ist eine Reise

Kratzbürstige Berlinerin die eine, norddeutsche Kleinstädterin mit einer Vorliebe für Yoga und Handarbeiten die andere: Außer einer gegenseitigen tiefen Abneigung haben Edith Scholz und Christel Jacobi nichts miteinander am Hut – dennoch lassen sich die beiden 70-Jährigen auf ein Abenteuer ein, das sie quer durch Deutschland führt.

»Frei sein heißt allein sein können«, ist die verwitwete Edith Scholz überzeugt, die in ihrer Berliner Mietwohnung mit einer Zigarette und hin und wieder einem Gläschen Schnaps ganz zufrieden ist. Doch ein Sturz macht ihr einen Strich durch die Rechnung – Frau Scholz muss zur Reha nach Usedom. Was im Grunde recht erholsam sein könnte. Wäre da nicht Christel Jacobi, ihre viel zu freundliche und esoterische Zimmernachbarin: »Wir alten Weiber – wir müssen doch zusammenhalten«, meint die, überschüttet die knurrige Frau Scholz mit Freundlichkeiten und schafft es schließlich sogar, sie zu ihrer Verbündeten zu machen. Denn Christel Jacobi will sich nicht länger dem Willen ihrer Familie beugen, sondern endlich mal ein Abenteuer erleben, bevor es zu spät ist ...

Sarah Schmidt, Weit weg ist anders. Roman. insel taschenbuch 4556. 261 Seiten.

NF 387/1/3.18

NF 388/1/3.18

NF 395/1/4.18

Penelope Fitzgerald
Die Buch-
handlung